Né en 1973 à Annecy, Franck Thilliez, ancien ingénieur en nouvelles technologies, vit actuellement dans le Pas-de-Calais. Il est l'auteur de 18 romans dont *La Chambre des morts*, adapté au cinéma en 2007, prix des lecteurs Quais du Polar 2006 et prix SNCF du polar français 2007, *Puzzle* (2013), *Rêver* (2016) ou bien encore *Le Manuscrit inachevé* (2018). Il est également connu pour avoir donné vie à deux personnages emblématiques, Franck Sharko et Lucie Henebelle, qui sont réunis pour la première fois dans *Le Syndrome [E]* (2010) et qu'on retrouve notamment dans les récents *Sharko* (2017) et *Luca* (2019) chez Fleuve Éditions. Son recueil de nouvelles, *Au-delà de l'horizon et autres nouvelles*, a paru en 2020 aux éditions Pocket.

Ses titres ont été salués par la critique, traduits dans le monde entier et se sont classés à leur sortie en tête des meilleures ventes.

**Retrouvez l'auteur sur sa page Facebook :
www.fr-fr.facebook.com/Franck.Thilliez.Officiel**

AU-DELÀ
DE L'HORIZON
ET AUTRES NOUVELLES

DU MÊME AUTEUR
CHEZ POCKET

TRAIN D'ENFER POUR ANGE ROUGE
DEUILS DE MIEL
LA CHAMBRE DES MORTS
LA FORÊT DES OMBRES
LA MÉMOIRE FANTÔME
L'ANNEAU DE MOEBIUS
FRACTURES
LE SYNDROME [E]
[GATACA]
VERTIGE
ATOM[KA]
PUZZLE
[ANGOR]
PANDEMIA
RÊVER
SHARKO
LE MANUSCRIT INACHEVÉ
AU-DELÀ DE L'HORIZON ET AUTRES NOUVELLES

TRAIN D'ENFER POUR ANGE ROUGE / DEUILS DE MIEL
(en un seul volume)

LA CHAMBRE DES MORTS / LA MÉMOIRE FANTÔME
(en un seul volume)

LE SYNDROME [E] / [GATACA] / ATOM[KA]
(en un seul volume)

L'ENCRE ET LE SANG
avec Laurent Scalese

FRANCK THILLIEZ

AU-DELÀ
DE L'HORIZON
ET AUTRES NOUVELLES

Pocket, une marque d'Univers Poche,
est un éditeur qui s'engage pour la préservation
de l'environnement et qui utilise du papier fabriqué
à partir de bois provenant de forêts gérées
de manière responsable.

Le Code de la propriété intellectuelle n'autorisant, aux termes de l'article L. 122-5, 2° et 3° a, d'une part, que les « copies ou reproductions strictement réservées à l'usage privé du copiste et non destinées à une utilisation collective » et, d'autre part, que les analyses et les courtes citations dans un but d'exemple et d'illustration, « toute représentation ou reproduction intégrale ou partielle faite sans le consentement de l'auteur ou de ses ayants droit ou ayants cause est illicite » (art. L. 122-4).
Cette représentation ou reproduction, par quelque procédé que ce soit, constituerait donc une contrefaçon, sanctionnée par les articles L. 335-2 et suivants du Code de la propriété intellectuelle.

© 2020, Pocket, un département d'Univers Poche
ISBN : 978-2-266-30644-7
Dépôt légal : janvier 2020

Sommaire

Au-delà de l'horizon	9
Hostiles	101
Charybde et Scylla	137
Gabrielle	175
Sopor	195
Double Je	207
Ouroboros	251
Lasthénie	295
La Croisée des chemins	317
Un dernier tour	333
Origines	347
Le Grand Voyage	377

Au-delà de l'horizon

C'est le coup de fil de ma vie, mais il ne peut pas tomber au pire moment. À l'autre bout de la ligne, un officiel de la NASA m'informe que la mission Acheron II débute et qu'une voiture passe me prendre à 18 heures, devant mon pavillon de banlieue parisienne, pour m'emmener à l'aéroport.

Le point noir, c'est qu'Hélène doit accoucher dans les quarante-huit prochaines heures. Je veux absolument assister à la naissance de mon fils. Alors que faire ? Abandonner le rêve pour lequel je me démène depuis deux ans ? Mon oreille est collée contre le ventre arrondi de ma femme. Je perçois les coups de pied du bébé et y cherche mes réponses. Lui aussi a son mot à dire, après tout. Si j'accepte la mission, je ne serai pas là lorsqu'il ouvrira les yeux. Ni quand il fera son premier sourire. Toutes ces premières fois que je manquerai et qui ne pourront plus jamais être rattrapées. Je me redresse, observe Hélène, caresse sa peau tendue et son nombril qui ressort comme un bourgeon de rose.

— Chaque heure de chaque jour, je penserai à vous deux. Et puis, tu m'enverras des photos. Je verrai Nathan grandir et, nous deux, on sera toujours l'un auprès de l'autre.

— Hawaï, ce n'est pas si loin, dit-elle pour se rassurer. Au moins, c'est sur Terre.

— C'est sur Terre.

— Allez, va faire ton sac. Le temps presse.

J'attends ce moment depuis si longtemps qu'il ne me faut qu'une heure pour boucler mes bagages, un simple sac de sport grand format contenant le strict nécessaire. La vie sous le dôme sera plutôt rudimentaire. De toute façon, je n'ai pas le droit d'emporter plus de quinze kilos.

17 h 40, déjà. Je déteste. Le temps des dernières fois. Un dernier café, un dernier regard vers mon potager où poussent des variétés de légumes et de fruits, un dernier coup de téléphone à ma mère, qui à l'heure qu'il est remonte de Marseille pour accompagner Hélène à l'hôpital le jour J. J'essaie de retenir mes larmes, mais c'est difficile. Beaucoup de choses auront changé quand je reviendrai. Hélène essuie la goutte qui pointe au coin de mon œil. Pour elle aussi, le départ est un moment compliqué. Je ne serai pas là pour couper le cordon.

Je crois que je l'aime plus que jamais. Elle va tellement me manquer. J'imagine alors l'intense émotion de ces hommes et de ces femmes qui, dans les années à venir, quitteront vraiment la Terre pour s'envoler vers Mars. J'envie leur force et leur courage.

Je tends l'ordinateur portable à ma femme, avec la messagerie déjà paramétrée par les techniciens de la NASA pour qu'elle puisse me joindre au dôme.

— Notre lien. Tu le gardes toujours à proximité. Je t'écris, tu m'écris. Envoie-moi une photo par jour du bébé. Nos communications seront limitées, mais je veux le voir grandir et ne manquer aucun instant. Et n'oublie pas nos messages secrets, à n'utiliser qu'en cas d'urgence, si tu ne veux pas…

— … que la NASA sache, j'ai bien compris. Jure-moi encore que tu prendras soin de toi, que tu feras attention.

— Mon monde sera beaucoup moins dangereux que le tien. Il n'y aura pas âme qui vive à des dizaines de kilomètres à la ronde. On sera surveillés en permanence par les meilleurs spécialistes de la NASA. C'est à toi de faire attention, Hélène. Ici, en ville, c'est beaucoup plus risqué que là-bas. Je te contacterai dès mon arrivée.

Une voiture vient de klaxonner devant la maison. Je préfère ne pas m'attarder pour éviter des adieux déchirants et m'engouffre dans une berline noire. Un curieux sentiment me tord le ventre quand je disparais à l'angle de la rue. Une joie immense mêlée à l'amertume de devoir partir, d'abandonner mon épouse si proche de la date de l'accouchement. Mais je me rassure en me répétant que j'ai fait le bon choix. Il y a encore cinq ans, je n'étais qu'un étudiant en biologie, spécialisé en exobiologie – j'étudie tous les processus pouvant mener à l'apparition de la vie. J'ai postulé voilà vingt-quatre mois pour participer au projet Acheron II, et aujourd'hui j'ai la chance d'avoir été choisi parmi plus de dix mille candidats, après de rudes entraînements et d'interminables batteries de tests ultra-sélectifs, dont certains réalisés dans les locaux mêmes de la NASA. Je fais partie des six privilégiés qui vont étudier et optimiser, pendant trois cent soixante-cinq jours, les futurs voyages sur Mars. Et si je relève le défi, je serai peut-être l'un de ceux qui seront choisis pour, un jour, s'envoler vers la planète rouge.

À l'aéroport Roissy-Charles-de-Gaulle, un homme en costume m'accueille. Il est tout sauf avenant. Un visage grêlé, des lèvres en quartiers de pamplemousse. Il s'appelle Ronald Charon et vient de Washington. Il ne me remet pas de billet d'avion comme convenu et m'annonce que le vol se fera par jet privé.

— Un jet privé ?

— Votre destination n'est pas Hawaï, mais sachez que les conditions météorologiques et le dôme seront rigoureusement identiques à ceux qui vous ont été décrits dans la documentation. Le matériel de laboratoire que vous avez demandé vous attend déjà sur place.

— Pas Hawaï ? Comment ça ?

— La NASA souhaite que cette mission reste totalement confidentielle. Pas de journalistes, pas de publicité, ni de fuite sur Internet, impossibilité de vous localiser. Je vous rappelle que, lors des prochaines missions sur Mars, il faudra s'attendre à atterrir sur des terrains qui ne seront pas ceux planifiés. Cela vous pose-t-il un problème ?

Je suis surpris d'être informé de cette façon, dans un couloir d'aéroport, à quelques minutes du départ, mais j'imagine qu'il n'y avait pas d'autre solution. Avec les portables et les réseaux, tout fuite. Et dire que j'ai étudié la géographie aux alentours du volcan Mauna Loa pendant des semaines !… Me voilà bien avancé.

— Non, aucun problème.

— Bien. Remettez-moi votre téléphone. Je vous le restituerai dans un an.

Un an… Ça fait bizarre. Je lui tends mon mobile avec un geste d'hésitation. Il était bien stipulé, dans la foisonnante paperasse relative au projet, que les téléphones et appareils photo n'étaient pas autorisés sur le site et seraient « prélevés » avant installation, mais ce geste, là, maintenant, creuse la distance avec mes proches.

Une fois dans le terminal 2F, nous empruntons des couloirs et traversons des postes de contrôle qui ne sont pas ceux du commun des mortels. On me réclame mon passeport, mais jamais ma destination. Avec les contrôleurs, Ronald vérifie que je ne transporte pas de matériel photo ni de caméra. Une demi-heure plus tard, nous sommes installés dans l'avion, un Paradisio longue portée flambant neuf. Une dizaine de sièges confortables, des boissons et de la nourriture à disposition : la NASA a mis les moyens. Je suis seul avec l'Américain dans cet avion qui coûte une fortune et, tout à coup, je me sens important. Un peu d'amour-propre, ça ne fait pas de mal.

Les cache-hublots sont baissés, à dessein, impossible de les remonter. Ronald m'a aussi pris ma montre, il veut éviter que je calcule le temps de trajet. Quand je lui pose une question, il lève le nez de son sudoku, mordille son crayon de bois et prétend ne pas avoir la réponse : il est juste là pour s'assurer que j'arrive à bon port.

J'estime qu'il est aux alentours de 20 heures quand les roues quittent le sol français. Je me sens léger comme un oiseau, libre, investi d'une tâche essentielle. Je m'apprête à vivre isolé, à l'écart des médias, de toute forme de civilisation, déconnecté des réseaux et d'Internet. Cette rupture avec un monde qui va beaucoup trop vite me fera un bien fou. Je vais rencontrer cinq autres personnes fascinantes, brillantes qui, comme moi, auront laissé derrière elles leurs familles, leurs amis. Toutes, habitées par le même objectif : réussir cette mission et aller un jour sur Mars.

Mais je ne peux chasser l'angoisse qui m'envahit depuis quelques heures. La soudaineté du départ, le changement de destination, cette histoire de confidentialité absolue… J'ai tout de même la méchante impression que la NASA ne m'a pas tout dit.

*

Jour 1

Le choc du train d'atterrissage sur le tarmac me sort de ma torpeur. Je me suis endormi et je ne sais plus très bien où je suis. Ni quand. Jour ? Nuit ? On a pu voler dix heures comme quinze. Juste avant que la porte s'ouvre, Ronald me demande d'enfiler un masque occultant les yeux. On se croirait dans un film d'espionnage. L'air propulsé par les réacteurs est brûlant comme l'enfer et les odeurs de kérosène m'étourdissent. Un bras me guide jusqu'à un véhicule climatisé, puis on démarre.

Pas de radio dans la voiture. Ronald et le chauffeur, un autre Américain, me semble-t-il, échangent des banalités. Je suis stressé, j'ai le sentiment d'être une sorte d'otage, mais j'ai compris, dès le départ de Charles-de-Gaulle, que la mission avait déjà commencé. Il doit s'agir d'un test. L'un des buts d'Acheron II est d'évaluer l'état psychologique d'un équipage contraint de vivre confiné en milieu hostile. Les colonies qui iront sur Mars devront affronter un interminable voyage de six mois dans l'obscurité de l'espace, enfermés, forcés de respirer de l'air recyclé. Si je ne supporte pas un bandeau sur les yeux pendant quelques heures, je ne tiendrai pas longtemps.

Je me demande dans quel pays j'ai atterri. Il doit faire une vingtaine de degrés. Je réfléchis à des destinations possibles. Désert de l'Utah ? Corne de l'Afrique ? Une île quelconque, plantée au beau milieu du Pacifique ? La NASA possède des bases partout, parfaitement isolées.

Le moteur s'arrête après d'interminables kilomètres d'une route cahoteuse. Charon m'aide à sortir. Il m'ôte le bandeau. Je plisse d'abord les paupières, aveuglé par la lumière blanche, comme à la sortie d'un tunnel, puis suis cueilli par l'un des plus incroyables paysages qu'il m'ait été donné de voir. Le ciel d'un bleu pur, quadrillé de traînées moutonneuses d'avion, contraste avec une mer de roches rouges nuancée d'aplats couleur rouille et ocre. Elle s'étend à perte de vue d'un côté, interrompue de l'autre par un croissant d'imposants reliefs qui ressemblent à des volcans. S'il avait fallu décrire la surface de Mars, c'est en observant l'immensité qui m'entoure que je l'aurais fait, avec ce soleil plus gros ici que n'importe où ailleurs, et cette aridité implacable qui, déjà, m'assèche la gorge. Pas la moindre trace de végétation. Comme si la vie n'existait pas.

Le dôme se dresse à une centaine de mètres devant moi. Il correspond à la description que j'en avais : une demi-sphère blanche de onze mètres à son point le plus haut, couvrant une surface qui doit avoisiner les cent mètres carrés, reliée par un tunnel à un container appelé Little-Box. Notre véhicule d'exploration Nyx, équipé de ses propres panneaux solaires, repose à sa gauche. Les cinq autres membres de l'équipe sortent du sas pour m'accueillir. Je suis le dernier à arriver.

Ronald me rend ma montre et me serre la main. Je jette un coup d'œil vers la plaque d'immatriculation du Hummer, mais elle est illisible, car couverte de poussière rouge.

— Bien tenté, me lâche-t-il avec un sourire. Rendez-vous dans un an, même lieu, même heure.

Il remonte dans son véhicule, démarre aussitôt et rompt ainsi le lien avec la civilisation. Ça y est. Je ne peux plus faire demi-tour sans déclencher une procédure de récupération d'urgence, ce qui éliminerait toutes mes chances de partir un jour sur Mars. Drôle d'effet. Le pas encore un peu hésitant, le sac de sport en bandoulière, je me dirige vers le dôme. Je profite du vent tiède qui me caresse le visage, je respire une dernière fois l'air pur et cette odeur de pierre chaude. Quand j'aurai franchi les portes du sas, ces plaisirs simples me seront interdits pendant une longue année.

Tout en marchant, je regarde le cadran de ma montre, en espérant que Ronald n'ait pas modifié l'heure, et fais un rapide calcul : voilà plus de vingt-huit heures que j'ai quitté la maison. Il est 22 heures en France. Ici, le soleil est encore haut dans le ciel. On a dû voler vers l'ouest. Il faut que j'écrive à Hélène pour savoir si ma mère est bien arrivée, si les contractions ont débuté, si l'accouchement se présente dans les meilleures conditions. Tellement de pensées et d'émotions se percutent dans ma tête.

Alors que je m'apprête à enfiler ma montre, je constate que quelque chose est inscrit en français au crayon, à peine lisible, à l'intérieur de mon bracelet en cuir : *La vie n'est qu'illusion.*

*

Trois femmes, trois hommes. Moyenne d'âge, trente et un ans.

Johanna Watson, australienne, médecin, neuroscientifique.

Clarice Smith, américaine, physicienne.

Elizabeth Patisson, écossaise, biologiste.

Karl Oppenheimer, allemand, ingénieur en robotique.
Peter Johnson, américain, architecte.
Et moi, Marc Joisneau, 28 ans, le benjamin, exobiologiste.

Six scientifiques dans des domaines variés qui vont déployer tous leurs efforts et compétences pour démontrer que la vie en autosuffisance sur la planète rouge est possible. Nous nous serrons chaleureusement la main, nous présentons rapidement les uns les autres, échangeons sur l'étrange façon dont nous sommes tous arrivés ici.

Les suppositions vont déjà bon train sur l'emplacement de notre base. La plupart pensent à un pays d'Amérique du Sud, hypothèse la plus plausible. Évidemment, je ne leur parle pas du curieux message sur mon bracelet de montre. *La vie n'est qu'illusion.* Pourquoi un Américain, qui bosse pour la NASA, m'aurait-il écrit une chose pareille à l'aube du premier jour ?

Nous pénétrons dans la bulle où je vais passer la prochaine année. La première chose que je vois, en entrant dans le dôme, est le sas où sont accrochées nos six énormes combinaisons spatiales. Une fois cet espace de sécurité franchi, deux possibilités s'offrent au visiteur : tourner à droite, dans un tunnel menant vers Little-Box, ou continuer tout droit vers la pièce principale. C'est là qu'ont été disposés de façon circulaire nos espaces de travail, séparés par de petits paravents. Un univers restreint de fioles, de tubes à essais, d'ordinateurs, d'électronique, de livres. Un bordel de scientifiques qui représente le centre névralgique de nos recherches.

Mon laboratoire a été installé comme je l'avais réclamé. D'un coup d'œil je vérifie que rien ne manque, surtout mes micro-organismes. Du petit matériel – bécher, pipettes – est un peu fêlé, sans doute par le voyage. Heureusement, j'en avais demandé quelques-uns de rechange qui sont en bon état.

La visite continue. Dans l'autre moitié du cercle, derrière des cloisons, nous découvrons des pièces en enfilade : la cuisine, les toilettes sèches, la salle de bains qui se résume à une douche et un lavabo, un espace pour faire du tapis de course ou du vélo d'appartement – qui permettront par la même occasion de générer de l'électricité –, ainsi qu'une pièce équipée d'un ordinateur, appelée l'Isoloir. C'est l'endroit où chacun pourra communiquer avec ses proches dans une relative intimité, m'explique Elizabeth Patisson avec l'anglais écrasé des Écossais. Cette petite femme au visage éclaboussé de taches de rousseur a des cheveux couleur de feu coiffés en une longue tresse qui lui caresse le bas du dos. Elle déborde d'énergie et semble très bavarde. Nous formons un tandem de biologistes et sympathisons très vite. Elle travaille sur les écosystèmes entre végétaux, poissons et bactéries, les uns se nourrissant des déchets des autres.

Notre médecin, Johanna Watson, a les cheveux aussi bruns que Clarice Smith est blonde. Elle ne porte pas d'alliance. Karl Oppenheimer est un colosse germanique aux avant-bras de rugbyman et portant une barbe très sombre. Il semblerait que nous soyons les deux seuls mariés.

Dans la partie supérieure du dôme, accessible par un escalier en bois qui donne sur une mezzanine, ce sont nos chambres, ou plutôt nos cabines. Une succession de portes qui font penser à des toilettes pour dames dans un camping. À l'intérieur, quatre mètres carrés, plafond voûté et bas, lit ordinaire, table de chevet, petit placard, un morceau de moquette grise au sol et des parois fines comme du papier à cigarette. Pas de surprise, tout est conforme à la description fournie par l'entreprise américaine. C'est loin d'être un quatre-étoiles, mais on n'est pas en vacances.

Dernier arrivé, dernier servi. On m'a laissé la chambre la moins bien placée, celle qui donne juste sur l'escalier. J'y pose mon sac, en sors mon journal de bord que je compte renseigner chaque jour de mes recherches et impressions, ainsi que le foulard magenta et vert d'Hélène, qu'elle porte souvent autour du cou et imprégné de son parfum. Je le renifle, les yeux mi-clos. J'ai à peine le temps de le glisser sous mon oreiller qu'on m'appelle.

L'émetteur-récepteur, sorte de vieux téléviseur posé sur une minuscule table derrière nos laboratoires, affiche un visage avec une qualité d'image médiocre. C'est celui de Michael Lewis, notre référent, notre unique lien avec le monde extérieur. Petites lunettes rondes, figure émaciée, il est installé à un bureau. Dans son dos est tendu un grand drapeau frappé du logo de la NASA.

— Vous avez tous été rigoureusement sélectionnés par la NASA pour vos extraordinaires capacités d'adaptation et vos compétences qui, réunies, vont permettre la survie en autosuffisance de futures colonies sur Mars. Le ou les plus aptes d'entre vous auront peut-être la chance de partir dans les années à venir…

Regroupés autour du téléviseur radio qui semble dater des années 1970, on a tous le torse bombé. Je sens la fierté qui se dégage de nos poitrails.

— … À partir de maintenant, vous devez considérer que vous êtes sur Mars. Peter Johnson, votre doyen, est un militaire qui appartient à la maison. Aussi a-t-il été choisi pour être votre chef d'équipe et s'assurer que tout se passe au mieux…

On le regarde tous. Johnson a les mâchoires carrées, des yeux d'un bleu glacé, le charisme d'un capitaine de vaisseau. Le genre de type à porter un uniforme bardé de médailles.

— Vous aurez des règles extrêmement strictes à suivre. Vous les connaissez par cœur, mais je vous répète les plus importantes. D'abord, en aucun cas vous ne devrez sortir du dôme sans combinaison, qu'il y ait le feu, une fuite, une urgence qui vous pousse à l'extérieur. À partir de maintenant, JAMAIS sans la combinaison.

Son ton est autoritaire, son visage fermé. Il doit nous voir par l'intermédiaire d'une petite caméra glissée dans le cadre du téléviseur.

— De même, le protocole de retour dans le dôme doit être respecté à la lettre : déverrouillage de la porte extérieure du sas, décontamination, puis décompression avant ouverture de la porte intérieure. Ne rapportez de l'extérieur aucun organisme vivant. Tout manquement à cette règle entraînera votre radiation immédiate de la mission, la mise en péril de l'équilibre de votre groupe, et vous pouvez compter sur la NASA pour ruiner votre carrière. Acheron II *doit* réussir.

Ça jette un froid. Je regarde mes coéquipiers, immobiles face à l'émetteur. Oppenheimer a le front en nage. Il remarque que je l'observe et lance un petit coup de menton, l'air de dire : « Qu'est-ce qu'il y a ? » Je détourne la tête et reviens vers l'écran.

— ... Second point essentiel : l'eau. Clarice Smith, la physicienne de votre équipe, a pour mission de travailler sur la récupération des eaux d'hydratation des minéraux présentes dans le sol martien. Son projet devra être abouti au terme de cette année et le travail ne manque pas...

Smith, c'est le canon du groupe. Celle avec qui j'aurais adoré apprendre la physique. Allure svelte et sportive. Sa casquette des Eagles de Philadelphie lui va à ravir. À croire que la NASA avait des critères physiques très précis lors du recrutement.

— ... Dans tous les cas, les premiers colons devront absolument économiser l'eau, la ressource la plus précieuse. Sur Mars, le gâchis, c'est, là encore, la mort assurée. L'extraction d'eau n'étant pas d'actualité sur le sol terrestre, un réservoir de dix mille cinq cents litres est enterré sous le dôme. Une société extérieure avec laquelle vous n'aurez aucun contact viendra le remplir tous les soixante-dix jours, pas un de plus, pas un de moins. Vous êtes six, je vous laisse faire le calcul...

Je fixe mes voisins, qui se mettent à calculer comme moi. Ça donne vingt-cinq litres par jour et par personne, alors qu'un Français moyen en consomme environ cent cinquante. Je me suis entraîné avec quarante litres à la maison. On échange de brefs regards. Oppenheimer semble toujours aussi tendu. Patisson, Tresse de feu, est nerveuse. Elle appuie sur le bouton d'émission.

— Et que se passerait-il si nous devions épuiser le quota d'eau avant le remplissage du réservoir ?

Patisson remarque son erreur au moment où elle relâche le bouton : Lewis ne recevra pas ce message avant vingt minutes. Tout est reproduit pour notre mission, y compris le temps nécessaire aux ondes pour parcourir la distance Mars-Terre. Dans de telles conditions, les conversations normales, où chacun répond à l'autre, sont impossibles. Lewis continue son speech, imperturbable.

— Passons aux liens avec notre monde. Ainsi qu'il est stipulé dans la documentation, vous disposez chacun d'un compte sur l'ordinateur de l'Isoloir. Comme l'envoi et la réception de données consomment de l'énergie et de la bande passante, vous aurez droit d'envoyer et de recevoir un e-mail par jour à la personne définie lors de votre engagement dans le projet. Chaque e-mail reçu ou envoyé mettra vingt minutes pour parvenir à son destinataire. Les e-mails reçus ne devront pas dépasser un certain poids. Vous pouvez recevoir une photo par jour, mais, si celle-ci est trop lourde, sa qualité sera réduite... Notez aussi que l'émetteur utilisé en ce moment même pour que nous communiquions sera également employé comme canal d'informations. Une charmante voix féminine vous diffusera en boucle chaque matin, entre 7 et 8 heures, quelques brèves de notre monde. Politique, santé, économie. Cela vous permettra de garder un contact avec la réalité.

Nous l'écoutons stoïquement poursuivre son discours. Quarante minutes plus tard, au beau milieu de son monologue, nous arrive sa réponse à la question de Patisson. Ses yeux noirs se braquent froidement vers l'endroit où se trouvait Patisson vingt minutes auparavant. Elle s'est un peu décalée vers la gauche depuis.

— Le manque d'eau ne doit jamais se produire, Patisson. Les différents appareils de mesure offrent un accès en temps réel au niveau d'eau, d'énergie produite et consommée, à la température. Vous êtes les seuls maîtres de votre production et de votre consommation…

Il revient sur le sujet précédent. Les relations intimes ne sont pas interdites. Nous devrons, une fois par jour, remplir et envoyer, depuis l'Isoloir, des questionnaires sur notre santé, notre moral, sur les relations avec nos partenaires. Conflit ? Amitié ? Tension ? Tout doit être dit et analysé. Lewis nous rassure en affirmant qu'aucune caméra ne filme, sauf quand l'émetteur-récepteur est actif. En outre, nous allons devoir porter en permanence des capteurs qui renseigneront la NASA sur nos données biologiques – pulsations cardiaques, tension, sommeil – et notre position. En aucun cas ces capteurs ne doivent être enlevés, sauf pendant la toilette. Je savais tout cela, mais désormais, c'est concret. Il n'y a plus la moindre intimité.

Nous sommes des objets d'étude, nous appartenons à l'entreprise aérospatiale, corps et âme.

Michael Lewis déclare la mission officiellement commencée. Nous sommes le 10 juillet 2016, il est 16 heures. À peine a-t-il coupé la communication que je me dirige vers l'Isoloir. Je m'enferme dans la petite pièce, me connecte à mon compte privé et écris l'unique message journalier auquel j'ai droit.

Je sors de là une heure plus tard, après avoir reçu un message d'Hélène en retour, les larmes aux yeux. Ils sont tous à leur poste ou en train de faire l'inventaire du matériel.

— Je suis père !

Les visages se tournent vers moi, les gestes s'interrompent.

— Il s'appelle Nathan, il pèse trois kilos quatre pour cinquante-cinq centimètres. Il est né il y a quelques heures à peine.

Clarice Smith et Elizabeth Patisson viennent me taper dans le dos pour me féliciter, les autres me serrent la main. Oppenheimer écrase ses doigts si fort sur les miens qu'il me fait mal, mais il me dégaine un sourire. Johanna Watson, notre médecin, reste au poste où elle vient de s'installer et m'adresse un signe amical.

Ce soir-là, nous fêtons la naissance de mon fils et le début de notre aventure avec des dés de poulet lyophilisés et des flocons de pomme de terre que j'ai cuisinés (un bien grand mot). Notre premier dîner d'une longue série de plats déshydratés, auxquels s'ajouteront progressivement nos propres productions locales. Nous en avons profité pour établir le planning de roulement de la préparation des repas. Oppenheimer, notre Monsieur Électronique, a annoncé qu'il serait prêt à accomplir n'importe quelle tâche, y compris vider les toilettes, mais que jamais il ne serait capable de cuisiner quoi que ce soit, même s'il s'agissait de mélanger de la poudre et de l'eau. Patisson l'a sorti du roulement, elle adore mettre la main au fourneau, de toute façon.

Plus tard, seul dans ma minuscule chambre, le corps bardé de capteurs, je ferme les yeux en pensant à ma famille. Mon fils est arrivé sur cette Terre qui va mal, qui se meurt doucement, qui ne respire plus. C'est pour lui que je suis ici. Lui et ses enfants. Et tous les autres enfants du monde.

Cette mission est d'une importance capitale pour la survie de notre espèce.

Lewis a raison : nous devons absolument la réussir.

*

Jour 7

From : MarcJoisneau@acheron_nasa.com
To : HeleneJoisneau@free.fr

Chérie,
Merci pour la dernière photo, je suis tellement content de vous voir tous les deux. La qualité n'est vraiment pas terrible,

le système de réduction de taille des photos de la NASA laisse à désirer (messieurs, si vous lisez ce message !), je distingue mal vos visages, tu essaieras de réduire le poids du fichier de ton côté, pour voir si ça passe mieux. J'ai envie de me rendre compte à quel point Nathan me ressemble !

Ça y est, voilà une semaine que je suis enfermé dans le dôme. Aucune règle ne m'empêche de t'envoyer cette information, alors je le fais : d'après les recoupements de l'équipe, les décalages horaires, les températures et la géologie de l'endroit, nous nous trouvons quelque part dans le désert d'Atacama, au Chili. Un lieu qui ressemble comme deux gouttes d'eau à la surface de Mars. Région aride, sans vie et monotone, avec un rempart de volcans qui bouche l'horizon à l'est. C'est l'hiver ici, nuits très fraîches et journées agréables. Si tu peux faire une recherche sur Internet, m'en dire un peu plus sur cet endroit extraordinaire...

Tout se déroule plutôt bien, hormis quelques petites frictions dues à certains caractères bien trempés. Peter Johnson, notre chef, est un ingénieur militaire employé depuis quelques années par la NASA. Il est le plus caractériel mais incroyablement astucieux. Outre sa fonction de responsable de mission qu'il prend très au sérieux, il est l'architecte chargé du développement des futurs habitats sur Mars. Un peu le gendarme du matériel et des ressources de notre mission : le dôme est-il pratique et adapté pour une vie en communauté ? De quoi pourrait-on se passer ? Que manque-t-il ?

Il veille à ce que nous appliquions les règles et note chaque jour, scrupuleusement, les dépenses en ressources de chacun : eau, électricité, et même les calories lorsque nous faisons notre heure quotidienne de sport ! Karl Oppenheimer, notre spécialiste en robotique, transpire abondamment et sent très mauvais en fin de journée. Quand nous prenons une douche tous les trois jours pour entrer dans les quotas établis par Johnson (je te rassure, on se lave quand même, mais au lavabo !), lui doit le faire quotidiennement, et c'est un bien pour la communauté, crois-moi ! Mais, de fait, la consommation destinée à son hygiène monte inévitablement à trente et un litres, malgré tous ses efforts pour la réduire. Si on ajoute l'eau qu'il boit, son compteur personnel grimpe à plus de trente-trois litres, au lieu de vingt-cinq.

Heureusement, on peut compter sur Johnson pour trouver des solutions. Il a mis au point un mode de gestion de l'eau et des déchets très efficace. La majeure partie de l'eau des douches est récupérée dans un seau. Avec le contenu du seau, nous faisons notre lessive d'abord et nettoyons le sol ensuite. Pour la vaisselle, *idem*, on se sert de l'eau filtrée des douches (on met un tamis très fin sur le seau), sauf pour le rinçage, où nous utilisons un peu d'eau propre. Quand l'eau est vraiment trop sale, on la verse dans un réservoir de Little-Box, qui la déverse par un petit tuyau dans un réservoir extérieur exposé en plein soleil. Ainsi, l'eau s'évapore, les déchets organiques restent au fond. Je récupère ces déchets pour enrichir mon substrat, comme un terreau, et Patisson les utilise comme l'une des briques du développement de son écosystème.

Tu l'as compris, rien ne se perd, ici. Nous prenons vraiment conscience de la valeur des ressources de notre planète. Si seulement chacun d'entre nous pouvait avoir cette conscience, tout irait tellement mieux et nous n'en serions pas là, à rester enfermés dans un dôme pour trouver des solutions à la folie des hommes.

Sinon, les nuits sont très froides, et on ne met pas le chauffage pour économiser l'électricité, car les journées sont courtes et, donc, les panneaux solaires distribuent moins d'énergie. On ne peut se permettre de manquer d'électricité pour le fonctionnement de nos laboratoires et de nos équipements de survie. Ça ira mieux en période d'été. Qui peut le plus peut le moins, et puis on a des couvertures.

Demain, je te parlerai de nos toilettes sèches et de la manière dont on recycle ces déchets-là aussi. Tout un programme !

Prends soin de toi et de Nathan. Comment se passent ses nuits ? Et sa jaunisse, comment évolue-t-elle ? Je vous aime.

Marc.

Jour 8

From : HeleneJoisneau@free.fr
To : MarcJoisneau@acheron_nasa.com

Amour,

Vous êtes installés dans le désert d'Atacama ? Je suis étonnée que la NASA te laisse dire où tu te trouves, cela n'était-il pas censé rester secret ? Ou alors, ton Isoloir est vraiment un isoloir et ils ne surveillent pas les mails ? On peut toujours rêver.

J'ai regardé sur une carte, c'est vrai que les paysages ressemblent à ce qu'on connaît de Mars. Cette roche aux tons rouges est incroyable. Sache que c'est l'un des lieux les plus arides et isolés de la planète. À certains endroits, il n'est pas tombé une goutte d'eau depuis plus de cinquante ans ! Selon la position où vous vous trouvez, il n'est pas impossible que, certaines journées, une épaisse couche de nuages bas, appelée *camanchaca*, vienne obscurcir votre ciel, et ça peut durer longtemps. Comment ça va marcher avec les panneaux solaires, dans ce cas-là ?

Tout va bien ici aussi, la jaunisse de Nathan a disparu. Les nuits restent compliquées, la fatigue s'accumule, mais ça va. Je ne vais pas me plaindre alors que j'ai tout le confort à la maison, et toi presque rien. Ne t'étonne pas trop si mes envois journaliers sont à des horaires variés, priorité au bébé ! En tout cas, tes messages à toi arrivent à des horaires réglés comme du papier à musique, je reconnais bien là le scientifique.

Bon... À cause de la photo de Nathan en pièce jointe, le logiciel que les types de la NASA ont installé m'indique que j'approche déjà de mon quota de mots autorisé. C'est si peu. Peut-être qu'une fois sur deux je n'enverrai pas de photo, ce qui me permettrait de t'écrire davantage ? À toi de me dire : photo ou texte. Dans le pire des cas, je n'aurais besoin que de trois mots pour m'adresser à toi : « Je t'aime. »

Hélène.

Jour 17

Bonjour à tous.
Regard sur le monde du 26 juillet 2016.

Allemagne : une valise piégée explose près de Nuremberg, pas de blessés.

Arrestation en Espagne de deux Marocains soupçonnés de financement de l'État islamique.

Un rapport estime que deux cents espèces d'oiseaux sont en voie d'extinction.

Australie : un ministre du Vatican visé par une enquête pour abus sexuels sur enfants.

France : deux jeunes s'introduisent dans une gendarmerie de l'Aude pour attraper un Pokémon.

Réchauffement climatique : une centaine de rennes retrouvés morts en Norvège.

```
Hillary Clinton officiellement désignée candidate à
la présidentielle. Face-à-face Clinton/Trump.
À demain, l'équipe.
```

Jour 25

Le planning indique que c'est enfin notre tour, à Patisson et moi, de quitter le dôme et d'aller explorer les environs. Depuis vingt-quatre heures, j'attends cette sortie avec impatience, mais je sens que quelque chose cloche avec ma coéquipière. Elle qui était si enthousiaste hier est restée une bonne partie de la matinée dans sa chambre, alors qu'elle est toujours parmi les premières à son laboratoire. Elle économise ses mots, n'a pas mangé grand-chose. Elle m'assure pourtant que tout va bien, mais nous passons plus de douze heures par jour tous ensemble : la moindre rupture dans nos habitudes nous trahit.

Nous allons nous préparer. Enfin, je vais briser l'implacable monotonie qui s'est installée après l'euphorie des premiers jours. Échapper, l'espace de quelques heures, aux mesures des capteurs, à la petite tension qui règne dans le groupe, notamment entre Oppenheimer et Johnson. En plus de leurs frictions quotidiennes au sujet de l'eau, les deux hommes ont des opinions politiques complètement divergentes. Johnson a pris comme une insulte le fait que l'Allemand annonce que le peuple américain était assez stupide pour élire Trump. *Si Trump est élu, je quitte la mission sur-le-champ !* a rétorqué

Johnson. Les deux hommes ont parié. J'ai vu des éclairs dans leurs yeux quand ils se sont serré la main.

Seul dans ma combinaison que Johnson m'aide à enfiler, je suis bien. Après les rigoureuses procédures de vérification d'étanchéité et l'ouverture du sas, nous sommes enfin dehors. Le but de notre mission du jour est de nous diriger, au volant de Nyx, vers la barrière de volcans et de repérer des cavités qui pourraient servir d'habitat ou d'abri en cas de difficulté. Sur Mars, il faudra être capable d'évacuer la base rapidement et de se protéger lors de violentes tempêtes solaires et de fortes radiations.

Nous devons, à vue de nez, parcourir une vingtaine de kilomètres aller-retour, ce qui correspond, *grosso modo*, au tiers de l'autonomie de Nyx. L'engin, bardé d'instruments de navigation, nous signalera quand il sera temps de rebrousser chemin. On ne peut se permettre de dépasser le seuil critique, le fameux point de non-retour, au risque de devoir rentrer à pied. Et marcher dans un tel désert...

Nyx est génial à conduire, ses grosses roues absorbent les reliefs cahoteux et me permettent de suivre mon cap. Avec la vitesse, j'imagine la sensation du vent sur mon visage. Le soleil tape à travers mon casque, la chaleur est intense, malgré le système de refroidissement. J'ai l'impression d'être enfermé dans une boîte de conserve géante ; heureusement, un petit tube m'alimente en eau en cas de besoin. Du coin de l'œil, j'observe Patisson. Elle est très pâle et a l'air nauséeuse. Je coupe la radio qui nous relie au reste du groupe.

— Ça ne va pas ?

— Ce soleil qui tape… Il ne faisait pas aussi étouffant dans les combis pendant les entraînements.

— Tu veux rentrer ?

— Non, ça va.

J'hésite, elle n'a vraiment pas l'air bien. Nous sommes désormais loin du dôme, hors de vue de l'équipe. Patisson touche en permanence la bulle de Plexiglas à sa base, comme si elle cherchait à se gratter.

Au kilomètre 14,2 depuis le dôme, on arrive au pied d'un canyon d'une dizaine de mètres de profondeur. Il déchire la terre rouge telle une plaie, s'enfonce entre des monts couleur terre de Sienne jusqu'à disparaître derrière des flancs abrupts. J'informe la radio qu'on descend. On longe le serpent de roches, chaque mouvement est difficile, tant les combinaisons sont lourdes. Il faut prendre garde où l'on pose les pieds. Une chute serait fatale pour notre équipement à plusieurs dizaines de milliers d'euros.

Rapidement, on repère des cavités qui s'enfoncent dans le ventre de la Terre. Les ombres nous enveloppent lorsque nous nous aventurons à l'intérieur de l'une d'elles. J'allume mes lampes, réparties de chaque côté de mon casque, et surprends une espèce de salamandre albinos qui détale pour échapper au faisceau. Ainsi, des formes de vie existent dans ce désert. Cette grotte semble immense, profonde, mes lumières ne creusent même pas le fond de cette grande bouche noire qui s'enfonce sous le sol. Elle ferait un abri idéal. Évidemment, il n'y a aucun risque de tempêtes solaires sur la planète bleue, mais je reste jusqu'au bout dans mon rôle d'explorateur et en transmets les coordonnées GPS à notre physicienne, Johanna Watson.

Paré à m'aventurer en profondeur pour voir ce que la grotte a dans le ventre, je me retourne vers Patisson, qui a disparu. Je la retrouve à l'entrée, assise dans un coin, immobile. Comme anesthésiée. Je m'approche et constate que ses yeux sont rouges. Elle les lève tristement vers moi.

— Ma mère est morte.

Je m'accroupis péniblement. Avec ces combinaisons, chaque geste en vaut dix. Elle inspire fort.

— Ça faisait des années que je ne lui parlais plus, mais c'était ma mère…

Elle explose en sanglots. Sa respiration s'accélère, sa visière intégrale se recouvre de buée et, d'un coup, elle se met à ventiler. D'un brusque mouvement des mains, elle cherche à atteindre les papillons métalliques latéraux qui maintiennent l'étanchéité de son casque. Je lui serre les poignets.

— Ne fais pas ça !

Elle se débat et hurle, en proie à la panique. J'écrase ses mains gantées dans les miennes et plaque ma visière contre la sienne. Nos visages sont à une vingtaine de centimètres l'un de l'autre.

— Si tu ouvres, des capteurs informeront immédiatement l'équipe et Lewis que tu as rompu le contrat. Je veux que tu réfléchisses bien avant d'agir. On a été préparés psychologiquement à affronter ce genre de situation. Ressaisis-toi !

Sa respiration ralentit, elle finit par se calmer. Baisse le visage sous son casque qui, lui, ne bouge pas.

— Raconte-moi, je lui demande. Comment tu l'as appris ?

— Ce matin, dans l'Isoloir... Un message de ma sœur. Un choc frontal sur une nationale... Un chauffeur de camion qui s'est endormi. Elle n'a eu aucune chance. Elle n'avait même pas soixante ans.

J'imagine l'horreur de la situation, le choc pour Elizabeth, sa douleur à la lecture du message. Comment aurais-je réagi s'il était arrivé quelque chose à l'un de mes proches ? Nous sommes si loin... Dans mon casque, la radio grésille, Johnson me demande si tout va bien. Je cherche la réponse dans les yeux de Patisson, elle acquiesce, elle va tenir le coup, mais je sais que, comme ce canyon, une grande déchirure lui creuse désormais l'esprit.

J'explorerai davantage cette grotte lors d'une autre sortie. Alors que nous retournons au véhicule, j'ai l'impression de voir quelque chose briller au sommet de l'un des monts, loin à l'horizon. Comme un éclat d'étoile. Ça a duré un instant si bref que je me demande si ce n'était pas juste un reflet du métal du module venu frapper ma visière.

Je nous ramène à la base. En route, Patisson me parle avec nostalgie de l'Écosse, de ses territoires farouches d'un vert intense qu'on ne voit nulle part ailleurs. Ce sont les couleurs froides qui lui manquent ici, davantage que les gens. Les verts profonds, les bleus de la mer et du ciel nordique éclaboussé d'étoiles. De nouveau, elle pleure et ses yeux la piquent.

J'appuie sur le bouton qui ouvre la porte du sas. Après le cycle de dix minutes de décontamination et de décompression, on peut enfin enlever nos combinaisons. Elizabeth Patisson va rincer ses yeux rougis et gonflés avec de l'eau. Elle fait le choix d'annoncer la nouvelle à tout le monde et signale qu'elle va rester : Mars, c'est toute sa vie.

Nous nous regroupons tous autour d'elle. C'est le premier vrai instant de communion entre nous, et même Oppenheimer et Johnson mettent de côté leurs querelles. Dommage qu'il faille un décès aussi violent qu'inattendu pour que cela arrive.

Journal de bord, jour 35

Cher journal,
Victoire ! Après un peu plus d'un mois sous le dôme, j'ai réussi à transformer l'équivalent d'un sol martien en substrat pour mes plantes. Un grand pas, puisque cette réussite signifie que je vais être capable de produire des ressources – surtout des légumes verts – uniquement à partir d'éléments martiens et des quelques grammes de micro-organismes emportés dans mes éprouvettes au démarrage de la mission.

Outre le substrat, mes « fabrications maison » font sensation. Watson adore le pain et le fromage que je fabrique à partir des souches microbiennes. Patisson, elle, c'est mon fromage blanc. Tu ne t'en rends peut-être pas compte, mais ce qui s'est passé ces derniers temps est un sacré progrès. À partir de mes micro-organismes que je peux dupliquer autant que je veux et de façon très rapide, je suis capable de produire de la nourriture et de remplir six estomacs sur le long terme.

Patisson va mieux, après dix jours, elle a bien encaissé le choc de la mort de sa mère. On joue aux échecs pour oxygéner nos neurones. Elle est plutôt douée pour ce jeu, d'ailleurs.

En dehors de ses recherches, Oppenheimer a construit un petit robot à roulettes, Chronos, qui se balade de façon aléatoire dans le dôme et affiche le nombre de secondes restantes avant la fin de la mission : plus de vingt-huit millions. Je ne sais pas si c'est une bonne idée de nous rappeler sans cesse que la mission vient à peine de commencer.

L'Allemand passe beaucoup de temps dans l'Isoloir à rédiger ses messages et répondre aux questionnaires. On l'entend parler seul, y compris face à ses circuits électroniques. Genre, l'ami imaginaire. C'est que l'isolement, l'enfermement, ça peut taper un peu sur le système, et je sais que sa famille lui manque.

Johnson et notre spécialiste de l'extraction d'eau, Smith, forment un couple depuis cinq jours et disparaissent au moins une fois par jour sur la mezzanine, esclaves de leurs hormones. Ça nous fait rire, surtout quand ils mettent la musique pour qu'on ne les entende pas. Les tensions avec Oppenheimer se sont de ce fait apaisées, d'autant que nous maîtrisons mieux notre consommation d'eau. À quatre litres près, on est dans les clous. Je suis très fier de mes vingt-trois litres quotidiens.

Pour résumer, un bon mois est passé et tout va pour le mieux, hormis les nuits qui restent très fraîches. Nous n'avons pas encore eu une seule goutte de pluie, mais deux journées plombées par le camanchaca, cette fameuse couche de stratocumulus qui plongent notre environnement dans la pénombre et empêchent

nos panneaux solaires de fonctionner au maximum de leur capacité. Cela arrivera aussi sur Mars, avec les tempêtes de poussière. Dans ces moments-là, il faut faire avec et se serrer la ceinture. Mais c'est très gratifiant de voir qu'on peut s'en sortir, même quand la nature nous mène la vie dure.
La suite bientôt...

Jour 37

Je décide de ranger le bazar qu'on a fichu au fil des jours dans Little-Box. Se servir, déplacer, sans rien ranger, c'est bien caractéristique des scientifiques. Johnson et Patisson proposent de m'aider, mais je leur réponds que ça va aller et que j'ai du temps : mes recherches ont bien avancé ces derniers jours et mes plants se développent correctement.

Circuler dans ce container est devenu impossible. Des câbles courent partout, entre les relais radio, le chauffe-eau, les batteries des panneaux solaires, les outils, les disjoncteurs. Les armoires débordent de boîtes, de bocaux de produits sens dessus dessous : viande séchée, fruits et légumes déshydratés, des pâtes, du riz, du lait en poudre... Des cartons de petit matériel de laboratoire – blouses, gants, surchaussures – sont empilés dans tous les sens, il y a même un vieux vélo hors d'usage et un tapis de course cassé, peut-être déjà utilisés lors de missions précédentes. Nous ne sommes apparemment pas les premiers à utiliser cette base.

Je vide Little-Box avec méthode, comme je peux, en répartissant le fourbi dans le tunnel. J'ai pour idée de disposer les armoires différemment, afin d'optimiser l'espace. C'est en décollant l'une d'entre elles de la paroi du fond que je découvre l'existence d'une petite valise en métal. Elle était précautionneusement cachée derrière une planche de contreplaqué inaccessible et fermée à l'aide d'un cadenas à trois chiffres.

Le bruit d'un objet qui tombe me fait me retourner.

— Il y a quelqu'un ?

Je me précipite à l'entrée du tunnel, mais ne vois personne. Étrange, j'ai la sensation qu'on m'observait. Valise en main, je m'assieds contre la paroi et me mets à tester les combinaisons une à une. Le déclic se produit une demi-heure plus tard, au nombre 348. J'ouvre la mallette. Elle est vide mais contient de la mousse grise et dure, destinée à caler un objet qui, en l'occurrence, n'est plus à sa place, mais que je reconnais immédiatement par la découpe en creux de sa forme.

Une arme à feu.

*

La mallette est ouverte sur la table où repose notre télé émetteur-récepteur. Oppenheimer lisse ses cheveux bruns vers l'arrière, jusqu'à étirer ses paupières.

— Qu'est-ce que ça veut dire ?

— Qu'il y a sans doute une arme ici, quelque part sous le dôme, réplique Doc Watson.

— T'es en train de dire que l'un d'entre nous cache un flingue ?

Watson ne répond pas. Patisson lève les yeux vers Johnson.

— La NASA est forcément au courant. Vu les contrôles qu'il nous a fallu passer dans les aéroports, aucun d'entre nous n'a, bien évidemment, pu apporter cette arme. La valise était là avant notre arrivée. Vide ou pas ? À toi de nous dire. T'es le chef. T'es au courant de quelque chose qu'on ignore ?

Au milieu du dôme, il fait sombre et froid. Seule une guirlande de LED orangées éclaire nos visages. Au fond, notre matériel ressemble à un festival d'ombres chinoises inquiétantes. On se sonde les uns les autres. Depuis notre arrivée, chacun de nous se rend régulièrement dans Little-Box. N'importe qui a pu prendre cette arme. Johnson hoche le menton vers Oppenheimer.

— Je ne suis au courant de rien, la NASA ne me dit pas tout, figure-toi. C'est toi qui es arrivé le premier. T'étais là des heures avant tout le monde.

— Et ?

— T'es peut-être allé faire un tour dans Little-Box. Cette mallette, elle ne te dit rien ?

La tension monte d'un cran. Oppenheimer s'apprête à empoigner l'Américain, mais le docteur Watson s'interpose.

— S'énerver ne sert à rien. La confiance entre nous doit régner, coûte que coûte. Il est évident que personne n'a d'arme. À quoi servirait une arme sur une base scientifique ? Et pour lever toute forme de doute, je propose qu'on aille jeter un œil dans toutes les chambres. Quelqu'un s'y oppose ?

À scruter les visages, j'ai le sentiment que nous sommes tous autant surpris et effrayés par ma découverte. Patisson appuie sur le bouton de l'émetteur et se penche vers le micro.

— Patisson pour Lewis. 19 h 02. Joisneau a trouvé une mallette vide cachée dans Little-Box. Elle a contenu un flingue. Qui l'a mise là ? Qu'est-ce que sa présence signifie ? Terminé.

En attendant la réponse, on grimpe à la mezzanine. Sous le regard de ses coéquipiers, chacun montre sa bonne foi. On commence par ma chambre. Matelas soulevé, armoire ouverte et vêtements sortis. Dans la dernière chambre, Smith pique un fard sous la visière de sa casquette et se précipite sur sa petite culotte qui traîne au pied du lit de Johnson. On se détend un peu.

Grésillement, un bip, on redescend et fonce autour de l'écran qui s'est allumé. Il est 19 h 50. Lewis apparaît. La qualité de l'image est toujours médiocre – basse définition pour des raisons de bande passante –, mais le visage est toujours aussi anguleux et fermé.

— Lewis pour Acheron II. 19 h 28. Nous ignorons la raison de la présence de cette mallette. La NASA n'a pas introduit d'arme sur la base. Nous enquêtons de notre côté. Poursuivez la mission. Terminé.

L'écran s'éteint déjà. Oppenheimer va et vient, le regard noir.

— Ce n'était pas dans le contrat, ça. Ce n'était pas dans le contrat. Lewis ment. Comment il pourrait ignorer ce qui se trouve dans une base qu'il gère ? Il est au courant de quelque chose. Bien sûr, qu'il est au courant.

Plus tard, notre repas est plombé, le thon et les brocolis déshydratés passent mal. Watson, qui cherche toujours à apaiser les tensions, essaie de nous convaincre que cette valise était déjà vide bien avant l'arrivée du premier d'entre nous. Patisson se recule sur sa chaise.

— Nous sommes Acheron II. J'ai fait des recherches partout avant de venir ici, je n'ai jamais entendu parler d'Acheron I. Et vous ?

Un silence balaie notre table ronde. Patisson se redresse, les mains posées à plat de chaque côté de son assiette vide. Sa tresse danse dans son dos comme un serpent.

— Chacun d'entre nous pourrait citer une liste longue comme le bras de bases référencées partout dans le monde. Mais qui était au courant qu'il existait une base de la NASA dans le désert d'Atacama ?

— Personne ne la connaît, réplique Smith. À ma connaissance, elle n'a jamais été citée, ni dans la documentation officielle de la NASA ni sur Internet. Elle n'existe pas.

— Si elle n'existe pas, alors nous non plus.

Un courant glacé parcourt notre groupe. On s'efforce de comprendre, on émet des hypothèses, mais personne n'a la réponse. Oppenheimer s'est remis à transpirer. Il est tard, tout le monde est tendu, il est temps de quitter la table. Doc Watson et Patisson retournent devant leur paillasse, quand les autres montent dans leurs chambres. Plongé dans le désert d'obscurité, le dôme prend des allures de sanctuaire glauque.

Cette nuit-là, je n'arrive pas à fermer les yeux et les garde rivés sur ma porte fermée. Le silence est absolu, je perçois à peine le ronflement du système de recyclage et de purification d'air. À 3 h 15, le plancher de la mezzanine craque, j'entends des pas dans l'escalier. Je me lève discrètement. L'ombre massive d'Oppenheimer se rend dans la cuisine. J'entends le bruit du robinet, le claquement d'un verre. Après avoir bu, il remonte doucement. Je cours me réfugier sous ma couverture.

Je baisse les paupières pour mieux m'imaginer sortir du dôme, sans combinaison, et hurler aussi fort que je pourrais. Qui m'entendrait crier, ici ? Je me souviens du mot écrit sur le revers du bracelet de ma montre : *La vie n'est qu'illusion.* Y a-t-il seulement eu une mission Acheron I ? Si oui, qu'est-il advenu de l'équipage ? Pourquoi n'en avons-nous jamais entendu parler ? L'un d'entre nous est-il en possession d'une arme déposée par la NASA ? Dans quel but ? Pourquoi nous voudrait-on du mal ? Pour la première fois depuis mon arrivée dans le dôme, j'ai peur.

Jour 42

Bonjour à tous.
Regard sur le monde du 21 août 2016.

Turquie : un attentat suicide fait au moins cinquante morts.

Californie : les incendies les plus dévastateurs de l'histoire du pays ravagent des milliers d'hectares de forêt.

Brexit : chute de la livre sterling, l'économie européenne dans la tourmente.

Madagascar : deux jeunes Français retrouvés massacrés sur une plage.

Sur les six premiers mois de l'année 2016, la banquise arctique a enregistré des fontes record.

À demain, l'équipe.

Journal de bord, jour 50

Cher journal,
Quinze jours se sont écoulés depuis ma découverte de la mallette dans Little-Box. Quinze jours qui me font penser à l'horizon de la mer : je suis incapable de dire si c'est proche ou loin. Nos journées se ressemblent tellement que j'ai l'impression de perdre la notion du temps. Mêmes terres rouges étendues à l'infini, qu'on aperçoit par les petits hublots, visages identiques autour de moi. Je connais le nombre exact de marches de l'escalier menant à ma chambre, de pas entre la pièce principale et la cuisine. Rien

qu'à écouter les foulées sur le tapis roulant, je devine qui de Smith ou de Patisson est en train de courir. Seuls les messages matinaux et les e-mails échangés avec nos proches brisent l'implacable monotonie qui nous étouffe.

Au lendemain de l'effroyable trouvaille, Johnson a insisté pour qu'on remette la valise à sa place et qu'on n'y touche plus. Malgré nos relances, notre référent à la NASA n'est pas revenu sur le « problème ». De notre côté, nous avons décidé de ne plus aborder cet épisode. Je continue à me dire que j'ai très bien fait de ne pas mettre Hélène au courant. Elle est si loin. Que pourrait-elle y faire ? À quoi bon l'inquiéter ?

Bref, on essaie de faire comme si de rien n'était, on continue nos travaux, on plaisante, on fait du sport sur le tapis ou le vélo, on cuisine, mais quelque chose s'est brisé. Nos regards en coin, lorsqu'on est installés sur nos paillasses, en disent long. Chacun s'interroge sur chacun.

La nuit, Oppenheimer continue à parler seul. J'entends sa voix grave, sa chambre étant juste à côté de la mienne. Hier, je l'ai vu s'adresser à une photo sur laquelle se trouve son garçon de douze ans, Elliot. Je crois que c'est lui qui souffre le plus du manque. Ça ne fait même pas deux mois qu'on est ici, mais ça en paraît dix.

À bientôt.

Jour 52

C'est mon tour dans l'Isoloir, un message d'Hélène vient d'arriver. Je l'ouvre, la photo de mon fils apparaît. Il aura bientôt deux mois, un duvet de cheveux noirs comme les miens tapisse son crâne. Il a un sourire angélique. Dommage que la qualité soit aussi médiocre et ne me permette pas de distinguer les détails de ses iris, le grain de sa peau, la courbure précise de ses sourcils.

From : HeleneJoisneau@free.fr
To : MarcJoisneau@acheron_nasa.com

Trésor,

Je stoppe ma lecture. « Trésor », c'est un code entre Hélène et moi. Lorsqu'elle écrit « Chéri », je n'ai rien à chercher dans sa lettre. Mais quand elle commence par « Trésor », ça signifie qu'elle a quelque chose d'important à me transmettre et qu'elle ne souhaite pas que la NASA le lise. On se doute, tous les deux, que nos échanges sont décortiqués par Lewis ou tout autre agent. L'Isoloir nous permet juste de nous couper du reste de l'équipe, certainement pas de l'Agence qui surveille tout. Le système que nous avons mis en place avant mon départ est simple : un double espace doit être inséré devant chaque mot constituant le message secret.

Je dois me contrôler, absolument. Les capteurs… Le petit saut qui vient d'avoir lieu dans mon cœur, la brusque montée d'adrénaline pourrait me trahir. Je lis donc très attentivement, à la recherche des doubles espaces.

Dans deux jours, maman doit venir pour passer du temps avec Nathan et moi. Les personnes qui s'occupent de sa santé la laissent entre mes bonnes mains, exactement comme moi, je te laisse entre les bonnes mains de la NASA. Les journées promettent d'être chargées, tu sais que les moments passés avec maman sont toujours riches en aventures et rebondissements, mais ça va aller ! Ça fait si longtemps qu'elle n'est pas venue à la maison. On ira prendre des photos au parc, j'essaierai de t'en envoyer une belle de Nathan. Tu me dis que tu continues à recevoir mes photos de mauvaise qualité, malgré leur taille que je réduis au maximum. J'ai pourtant essayé sous tous les angles, mais je ne suis pas experte.

Je pense à toi, chaque minute de chaque heure. Mes amies disent que Nathan a tes yeux, alors, je te vois un peu à travers lui. J'ignore pourquoi ils ne te laissent pas envoyer des photos de toi. Ton visage me manque tellement. Comment me reviendras-tu ? Au fait, comment allez-vous faire pour vous couper les cheveux ? Toutes ces petites choses de la vie, qui doivent être beaucoup plus compliquées là où vous êtes...

J'espère que ces hommes et ces femmes avec qui tu passes chaque minute de ton temps sauront supporter ces longs mois restants d'isolement. Avec tous ces petits accrochages que tu évoques, certains de tes coéquipiers me font peur. Cet Allemand qui parle tout seul, surtout. Et tu me dis que Johnson fricote avec Smith ? Enferme deux Américains dans la même pièce, forcément... En tout cas, j'espère qu'ils ne sont pas trop bruyants (hihi).

Je t'embrasse tout plein, je t'aime.

Hélène.

Ma gorge s'est serrée au fil de ma lecture, mais je respire calmement. Le message caché est bien là. Il dit : « Deux personnes de la NASA sont venues à la maison prendre des photos de Nathan sous tous les angles. J'ignore pourquoi. Ces hommes me font peur. »

Les bras m'en tombent. Pourquoi ont-ils fait une chose pareille ? J'ai envie de me précipiter vers l'émetteur et de demander des comptes à Lewis. En quoi mon fils tout juste né intéresse-t-il la NASA ? Pourquoi ces photos ? À quoi jouent-ils dans mon dos ?

Je déteste cette situation, je me sens impuissant, isolé dans ma bulle au milieu du désert. Si j'envoie un message à Lewis au sujet de cette visite, il me demandera comment je suis au courant, ça révélera forcément notre secret, à Hélène et moi. Ils découvriront notre système de codage.

Je réfléchis toute la nuit, incapable de dormir. Des psychologues de la NASA étaient déjà venus à la maison, de nombreuses fois, pour les sélections. Parfois, j'étais aux côtés de ma femme durant les interrogatoires. D'autres fois, ils la questionnaient seule. Hélène aussi avait eu droit à son lot d'indiscrétions. « Supporterez-vous l'absence de votre mari ? » « L'encouragez-vous dans ses démarches ? » « Seriez-vous prête à le laisser partir sur Mars pour le bien de l'humanité ? »

Mais pourquoi le retour de ces hommes au bout d'un mois et demi, alors que la mission est en cours ? Pourquoi ces photos de mon fils ?

Le lendemain, lors de mon questionnaire quotidien, les questions de la NASA pleuvent dans l'Isoloir : « Pourquoi avez-vous mal dormi ? » « Y a-t-il quelque chose qui vous perturbe ? » « Qu'aimeriez-vous connaître du monde extérieur ? » Ils essaient d'entrer dans ma tête. Mon stress monte face à ces questions, et ils le savent. Je leur mens du mieux que je peux, trouve des excuses, signale que la mallette continue à me troubler et m'empêche de bien dormir.

Mais peut-on mentir à la NASA ?

Plus tard dans la journée, grâce à notre code secret, je cache à mon tour un message dans mon mail. Je dis à Hélène de ne pas s'inquiéter. Je lui demande d'écrire, en clair dans sa réponse du jour, que des hommes de la NASA sont venus prendre des photos de Nathan la veille. En effet, l'agence pourrait trouver suspect qu'Hélène ne me rapporte pas cette anecdote. Dans nos échanges, on doit rester le plus naturel possible. Parler de tout et de n'importe quoi, comme un couple qui n'a rien à cacher.

La réponse de ma femme arrive quatre heures plus tard. Nulle part il n'est question de cette visite.

Ma tension artérielle grimpe, mon cœur bat trop vite. Je ferme mon compte et tente de garder un air détendu lorsque je passe devant mes équipiers. J'enfile ma tenue de sport et vais courir sur le tapis, histoire de cacher mes émotions et, par la même occasion, de générer mon quota d'électricité. Ou Hélène a mal compris le sens de mon message caché, ou la NASA modifie les messages qu'elle m'envoie.

Je vais plus loin encore dans ma réflexion : et si mes propres mails étaient retouchés aussi ? Et si la NASA agissait dans les deux sens, afin de garder une cohérence entre nos communications ? Ajouter et supprimer ce qui leur plaît, éliminer les données trop sensibles, qui mettraient en péril la mission. Façonner la vision que j'ai du monde extérieur, de ma famille, telle qu'ils la souhaitent. Nous sommes ici comme dans la caverne de Platon : notre vision de l'extérieur n'est peut-être pas la réalité. Comment savoir ?

Depuis la petite pièce, je tourne la tête vers mes collègues que j'aperçois dans l'embrasure. Smith et son oscilloscope, Oppenheimer et ses circuits électroniques… Ils sont concentrés sur leur tâche, leur mission. Sont-ils trompés, manipulés, eux aussi ? Jusqu'à quel point ?

Jour 54

Mon message caché : « Ils lisent et modifient nos messages. Prudence. »

Sa réponse cachée : « Reçu. Pourquoi font-ils ça ? »

Jour 55

Mon message caché : « Sais pas. Sois plus attentive, espace davantage les séquences de mots cachés. Trop visible. »

Sa réponse cachée : « Très bien. Tout ça, pas normal. Tu devrais arrêter la mission. »

Jour 56

Mon message caché : « Ça va, mission se passe bien. Est-ce que tu sais où nous nous trouvons ? »

Sa réponse cachée : « Hawaï. »

Jour 57

Mon message caché : « Je t'ai parlé de l'accident de la mère de Patisson ? »
Sa réponse cachée : « Sa mère ? Un accident ? Non, jamais. »

Jour 58

Mon message caché : « Renseigne-toi sur l'accident de la mère de Patisson. Habite Galway. »
Sa réponse cachée : « Très bien. Je te dis demain. »

Jour 59

Sa réponse cachée : « Pas eu d'accident. Je l'ai eue en ligne. En pleine forme. »

Jour 60

3 h 50 du matin. Oppenheimer vient de boire de l'eau, de remonter et de s'allonger dans son lit. Nuit horrible, comme les autres. Les parois m'oppressent, le plafond en pente m'écrase, j'ai de plus en plus la sensation d'étouffer, comme si j'étais enfermé dans un cercueil. Dehors, le vent souffle fort, les grains de poussière viennent crisser contre les parois du dôme, on dirait que des monstres surgis des profondeurs de l'enfer sont venus nous chercher et grattent partout autour de nous.

Recroquevillé sous mes couvertures, j'ai froid. Ce froid perpétuel qui nous enveloppe chaque nuit depuis notre arrivée.

Patisson... Je n'arrive pas à croire qu'elle ait pu nous mentir pour l'accident de sa mère. Pourquoi aurait-elle fait une chose pareille ? Afin de se faire passer pour une victime ? Pour qu'on ne la suspecte pas une seule seconde d'être en possession de l'arme ? Inlassablement, je me repasse le film de notre sortie extra-véhiculaire, au vingt-cinquième jour. Je me rappelle son visage livide, sa panique dans la grotte, et cette buée contre sa bulle de Plexiglas. Comment simuler une telle détresse ?

Si elle n'a pas menti, alors c'est la NASA qui lui a menti. *Ils* ont modifié le message envoyé par sa sœur pour y ajouter cette atroce nouvelle. Mais là aussi, c'est incohérent. Je les imagine plutôt gommer l'annonce d'un décès que d'en créer un de toutes pièces. Quel serait leur intérêt de la pousser à abandonner la mission ?

6 h 55. Je me lève, enfile mon jean et mon tee-shirt avec le logo de la NASA, puis je jette un œil par le hublot qui domine l'escalier. Ciel gris, lourd, impression d'une seconde nuit. Le fameux *camanchaca* s'est déployé au-dessus du désert, on risque de ne pas voir le soleil de la journée. Méchante sensation d'être un poisson dans un bocal, au fond d'une cave.

Comme d'habitude, Doc Watson est la première à son poste – et la dernière à aller se coucher. Après son tour dans l'Isoloir, elle a comme souvent le sourire : elle est fiancée et doit se marier à son retour à Sydney. Elle retourne travailler sur son projet, corps et âme : elle étudie l'impression en trois dimensions d'instruments chirurgicaux et leur utilisation par ses coéquipiers, nous en l'occurrence, en suivant à distance les instructions d'un chirurgien. Sur Mars, chaque membre devra être capable d'opérer son voisin.

Patisson suit juste derrière et va préparer le petit déjeuner. Les *news* du jour défilent à la radio, répétées en boucle de 7 à 8 heures.

```
Bonjour à tous.
Regard sur le monde du 8 septembre 2016.

Syrie : le commandant de la principale alliance de
rebelles tué dans une frappe.

Europe : afflux sans précédent de réfugiés et de
migrants.

Une jeune femme défigurée à l'acide en mannequin
vedette au premier jour de la Fashion Week de
New York.

10 % des terres sauvages ont disparu en vingt ans.

Tuerie dans un lycée de La Nouvelle-Orléans. Trente
et un morts.

À demain, l'équipe.
```

L'écran reste éteint quand la voix s'exprime. Cette dernière est douce et féminine, j'imagine une jeune opératrice qui lit sa feuille du jour, derrière son micro de la NASA. Sait-elle qu'elle s'adresse à nous ? Qui établit la liste des nouvelles du monde à nous transmettre ? Je m'approche de Patisson. Elle verse de la farine, du sel, du lait et des œufs en poudre dans un grand récipient.

— Je n'ai jamais fait des pancakes comme ça, rien qu'avec des ingrédients en poudre. On va voir ce que ça donne.

Je lui apporte une grande casserole d'eau et pointe la direction de la radio.

— Pourquoi on n'entend jamais de bonnes nouvelles ? Elles doivent bien exister, non ? Les jeux Olympiques par exemple, c'était cet été. Qui a remporté les médailles ? Et les progrès scientifiques, la paix dans le monde ? Pourquoi cette manie de se focaliser sur les mauvaises nouvelles ? Depuis notre arrivée, on ne nous parle que des attentats, de la nature qui va mal, des fous qui massacrent et tuent. Ce n'est pas que ça, le monde.

Elle lève le nez de ses ingrédients, vérifie que personne n'écoute.

— Tu n'as pas encore compris ? Si tout allait trop bien dans le meilleur des mondes, quel serait le sens de notre mission ? À quoi servirions-nous ? Quand tu entends ce qui se passe, tu as envie de retourner chez toi et continuer ta petite vie ?

Elle ajoute l'eau avec méthode, et se met à battre les ingrédients avec un fouet.

— ... On vit dans une réalité où la peur doit être entretenue, y compris ici, poursuit-elle. C'est cette peur qui nous pousse à nous investir encore plus dans la tâche qui nous a été confiée. Si nous résistons à cette peur, alors nous sommes les bonnes personnes, celles qui pourront réaliser des missions de plus grande envergure.

Comme partir sur Mars. Je n'arrête pas d'y penser, et ça m'a donné une idée sur la présence de la mallette…

— La NASA l'aurait volontairement cachée dans Little-Box ? Uniquement pour nous faire peur ?

Elle acquiesce.

— À mon avis, il n'a jamais été question d'arme. Juste la suggestion d'une arme. Une forme découpée dans un morceau de mousse. Un test pour mesurer nos réactions, notre aptitude à nous adapter, à continuer à vivre ensemble, à nous faire confiance, et mener cette mission à son terme. Tout cela n'est qu'une manœuvre psychologique. Personne n'a craqué, personne n'a cherché à abandonner. Tu comprends ?

Sa théorie me semble si cohérente qu'elle me laisse sans voix durant quelques instants. Et si la NASA lui avait annoncé la mort de sa mère pour tester sa résistance psychologique ? Sur Mars, à plus de cinquante-cinq millions de kilomètres de la Terre, y aurait-il d'autres choix que d'encaisser de si horribles nouvelles ? Plus j'y réfléchis, plus je me convaincs que mon hypothèse est valable. L'annonce de la mort avait été faite précisément le jour où Patisson devait partir pour sa première exploration hors du dôme. Si elle n'avait pas retiré le casque à ce moment-là, si elle n'avait pas déclenché la procédure d'urgence suite à cette terrible nouvelle, alors, pour la NASA, c'était qu'elle était la candidate idéale.

Des tests. D'ignobles tests. Mais si tel est le cas, quel esprit malade peut faire croire à une personne que sa mère est décédée ? Lewis est-il au courant ? Y est-il pour quelque chose ? Et comment distinguer la vérité du mensonge dans les communications futures ?

Je vais chercher des assiettes et des bols, histoire d'occuper mes mains. Je ne sais pas quoi faire. Dois-je lui annoncer que sa mère est encore en vie, au risque de lui expliquer mon système de messages avec Hélène ? Et si elle le répète à la NASA lors des questionnaires ? Je reviens vers elle, hésite. Elle jette un coup d'œil discret vers la pièce principale.

— T'es le seul en qui j'ai confiance, ajoute-t-elle. Tu m'as empêchée de foirer la mission quand on était dans la grotte, et tu n'en as parlé à personne... (Elle baisse encore la voix.) Sache qu'*ils* me demandent de me renseigner sur toi. Dans l'Isoloir, les questionnaires...

Ma gorge se serre.

— Qu'est-ce qu'ils veulent savoir ?

— Pourquoi tu es autant perturbé. Tu dors mal, tu es stressé, et ils pensent que ce n'est pas seulement à cause de la mallette. Tu es celui qui reste le plus longtemps dans l'Isoloir, ça les intrigue. Si t'as des problèmes personnels, intimes, moi, je ne veux pas savoir, et j'ai encore moins envie de leur raconter ça. C'est sûr que je veux réussir ma mission, avant tout pour mon travail et mes compétences. Je ne suis pas une balance ni une espionne. Alors voilà, tu sais, maintenant.

Je la remercie de sa franchise. On se tait quand Johnson entre dans la pièce pour nous saluer. Il s'étire, va se servir un café froid qu'il embarque et nous annonce que, vu le temps, il va falloir faire attention à l'électricité, et donc, les pancakes, à son grand regret, ce ne sera pas pour cette fois. Lorsqu'il ressort, je pose les assiettes, hésite encore, la fixant longuement.

— Quoi ? elle me demande. Il y a quelque chose que tu aimerais me dire ?

— Rien. Rien du tout.

Je quitte la pièce. Je n'ai confiance en personne, pas même elle.

Journal de bord, jour 63

Cher journal,
Troisième jour de camanchaca. *La présence permanente de nuages bas a vidé à plus de 90 % les batteries principales reliées aux panneaux solaires. Restriction d'électricité, Johnson veut garder les batteries à hydrogène intactes aussi longtemps que possible, en cas d'extrême coup dur. Ça veut dire, pour le moment, plus de chauffe-eau, douche froide, soupes froides et consommation réduite au seul fonctionnement de nos laboratoires. Joli coup de gueule entre Oppenheimer et Johnson qui en sont presque venus aux mains.*

Moral de l'équipe au plus bas.

Journal de bord, jour 67

Cher journal,
Enfin le retour du soleil ! Il était temps, l'ambiance devenait vraiment exécrable, les conditions de vie difficiles. C'est dingue, parce que, psychologiquement, on se croit vraiment sur Mars. C'est difficile à expliquer, parce que je sais que ce n'est pas le cas,

mais, l'espace de quelques minutes, je me suis dit qu'on allait vraiment mourir si nos batteries étaient à vide : plus de recyclage d'air, plus d'oxygène ! Alors qu'on est sur Terre et que l'oxygène est partout à l'extérieur… Ça doit être ce qu'on appelle le conditionnement.

Enfin bref, première douche chaude depuis six jours, tu ne peux pas imaginer comme ça fait du bien. Le café est bon. Je ne peux plus encadrer un seul paquet de soupe.

Les sourires reviennent sur les visages. Enfin, pour ceux qui sourient d'habitude…

Journal de bord, jour 70

Cher journal,
Jour de remplissage du réservoir d'eau, dont les trente derniers litres ont été versés dans trois jerricanes la veille. Johnson nous a demandé d'occulter les cinq hublots répartis autour du dôme, afin qu'on n'ait aucun contact avec les employés.

Aux alentours de 9 heures, on a entendu le ronflement d'un moteur, des claquements de portières, puis les bruits des pompes. Discrètement, j'ai eu envie de jeter un œil. Alors que Johnson envoyait un message à Lewis, j'ai écarté le tissu du hublot en haut de la mezzanine. J'ai aperçu une sorte de gros 4 × 4 avec une remorque portant les réserves d'eau, puis deux individus dans des combinaisons spatiales, identiques aux nôtres. Ils ont réalisé toutes leurs manipulations comme s'ils étaient, eux aussi, en simulation d'une mission martienne. Je n'en ai parlé à personne, mais j'ai trouvé ça suspect. Lewis avait parlé d'une société extérieure. Alors pourquoi de simples gars qui remplissent un réservoir portent-ils un tel équipement ?

À 9 h 45, le réservoir était plein à ras bord. On a fêté ça avec les premières tomates-cerises issues de mes cultures. On n'en a eu qu'une chacun, mais tu ne peux pas savoir la fierté que j'ai ressentie d'avoir créé de la nourriture à partir de souches microbiennes et de différents éléments de nos déchets organiques. Ici, on peut dire que c'est du 100 % bio ! À demain !

Jour 77

Pas de « Regard sur le monde », ce matin. La radio reste muette. C'est la première fois, en deux mois et demi, que la voix féminine ne débite pas ses horreurs quotidiennes. Johnson appuie sur le bouton et se penche vers le micro.

— 8 h 36. Johnson pour Lewis. Où est la charmante voix qui égaye nos trépidantes matinées ?

Au bout d'une heure, l'écran est toujours éteint. Johnson réitère ses appels, le visage de plus en plus inquiet. On peut encore envoyer nos mails depuis l'Isoloir, mais partent-ils vraiment ? Aucun d'entre nous ne reçoit de réponse. Les questionnaires de la NASA n'arrivent plus. Pendant une partie de la journée, Oppenheimer cherche une panne, il scrute l'émetteur, le relais de l'antenne, sa capacité d'émission, et nous assure que tout fonctionne de notre côté. C'est donc probablement la NASA qui a un problème technique.

On se dit que ce couac sera vite rétabli, et on retourne au travail.

Le soir, toujours rien. Tour à tour, on scrute notre compte informatique dans l'Isoloir. La messagerie reste désespérément vide. Comme les autres, je passe une nuit agitée à l'idée qu'Hélène n'ait pas reçu mon mail et s'inquiète.

Le lendemain, 7 heures, on est tous regroupés autour de l'émetteur. Toujours le silence. Oppenheimer se demande s'il n'est pas passé à côté de quelque chose. Un circuit imprimé défectueux ? Un câble en mauvais état ? Un problème électrique ? Il teste un à un, avec ses voltmètres, ampèremètres et ohmmètres, les composants électroniques du circuit d'émission/réception. Il continue à parler seul. Ça l'énerve quand on vient le voir et qu'on lui demande : « Alors ? »

Après des heures de recherches, il revient vers nous, le visage grave.

— Il y a quelque chose qui m'échappe. J'ai mesuré la puissance d'émission de notre antenne. Elle me semble beaucoup trop faible pour véhiculer nos messages entre la NASA et nous. Pour faire simple, comme on est dans un désert, il faudrait beaucoup plus de puissance pour aller frapper la première antenne capable de relayer notre signal.

— Le problème vient donc de chez nous ? je demande.

Oppenheimer hausse les épaules.

— Je ne sais pas. Je n'ai pas constaté de baisse de puissance, pas de dysfonctionnement, rien. Ça a toujours été comme ça.

— C'est qu'il y a une antenne relais pas loin, dans ce cas.

— Dans le désert ? Improbable, mais admettons. Il y a quand même un truc bizarre. Notre antenne est calibrée pour émettre beaucoup plus. Il semblerait qu'on l'ait volontairement bridée. Tu vois, comme si on te donnait les clés d'une grosse villa en te disant que tu n'as accès qu'au salon. Pourquoi faire une chose pareille ? Je n'en ai aucune idée et ça m'énerve. Mais j'en suis quasiment sûr : la panne ne vient pas de chez nous.

Oppenheimer déteste ne pas comprendre la source d'un problème. Au soir du deuxième jour, dans l'Isoloir, il fait trembler l'écran émetteur-récepteur en cognant du poing sur la table.

— On fait quoi, si on n'a plus de nouvelles ? On reste dans notre bulle et on attend qu'on vienne nous chercher ? Et si on ne vient pas nous chercher ? On est au milieu de nulle part, peut-être à des centaines de kilomètres de la première trace de civilisation, alors on fait quoi ?

— Pas besoin de s'énerver, lui fait remarquer calmement Smith. Tu seras encore plus loin sur Mars.

— Ouais, eh bien, on n'est pas sur Mars, OK ? On n'est pas sur Mars.

Il pointe le doigt en direction du sas.

— Tu veux que je sorte pour te le prouver ? Ouais, je vais sortir, comme ça, en tee-shirt, et respirer un grand bol d'air. On verra bien si on est sur Mars. Parce que si on était sur Mars, on aurait une antenne avec beaucoup plus de puissance.

Il se dirige vers le sas. Johnson s'interpose, les mâchoires crispées.

— Tu ne sortiras pas.

Les deux hommes se font face. Les poings d'Oppenheimer sont serrés le long de ses cuisses.

— Pourquoi je ne sortirai pas, « chef » ? Qu'est-ce que tu vas faire pour m'en empêcher ?

— Ce qu'il faudra. J'ai été choisi pour que cette mission aille à son terme. Je ne te laisserai pas sortir.

On sent l'explosion imminente. Patisson se glisse entre les deux hommes, les mains ouvertes en signe d'apaisement.

— Ils ont raison, Karl. Pas la peine de s'énerver. C'est peut-être encore un de leurs tests.

— Ta fameuse théorie de la peur ? L'arme qui n'en est pas une. Et maintenant, la panne qui n'en est pas une.

— Et pourquoi pas ? Laissons l'orage passer, continuons notre travail. En quoi cette radio nous est-elle utile, au final ? De mauvaises nouvelles, la tronche de Lewis qui nous balance des ordres avec la gentillesse d'un agent du KGB. On a de quoi vivre de longues semaines, un réservoir d'eau plein, on commence à produire nos propres ressources. Nos familles savent que nous sommes dans le désert d'Atacama. Si elles n'ont plus de nouvelles, elles feront ce qu'il faut. La communication va revenir, j'en suis certaine.

Oppenheimer se raisonne et finit par laisser tomber. J'observe Johnson qui retourne dans le dôme. On a tous vu son visage, ses yeux noirs, on l'a entendu prononcer ces mots glacés : *Ce qu'il faudra.* Et j'ai immédiatement eu l'image de la valise vide trouvée dans Little-Box. Avec Patisson, on échange un regard lourd de sens. Elle pense comme moi, et sans doute comme nous tous : Johnson détient l'arme.

Heureusement, ma collègue biologiste a vu juste, comme souvent : la communication est rétablie trois jours plus tard, le matin du quatre-vingtième jour. Dans un bref communiqué, Lewis nous annonce que la NASA a été victime d'un piratage d'envergure et que, par mesure de sécurité, ils ont été contraints d'isoler l'intégralité de leur parc informatique. Oppenheimer appuie sur le bouton et lâche d'une voix sèche :

— Avec tout le respect que je vous dois, Lewis, piratage, mon cul ! Expliquez-nous plutôt comment c'est possible qu'on communique ensemble avec notre antenne qui émet avec la puissance d'un talkie-walkie ? Comment nos messages peuvent sortir de ce désert et vous parvenir ?

Oppenheimer a beau attendre des réponses, l'écran ne se rallumera plus ce jour-là.

Jour 92

Aujourd'hui, 09 octobre, ça fait pile trois mois que Nathan est né. Il pèse déjà cinq kilos sept pour soixante-deux centimètres. Hélène me raconte que, d'après le pédiatre, il est à peu de choses près dans les normes. Je me penche vers l'écran pour observer son visage un peu flou. Qu'est-ce qu'il grandit vite…

Trois interminables mois, pendant lesquels je n'ai pas encore pu sentir son odeur, toucher sa peau. Mon fils ne connaît même pas le son de ma voix. Comment réagira-t-il quand il me verra en chair et en os ? À ce moment-là, j'éprouve une grande tristesse. Je verse ma larme en silence et me répète que c'est pour lui que je fais ce sacrifice. Un jour, il sera fier de son père.

La théorie de la peur, avancée par Patisson, nous rend tous paranos. Tout comme l'absence de réponses de Lewis aux questions qui nous préoccupent. Il se passe des journées entières durant lesquelles notre contact avec la NASA ne donne pas le moindre signe de vie. En revanche, les mauvaises nouvelles continuent à affluer, chaque matin. J'ai l'impression que le monde est à feu et à sang en dehors du dôme.

Cette parano fait que, depuis quelques jours, je décortique les mails reçus avec la plus grande attention. Comme nos messages sont modifiés, qui peut me dire que tous les mots que je lis proviennent bien d'Hélène, et non de la NASA ? Quand il est écrit que Nathan est malade, ou qu'il mesure soixante-deux centimètres, est-ce la réalité ou l'un de leurs nouveaux mensonges ? Et qui me dit que, de son côté, ma femme reçoit exactement les messages que je lui envoie ?

Aussi, par l'intermédiaire de nos messages cachés, nous décidons de mettre en place un système garantissant, avec une bonne probabilité, que le texte écrit par l'un est bien celui reçu par l'autre. Dans chaque mail, nous sommes convenus d'introduire quinze occurrences du verbe « être », trois de l'adverbe « bien », et douze du mot « et » – j'ai établi ces nombres à la lecture de nos premiers échanges, en faisant une moyenne. Ça rend l'écriture un peu plus complexe, mais, au moins, on saura à quoi s'en tenir.

Le système fonctionne à la perfection. Les jours suivants, je constate que la NASA ne modifie pas nos messages quand on n'aborde pas des questions sensibles. Mais si je parle de désert d'Atacama ou de panne géante des systèmes informatiques de la NASA (qui n'a jamais eu lieu d'après les vérifications d'Hélène), le compte n'y est plus.

Je suis assez fier de moi de réussir à les berner de cette façon. Hélène, c'est mon seul vrai lien avec le monde réel, celle qui me permet de voir au-delà de l'horizon. Il est essentiel que nous puissions échanger des données fiables. Pour elle, comme pour moi.

Jour 113

C'est ma troisième sortie du dôme. Les températures ont grimpé, les jours se sont rallongés, ça signifie davantage d'énergie solaire et un Johnson content. Le ciel est d'un bleu comme j'en ai rarement vu, si intense qu'on dirait qu'il tire sur le mauve au-dessus de la chaîne lointaine des volcans. Pas une seule traînée d'avion ne vient rompre l'impression d'infini qu'il dégage. J'ai le sentiment d'être seul au monde.

Avec Smith, nous marchons le long du canyon, à treize kilomètres quatre cents de la base. Le soleil cogne avec ardeur sur la toile blanche de nos combinaisons et le Plexiglas de nos casques. La physicienne veut collecter différents types de roche, en particulier des échantillons qui ne sont pas exposés aux rayons solaires. Je l'emmène dans la fameuse grotte que j'ai découverte avec Patisson. Je n'ai pas eu l'occasion d'y revenir et compte bien en profiter pour l'explorer en profondeur.

À l'aide d'une pince, Smith casse de petits morceaux rougeâtres qu'elle glisse dans une boîte métallique. Pendant ce temps, je m'enfonce dans la nuit, me baisse pour passer sous un dévers de roches brunes. Sur ma droite, au-dessus d'un rocher, je repère une forme immobile. Je m'approche et plisse les yeux : un cadavre de salamandre. On commence à entrevoir l'os du crâne minuscule. La peau blanche est toute fripée, desséchée comme un parchemin.

Mon regard se porte sur d'autres surbrillances révélées par les faisceaux des lampes latérales. Au fil de ma progression, les carcasses de salamandre se multiplient. Certaines sont encore bloquées dans des fissures, séchées sur place. D'autres sont éclatées au sol, comme si elles avaient chuté du plafond, raides mortes. De petites taches pourpres marbrent la roche. Je marche au milieu d'un sanctuaire. Soudain, Smith m'agrippe le bras. Derrière sa bulle, son visage est sombre comme une éclipse. Elle fixe la profondeur insondable de la grotte qui s'ouvre devant nous. Ses propres lampes n'atteignent pas le bout de cet immense tunnel, d'où semble jaillir un courant d'air : j'entends le vent siffler contre ma visière.

— C'est comme l'enfer, ici, me dit-elle. Il vaut mieux ficher le camp.

Smith se tourne au ralenti et entame le chemin du retour. Je l'imite. Une fois dehors, elle lâche volontairement sa boîte en fer, qui s'écrase et laisse échapper les petites pierres ramassées quelques minutes plus tôt. La vive lumière réduit ses pupilles bleues à la taille d'épingles. On regagne le véhicule. En route, je demande si elle a une idée de ce qui a pu se passer avec les salamandres. Une maladie ? Un virus ? Autre chose ?

— Je n'en sais rien, réplique-t-elle. Mais c'était violent, et mieux vaut éviter de rapporter ces pierres dans le dôme.

Journal de bord, jour 120

Cher journal,
Une semaine après notre macabre découverte dans la grotte, Watson et Johnson ont inspecté à pied les environs de notre base. En moins d'une heure, ils ont dénombré neuf autres cadavres de salamandre, à l'ombre de rochers ou séchés sur place, carbonisés par le soleil. L'un d'entre eux se trouvait à quelques mètres seulement des parois extérieures de Little-Box.

Johnson a ordonné de ne toucher à rien et a signalé le problème à Lewis. Avec notre découverte dans la grotte, à plus de treize kilomètres d'ici, Watson ne voit pas d'autre cause possible qu'un virus ou une bactérie capable de se propager et de ravager des populations de salamandres en un temps record. Une sorte de grippe aviaire, version bestiole du désert. Elle informe notre référent qu'il faudrait le signaler aux autorités sanitaires du pays. Lewis ne veut pas mettre en péril la mission. Il suggère donc de stopper les sorties et de rester cloisonnés dans le dôme jusqu'à nouvel ordre. Il demande à Johnson de veiller à ce que ces consignes soient respectées : plus d'exploration.

— Écoutez-moi, Lewis, crache Oppenheimer face au micro, on dirait que Watson n'a pas été assez claire. Il y a des bestioles crevées à deux doigts de notre dôme, et un peu partout dans ce fichu désert. Alors, vous prévenez les Chiliens, ou vous venez récupérer ces carcasses pour les faire analyser le plus vite possible. Je n'ai pas envie de me choper une saloperie. Le flingue, la panne, les animaux morts : je n'ai pas signé pour ça, OK ? Je vous garantis que ça va mal se passer, sinon. Et arrêtez de faire la sourde oreille, de répondre à nos questions par des silences ou des « Je vais me renseigner ». Ça ne passera pas, cette fois.

Il s'éloigne en grognant et va s'enfermer dans sa chambre. Watson est la première à regagner son poste. Les autres suivent. Johnson a le visage grave, il fuit nos regards et n'a pas envie de parler. Est-il au courant de quelque chose qu'on ignore ? Impossible de le savoir. Il reste un temps immobile à sa paillasse, puis plante un petit drapeau américain dans un pot de terre, à côté de son ordinateur.

Demain, c'est l'élection américaine.

AU-DELÀ DE L'HORIZON

Jour 122

6 h 55. Excepté Oppenheimer, on est tous agglutinés autour de la radio, dans l'attente de connaître le nom du nouveau président des États-Unis. Johnson et Smith sont collés, épaule contre épaule, l'air stressés. Je scrute les visages, les attitudes, cette impatience face au récepteur, et ça me rappelle mon père, quand j'étais enfant, bien avant l'arrivée d'Internet et des téléphones portables. Ce genre de scène, où le temps suspendu fait partie du plaisir, mais n'existe plus dans notre monde où il faut obtenir tout, tout de suite.

7 heures. Le grésillement. La voix féminine.

```
Regard sur le monde du 9 novembre 2016.

Le lynx ibérique est déclaré comme officiellement
disparu.

Australie : une famille de quatre enfants abattue
au fusil à Newcastle.

France : hausse des cambriolages de 24% dans les
campagnes par rapport à 2015.

La population mondiale vient de dépasser les sept
milliards et demi d'individus.

Nouvel essai de la bombe H en Corée du Nord.

Hillary Clinton est élue 45e président des États-
Unis.

À demain, l'équipe.
```

Johnson et Smith exultent, avant de venir frapper dans nos mains. Bref moment de liesse générale. Assis seul à la table de la cuisine, Oppenheimer avale des cuillères de fromage blanc reconstitué, les yeux rivés sur la photo de son fils.

— Tu vois bien, Oppenheimer ! Le peuple américain n'est pas aussi débile que tu le crois ! Désolé, mais tu vas encore devoir me supporter quelques mois.

Oppenheimer lui adresse un doigt d'honneur et quitte la pièce. Il retourne à ses soudures, tandis que je vais à la salle de bains. L'élection de Clinton est une bonne nouvelle : la première puissance mondiale ne sera pas gouvernée par un malade capable de mettre notre planète à feu et à sang. D'un coup, j'entends les cris de Watson. Elle nous appelle en urgence.

J'accours, la serviette autour de la taille. Watson est restée près de l'émetteur, on se réunit autour de la petite table. Les interférences sont nombreuses, mais on perçoit une voix d'homme noyée dans les grésillements et les nouvelles du monde lues par l'opératrice. Si l'écran est brouillé par la neige, on devine néanmoins la forme d'un visage. Un homme, j'ai l'impression.

```
La population… Mayday ! Mayday ! mondiale vient de…
Morts… dépasser… Tous morts. S'il vous plaît… les
sept milliards et demi… Si quelqu'un m'entend…
devenu fou… Shhh… À l'aide !… d'individus… Shhh…
Nouvel essai de la bombe H en Corée du Nord.
Hillary Clinton est élue 45ᵉ président des États-
Unis.
À demain, l'équipe.
```

Les nouvelles reprennent en boucle, mais les interférences ont disparu et l'écran s'est éteint. Johnson leur intime le silence, le doigt sur les lèvres. On se regarde sans ouvrir la bouche, on attend cinq minutes, jusqu'à 8 heures. L'émetteur-récepteur redevient silencieux. Mes yeux croisent ceux de Watson.

— C'était moins brouillé avant qu'on arrive, non ? T'as compris quelque chose ?

— Non, réplique Watson. Ça répétait en boucle « Mayday », « Mayday », « à l'aide ». J'ai cru entendre le mot « équipage ». Et…

Elle passe ses doigts sur ses lèvres, indécise.

— Et ?

— Juste avant que vous arriviez, il y a eu un moment où l'écran était un peu moins brouillé. Et… j'ai cru distinguer le logo de la NASA. C'était comme dans le bureau de Lewis. Il était affiché en arrière-plan, en grand.

— T'es bien certaine ?

— Je… c'était vraiment très indistinct. Mais je crois.

Oppenheimer se met à aller et venir, très nerveux.

— Celui qui a émis ce message est venu interférer avec notre système, explique-t-il. Ça signifie qu'il s'est branché sur notre fréquence.

— Volontairement ?

— Je n'en sais rien, mais ça veut surtout dire qu'il n'est pas loin. Il émet à notre fréquence, on est sur la route de son signal, on en capte des bribes. Ce n'est pas un avion ni un bateau, ils n'émettent pas à ces fréquences-là. Qui envoie des Mayday, aujourd'hui ?

— Moi, j'enverrais un Mayday si je devais appeler à l'aide. Quand tu dis pas loin... ça veut dire ?

— Je ne sais pas... Trente, cinquante kilomètres... Peut-être qu'il est dans ce désert. Si c'est effectivement la NASA, qu'est-ce qu'elle fout là ?

Je pense aux types en combinaison venus remplir le réservoir. Chronos, notre robot, vient buter contre nos pieds, change de direction et finit par s'éloigner. Patisson s'apprête à ouvrir la bouche quand Oppenheimer pointe le doigt vers elle.

— Ne me parle pas de test.

Johnson envoie un message pour informer Lewis de ce qui vient de se passer. Alors que je l'entends exposer la situation, j'ai du mal à y croire. Un équipage qui enverrait un SOS en plein désert ? C'est insensé, j'ai l'impression d'être dans un cauchemar. J'ai entendu le mot « mort » dans le message. Plusieurs fois. Qui est mort ? Que s'est-il passé ?

Le visage de notre référent apparaît une heure plus tard. Il est calmement assis à son bureau, et nous indique que les satellites n'ont rien remarqué d'anormal à proximité de nous. Personne, à la NASA, n'a intercepté ce type de message d'urgence. Watson a les yeux rivés sur l'écran. Lorsque Lewis coupe, elle en est certaine : c'était bien le logo de la NASA, situé pile au même endroit. Comme si le SOS avait été envoyé du bureau de notre référent.

Dans l'Isoloir, je demande à Hélène, en message caché, si elle est au courant d'un drame au Chili, avec la NASA ou en rapport avec l'endroit où l'on se trouve. Elle me répond plus tard qu'elle n'a rien découvert : toutes les actualités sont focalisées sur l'élection d'Hillary Clinton.

Ce soir-là, à table, malgré le marasme ambiant, Johnson essaie de remotiver les troupes. Les projets avancent à bon rythme, nos consommations de ressources sont dans les normes, pas de soucis de santé à déclarer. Dans un peu plus de quinze jours, le réservoir d'eau sera de nouveau plein. À l'entendre, on pourrait presque croire que tout va bien.

Mais il suffit d'écouter Oppenheimer parler seul la nuit. Observer Watson, qui fixe par le hublot un cadavre de salamandre réduit à l'état de squelette par l'implacable soleil. Ou encore Patisson, persuadée que la NASA est derrière tous les problèmes qui nous arrivent, dans le seul but de nous tester. Et puis ce message de détresse, qui parle d'équipage et de morts, digne d'un film d'horreur.

Non, en réalité, rien ne va.

Jour 140

Jour de livraison d'eau. Réservoir quasi à sec. Il ne nous reste que quatre litres du précieux liquide qu'on a versés dans trois bouteilles, sur la totalité des dix mille cinq cents litres. À 8 heures, les hublots du dôme ont été bouchés, et tous, on a attendu le remplissage du réservoir aux alentours de 9 heures, comme soixante-dix jours plus tôt. Mais il est plus de 19 heures, et toujours rien. Malgré les protestations de Johnson, Oppenheimer a arraché tous les caches et s'est installé devant l'une des petites fenêtres rondes pour guetter. Notre chef a fini par laisser couler pour ne pas envenimer la situation.

Je suis enfermé dans l'Isoloir, mal à l'aise depuis plusieurs jours. Il se passe quelque chose de bizarre – une étrangeté de plus. Une semaine après l'élection américaine, c'était l'anniversaire de notre rencontre, à Hélène et moi. En le lui souhaitant, je lui ai demandé de m'envoyer une photo d'elle à l'endroit où on s'était rencontrés, dans le parc situé à cinq minutes de la maison. Elle m'a signalé que Nathan avait un gros rhume, qu'elle ne pouvait pas sortir et qu'elle m'enverrait la photo plus tard, quand il irait mieux. C'est la première fois qu'elle m'a parlé de ce rhume.

Avant-hier, je l'ai de nouveau réclamée, cette photo, parce que j'y tiens, et comme elle ne me l'envoyait pas... À la place, elle a joint à son court message du lendemain une photo d'elle, mais dans le salon. Elle y fixe l'objectif avec un sourire timide et me parle d'une météo infecte qui l'aurait empêchée de sortir...

En message caché, ce matin, je lui ai demandé : « Cite-moi précisément l'endroit où on s'est rencontrés dans le parc. » Elle vient de me répondre à l'instant : « Tu vas rire, mais je n'arrive pas à m'en souvenir. J'ai honte, je suis désolée. »

Elle n'a pas pu oublier notre endroit, un vieux chêne tordu sur lequel on a gravé nos initiales. Tout au long de nos conversations par mail, elle s'est souvenue d'autres détails précis sur nos vies, alors pourquoi pas celui-là ? Je reviens à la photo du message précédent, suspicieux. Qui a tenu l'appareil ? Hélène ne m'a parlé d'aucune visite. Au même instant, je découvre un autre détail qui me bloque la respiration : Hélène porte le foulard magenta et vert autour du cou. Une étoffe faite main, qu'on avait achetée sur un marché de Provence. Je me déconnecte aussitôt et me rue dans ma chambre. Soulève l'oreiller. Le foulard est juste là, en face de moi. Alors comment peut-il entourer le cou de ma femme ?

Il n'y a pas trente-six solutions : Hélène m'a envoyé une photo qui date d'avant mon départ et veut me faire croire que la photo est récente. Je n'y comprends rien, je n'ai jamais pris cette photo. Qui l'a faite ? La NASA, lors de l'une de ses visites à la maison ? Tout se mélange dans ma tête. Pourquoi agir ainsi ? Ça n'a aucun sens.

Me vient alors une idée terrible : et si ce n'était pas Hélène à l'autre bout de la connexion ? Et si je m'adressais à quelqu'un qui se faisait passer pour elle ?

Non, non, non, impossible...

Le foulard dans la main, je redescends dans la cuisine, bois un verre d'eau, les jambes flageolantes. Chronos vient heurter ma chaussure : vingt millions de secondes restantes. Je l'envoie valser d'un coup de pied. J'ai la tête qui tourne. Si ce n'est pas Hélène, c'est la NASA.

La NASA qui prend les photos, la NASA qui les publie, y compris celles de Nathan. La NASA qui écrit les messages. Depuis quand ? Le début ? À partir du moment où ils sont venus prendre des clichés de mon fils ? Ont-ils piraté l'ordinateur d'Hélène ?

Plus loin, j'aperçois Oppenheimer, le regard fixé sur le hublot, comme une chouette en attente d'une proie. Il scrute l'horizon avec l'espoir de voir arriver la citerne. On le sait tous : sans eau, nous ne tiendrons pas deux jours. Je m'avance au milieu de la pièce, à bout de nerfs. Tout cela ne peut plus durer.

— La NASA nous ment sur tout, y compris nos communications avec l'extérieur !

Ils se tournent vers moi.

— Ils modifient nos messages, ceux qu'on émet, mais aussi ceux qu'on reçoit. Je l'ai compris parce que j'avais mis en place un système de codage avec ma femme. Ce qu'elle me disait dans les messages cachés ne correspondait pas à ce que je recevais. Par exemple, personne ne sait que nous sommes dans le désert d'Atacama. Ils veulent juste nous faire croire que nos proches savent, ils l'écrivent dans nos messages, mais c'est faux. Vos femmes, vos mères vous croient à Hawaï, en ce moment même, comme c'était prévu. Tout ce que vous dites, et surtout tout ce qui concerne des données sensibles de la mission est modifié.

De son poste d'observation, Oppenheimer m'observe, les yeux écarquillés. Il tourne son alliance du bout des doigts.

— C'est du délire. Depuis quand tu sais ça ?
— Longtemps. Je ne pouvais pas vous le dire. La NASA aurait fini par le savoir, à cause des questionnaires. L'un de vous aurait forcément craché le morceau, même de façon involontaire.

L'Allemand quitte son hublot, s'approche jusqu'au centre de la pièce.

— Et pourquoi tu parles maintenant ?

J'agite le foulard devant moi, dans un silence de mort.

— Ça va beaucoup trop loin. Je viens de recevoir une photo de ma femme avec ce foulard autour du cou. Une photo qu'elle est censée avoir faite récemment. Elle a trouvé des prétextes pour ne pas prendre le cliché que je lui demandais, elle prétend ne pas se souvenir de l'endroit précis de notre rencontre. Je crois que ce n'est pas elle. La NASA avait peut-être préparé les réponses à toutes les questions, étudié notre vie, à ma femme et moi, mais elle n'avait pas cette réponse-là. Ça veut dire que depuis je ne sais combien de jours, de semaines, je m'adresse à un étranger qui se fait passer pour elle.

Mes propres mots me glacent le sang. Si la tromperie est aussi monstrueuse que je le crois, ça signifie également que *l'étranger* est, d'une façon ou d'une autre, au courant pour le code et qu'il l'applique. Que je n'ai plus aucun moyen de distinguer la vérité du mensonge. À ce moment, les mots de Charon me reviennent en pleine figure : *La vie n'est qu'illusion*.

Clarice Smith quitte son microscope et se lève de sa chaise.

— J'ai eu cette sensation, moi aussi. J'échange beaucoup moins avec ma mère que tu le fais avec ta... ta femme, elle m'envoyait peu de photos, mais je ne sais pas, c'est difficile à expliquer. Dans certaines réponses, elle utilisait parfois des mots ou des expressions qui ne lui correspondaient pas. Ça n'a pas toujours été comme ça, ça a commencé, je ne sais plus précisément, après le premier remplissage des réservoirs. Aux alentours du jour 70... Sur le coup, je me suis dit : « C'est bizarre. »

— *Idem* pour moi, fait Watson. Mon fiancé... Ses réponses sont devenues de plus en plus curieuses, ou du moins elles ne lui ressemblaient pas.

Johnson serre les mâchoires, mais ne dit rien. Les regards des autres me confortent dans mes déductions. Je tourne les yeux vers Patisson, une grosse boule d'émotion au fond de la gorge. J'ai envie de lui raconter, pour sa mère, et me retiens au dernier moment. Peut-être qu'elle est vraiment morte. Peut-être que le salopard, à l'autre bout de ma messagerie électronique, me ment depuis le début. Je n'ai aucun moyen de le savoir.

Oppenheimer pointe le hublot du doigt.

— Cent quarante jours qu'on se fait entuber. Lewis nous ment comme il respire. Faites ce que vous voulez, mais moi, j'attends les types de l'eau, je grimpe dans leur camion et je me tire avec eux. J'arrête tout, je rentre auprès de ma femme et de mon gosse. Fini, j'abandonne. Ras le bol de toutes ces conneries. Et ils peuvent compter sur moi pour faire du bruit sur ce qui s'est passé ici.

Personne ne relève, on se regarde tous avec gravité et je crois qu'on est d'accord avec notre collègue allemand : ils sont allés beaucoup trop loin dans le mensonge et la tromperie. Oppenheimer arrache ses capteurs et retourne à sa fenêtre. Patisson se positionne face au reste du groupe.

— Qui est d'accord pour arrêter ?

Elle lève la main. Moi aussi. Watson suit, tout comme Smith. On décolle tous nos capteurs. Johnson a le visage sombre. Il ne lève pas la main, il la tend plutôt vers l'avant, paume ouverte en guise d'apaisement.

— Personne ne va arrêter, d'accord ? On va se calmer, remettre les capteurs en place. L'eau va arriver comme prévu, et chacun va retourner travailler.

— T'es avec eux, lâche Oppenheimer. T'es avec ces enfoirés de la NASA. Et tu nous demandes de nous calmer ?

L'Allemand l'empoigne par le col de son pull.

— Pourquoi on est ici ? Pourquoi on nous ment ? Qu'est-ce qui se passe ?

Johnson garde les lèvres serrées, mais je lis sur son visage qu'il en sait plus qu'il ne le prétend. Je suis sûr que le militaire qu'il est ne parlera pas. Oppenheimer finit par le relâcher et se dirige vers l'émetteur.

— Oppenheimer pour Lewis. On connaît l'ampleur de vos mensonges. Fini de jouer, on arrête tout. Acheron II prendra fin au moment où je raccrocherai cet émetteur.

Envoyez quelqu'un pour nous récupérer. On n'a plus d'eau, le soir tombe et personne n'est venu remplir le réservoir. Terminé.

On attend une réponse, un grésillement, quelque chose, plus d'une heure autour de la petite table, mais il n'y a que le silence, ce qui ne nous étonne pas : ça fait plusieurs jours que Lewis est aux abonnés absents. Johnson est parti s'enfermer dans sa chambre. Dehors, il fait noir ; on se croirait au fin fond de l'espace. On a tous compris que personne ne viendrait aujourd'hui. Je surprends Patisson qui lorgne les bouteilles d'eau posées dans la cuisine. Depuis ce matin, on en a déjà vidé une, même en nous rationnant. Plus une goutte d'eau ne coule des robinets, du pommeau de douche. Mes cultures ont soif, elles aussi. Lorsque l'Écossaise remarque que je l'observe, elle m'adresse un sourire triste et va, comme Oppenheimer, se coller à l'un des hublots. On n'a rien d'autre à faire qu'à attendre. On est seuls dans la nuit glacée, au milieu d'un immense désert.

Aux alentours de 22 heures, l'Allemand ne tient plus en place. Les poings serrés, il regarde fixement la mezzanine.

— Je vous garantis qu'il va cracher tout ce qu'il sait.

Il grimpe les marches deux à deux et va cogner contre la porte fermée.

— Ouvre ! Ouvre, ou je défonce tout !

Une tension électrique règne sous le dôme. Personne ne cherche à freiner Oppenheimer, cette fois. On veut tous connaître la vérité. C'est au moment où l'on pourrait entendre le battement de nos cœurs qu'une lourde détonation arrache un cri réflexe à Smith. Elle se précipite dans l'escalier, on la suit en courant, tandis qu'Oppenheimer envoie un grand coup d'épaule dans la porte.

Johnson gît au sol, un revolver dans la main. Il s'est fait sauter la cervelle.

*

Le jour se lève. Le 141e. Comme chaque matin, le festival de couleurs prend vie derrière la barrière de volcans. Ça commence par des roses timides, des jaunes tendres qui virent à l'orange éclatant lorsque le soleil pointe comme un bouillon de lave au sommet des cratères. La journée va être chaude.

Patisson a passé la nuit à envoyer des messages à Lewis. Oppenheimer guette à un hublot, mais son œil n'est plus aussi vif qu'avant. Les autres sont assis autour de la table de la cuisine, les yeux rougis par la fatigue, les larmes et la peur. J'ai envie de pleurer, moi aussi. Je ne veux pas mourir. Je ne veux pas passer une journée de plus avec un cadavre à quelques mètres de moi. Je veux rentrer, serrer ma femme et mon fils dans mes bras.

Je me joins à mes collaborateurs, en pleine discussion. Mes lèvres sont sèches. J'ai soif.

— Deux groupes, c'est la meilleure solution, résume Watson, les mains jointes devant elle. Deux d'entre nous vont partir avec Nyx, à la recherche de secours. Il faut essayer de contourner la barrière de volcans. Elle est située à l'est, c'est dans cette direction qu'il faut aller. C'est par là qu'arrive toujours le *camanchaca*. À l'est, il y a l'océan, donc la chance la plus grande de tomber sur un village.

— Nyx n'a qu'une autonomie de soixante kilomètres, précise Smith. Il n'y a rien d'autre que des fichues pierres dans un rayon de soixante kilomètres.

— Trente kilomètres si on compte revenir.

Watson mesure le poids de ses mots. S'il n'y a rien au bout des soixante kilomètres, Nyx tombera en panne sèche, abandonnant ses occupants à leur triste sort. On est désormais tous réunis autour de la table, dans une semi-obscurité qui creuse des cercles noirs sous nos yeux.

— On ne peut pas se permettre de rester tous ici et d'attendre un jour de plus, dit Oppenheimer. On est cinq, il reste à peine trois verres d'eau chacun. L'air recyclé nous assèche la gorge. Johnson s'est… il s'est suicidé. Il a préféré faire ce geste plutôt que d'affronter ce qui nous attend. On doit partir du principe que personne ne viendra nous chercher.

— Pourquoi la NASA lui avait confié une arme ? demande Smith en secouant la tête. Pour nous empêcher d'interrompre la mission ? De sortir d'ici ? Je ne comprends pas… Non, je ne comprends pas. Il ne m'a jamais rien dit.

Le crépitement de la radio nous coupe la respiration et allume, un bref instant, la flamme de l'espoir dans nos yeux. Mais ce ne sont que les informations du jour, la voix féminine qui débite les mauvaises nouvelles. Déforestation, massacres d'éléphants pour l'ivoire, animaux en voie d'extinction... Et ça tourne en boucle, et ça fait mal, mais on la laisse en fond sonore, au cas où un autre message de détresse viendrait interférer.

Watson demande qui est volontaire pour partir avec Nyx. Il faut vite se décider. Et comme personne ne lève la main, on tire à la courte paille. On compare nos brindilles, et je sens l'enfer s'abattre sur mes épaules quand je me rends compte que j'ai la plus longue. Watson m'accompagnera.

Condamnés à rouler vers la mort.

*

On a bu chacun un quart de verre avant de se répartir le reste en cinq quantités égales. Notre part a été versée dans deux bocaux entourés d'un linge qu'on ne peut même plus humidifier. Nyx peut rouler jusqu'à trente kilomètres/heure, il nous faudra deux heures pour vider ses batteries. Deux heures en plein soleil, et seulement deux verres d'eau chacun...

On se présente en groupe aux portes du sas, sans nos combinaisons, et c'est Oppenheimer qui ouvre. Le vent déjà chaud glisse sur mon visage ; j'en ferme les yeux de bonheur. Chacun d'entre nous déploie grand ses poumons. Cinq mois qu'une molécule d'air pur n'a pas caressé notre peau. L'Allemand pousse un long cri qui se perd dans le néant.

Grâce à la radio, Watson et moi pourrons rester en contact avec le dôme. C'est le moment du départ. On se dit tous qu'on va se revoir très vite, que des secours vont arriver ou qu'on trouvera forcément une trace de civilisation d'ici soixante kilomètres. Le Chili n'est qu'une mince bande de terre, après tout. Patisson me serre contre elle et retourne en courant au dôme, le visage en larmes. Les autres nous regardent partir sans bouger. Leurs yeux en disent long sur le sort qui nous attend.

Rapidement, la base devient un petit point blanc dans le rétroviseur, à mesure que la chaîne de volcans se rapproche. La barre rousse et ocre semble s'essouffler vers l'est, et c'est dans cette direction que je me dirige, la gorge déjà brûlante. On ne parle pas pour économiser notre salive. J'ai envie de boire, mais je me retiens, je me retiendrai autant que je le pourrai. Je songe à ma famille, à mon enfant, je me demande ce que pense Hélène en ce moment même. Que lui raconte-t-on sur notre mission ? Qu'est-il écrit dans les mails qu'elle reçoit en croyant qu'ils viennent de moi ? Et si… et si je ne survis pas, que lui diront-ils ?

Watson sue à grosses gouttes, le soleil tape, le ciel est d'un bleu d'une profondeur telle que j'ai l'impression de regarder au fond de l'océan. Je roule des yeux, à la recherche d'une traînée d'avion, sans en voir une seule. Il y en avait pourtant quelques-unes, au début, je m'en souviens. Depuis quand ont-elles disparu du ciel ?

Après vingt-deux kilomètres, il semblerait bien qu'on vienne à bout de la barrière infranchissable de roches. Encore quelques encablures, et on saura ce qu'il y a de l'autre côté. Je me représente la vaste étendue de l'océan, bordée de villes avec une population colorée. J'imagine un brouhaha, des coups de klaxon, des odeurs d'épices et de bière bien fraîche. On va y arriver.

Pour me saper le moral, Nyx émet son bip plus tôt que prévu, au kilomètre vingt-cinq. On vient déjà d'atteindre le point de non-retour. Avec Watson, on échange un regard grave. Ses lèvres se dessèchent. Seuls des fous ne feraient pas demi-tour dans de telles conditions. Ensemble, on boit deux gorgées d'eau tiédasse, chacun dans notre bocal, histoire d'éteindre le feu dans nos gorges. Elle fait un point radio, on reçoit des encouragements qui m'évoquent les dernières paroles qu'on livre à un condamné.

On se remet en route, bien conscients qu'on ne pourra plus revenir au dôme.

Au kilomètre trente-trois, Nyx affronte une montée, laissant la forteresse des volcans sur la gauche. Enfin, le terrain s'aplanit, les perspectives se dévoilent, et le rêve du bleu de l'océan vire au cauchemar du rouge. Le rouge foncé de ces fichues roches, partout, à gauche, à droite, jusqu'à l'horizon infini. J'entends Watson lâcher : « C'est pas vrai ! », saisir fébrilement la radio et dire : « Il n'y a rien. Rien du tout. »

Même si on décidait de rebrousser chemin, Nyx tomberait en panne à environ seize kilomètres de la base.

Et même si on parvenait sous le dôme, complètement déshydratés, à quoi pourrions-nous nous attendre sans eau ?

On doit économiser nos forces. Profiter jusqu'au bout de l'énergie du module.

— Peut-être qu'on finira par voir quelque chose, je murmure. Au-delà de l'horizon, il y a toujours quelque chose. On doit aller le plus loin possible, puis quand Nyx ne pourra plus avancer, on continuera à pied.

— Jusqu'au bout…

On se remet en route sans prononcer un mot de plus. À la roche succède la roche. Dans notre dos, la barrière de volcans s'éloigne. Bon sang, on va mourir de soif, tous les deux. Tous les cinq. J'aurais dû emporter l'arme. On n'y a même pas pensé…

Soudain, Watson me donne un coup dans les côtes. Elle pointe une surbrillance, en hauteur, sur notre gauche. Avec la chaleur, les surfaces ondulent, se déforment, et je ne suis pas sûr de ce que mes yeux voient au fur et à mesure qu'on approche.

Le 4 × 4 qui nous avait délivré l'eau est fracassé contre un rocher. On descend de Nyx, sur nos gardes. À l'intérieur de l'habitacle, on découvre les cadavres de deux êtres humains. Séchés comme les salamandres. Ils sont encore habillés, mais le tissu repose sur des os où paraissent encore les ligaments et des aplats de peau brune et plissée comme du papier brûlé. Les visages méconnaissables ressemblent à ceux des momies. Un homme et une femme. Les tee-shirts qu'ils portent sont frappés du logo de la NASA, exactement comme les nôtres.

Watson plisse le visage, me tire vers l'arrière.

— Partons, vite.

On se précipite vers Nyx, je redémarre illico. Je n'arrive pas à décrocher mes yeux du rétroviseur. Bon Dieu, que s'est-il passé ici ? Qui sont ces gens ? D'où viennent-ils ? Ils ont attrapé le même mal qui a tué les bestioles. Watson regarde droit devant, immobile. Elle n'a pas pris la peine de décrocher la radio. La terreur habite son visage.

Notre engin bascule alors dans une pente, et je n'en crois pas mes yeux. Les doigts de Watson se crispent sur mon avant-bras droit. Ce n'est pas un mirage : face à nous, en contrebas, il s'agit bien d'un dôme. Un dôme avec son espace de stockage relié par un tunnel, son antenne, son sas.

Je dévale, le contourne et découvre les lettres noires, affichées en gros sur l'arrondi du devant : Acheron II. Notre dôme. Bon Dieu, comment c'est possible ? À dix mètres de l'entrée gisent trois autres corps, mais ceux-là ne sont pas comme les autres. Ils sont davantage putréfiés que desséchés. La large traînée rougeâtre indique qu'ils ont été tirés jusque-là depuis l'intérieur du dôme. Ils reposent face contre terre. Assassinés d'une balle dans le dos. Parmi eux, deux femmes.

Je coupe le moteur électrique d'une main tremblante, sous le choc.

Et à ce moment-là, la plus horrible des pensées me vient. Ce désert, c'est le purgatoire. Il abrite des morts qui ne savent pas qu'ils sont morts, et qui errent en attendant leur jugement.

Ces morts, par terre, dans le 4 × 4, c'est nous.

Oppenheimer, Smith, Patisson, Watson, Johnson et moi.

Nous sommes tous morts.

*

Non, on ne peut pas être morts. Les morts ne peuvent pas penser. Moi, je pense.

Je me ressaisis, malgré la soif, la chaleur qui me tape sur le crâne et me fait délirer. Il n'y a pas de véhicule solaire ici. Cela signifie-t-il que l'auteur du carnage a abandonné la base ? Les deux personnes dans le 4 × 4 cherchaient-elles à fuir ? À nous avertir ? Avec Watson, on échange de longs regards silencieux : peut-être y a-t-il encore de l'eau à l'intérieur. Nyx est à bout de souffle, on ne peut aller beaucoup plus loin.

On va entrer.

Avant de m'avancer, je fixe de nouveau les corps. Où sont les mouches, les insectes nécrophages, les charognards ? Rien ne bourdonne, tout est figé alentour. Le néant absolu. J'appuie sur le bouton qui déverrouille le sas. Six combinaisons sont suspendues. Avec la plus grande prudence, on franchit l'autre porte du sas et on s'aventure sous le dôme.

Le lieu semble désert. À l'endroit où se trouvent les laboratoires dans notre propre dôme, des ordinateurs aux écrans allumés sont posés les uns à côté des autres.

Je m'approche et j'ai l'impression de m'enfoncer dans un cauchemar d'une profondeur insondable. Partout sont accrochées des photos d'Hélène et de Nathan. Mais Nathan, plus grand, à six mois, huit, neuf… Comment cela est-il possible ? Je décroche une photo, la scrute en détail, elle est très nette, j'aperçois d'infimes défauts qui me font penser à un vieillissement réalisé de manière informatique.

On a vieilli mon Nathan, on a créé un visage qui n'existe que dans le futur.

La vie n'est qu'illusion. On est morts et on est au purgatoire.

L'idée revient en force. Des feuilles reposent à côté du clavier, des données sur Hélène et moi, nos vies décortiquées, étalées sur le papier. Centres d'intérêt, qualités, défauts, vie commune… Tout a été passé au crible. Watson, deux places plus loin, a les larmes aux yeux, photos en main. Pareil pour elle et sa famille, je suppose.

Une messagerie électronique est ouverte sur l'écran de l'ordinateur. Tous les mails que j'ai écrits à Hélène sont là. Quelqu'un, derrière cet ordinateur, les recevait et y répondait en se faisant passer pour ma femme. En plein désert, dans un dôme à moins de cinquante kilomètres du nôtre…

Des rats dans des labyrinthes, voilà ce que nous étions. Manipulés par des gens enfermés eux aussi dans un dôme en tout point semblable au nôtre. Des individus qui ont été massacrés ou frappés par un mal capable de les foudroyer sur place.

Je m'oriente vers l'Isoloir, pousse la porte et reste figé d'effroi. Un drapeau de la NASA pend derrière un bureau que je reconnais immédiatement : c'est celui de Lewis. Dans mon dos, Watson est appuyée contre la cloison, anéantie. Je m'approche de l'écran posé sur la table en bois, l'allume. Un message m'indique que la communication avec Acheron II sera établie d'ici vingt minutes.

Il y a un second écran, à la droite du premier. Il affiche un planificateur, avec des lignes disposées les unes sous les autres : « *Regard sur le monde du 28 novembre 2016* », « *Regard sur le monde du 29 novembre 2016* », « *Regard sur le monde du 30 novembre 2016* », et ainsi de suite. Je prends la souris et fais défiler vers le bas. Les dates s'éloignent dans le futur. Je clique au hasard sur une ligne de février 2017. C'est dans plus de deux mois. La voix féminine surgit des enceintes de l'ordinateur.

```
Regard sur le monde du 21 février 2017

France : un couple homosexuel n'a pas survécu à
un incendie à caractère homophobe.

Un extrémiste muni d'une arme semi-automatique
a abattu dix-neuf étudiants dans une faculté du
Texas, avant de retourner l'arme contre lui.

Guerre commerciale : la tension monte entre la
Chine et les États-Unis.

En Australie, le meurtre d'un enfant de six ans a
été diffusé sur Facebook.
```

AU-DELÀ DE L'HORIZON

```
L'évasion fiscale a été chiffrée autour de
27 000 milliards d'euros, soit plus que la somme
des PIB des États-Unis et du Japon.

À demain, l'équipe.
```

Les nouvelles du monde, factices, préenregistrées. Ainsi, rien n'était réel, pas même ces phrases quotidiennes crachées par la voix. *On est morts… On est tous morts et on erre dans l'entre-monde…* Je fais défiler le tableau, jusqu'au tout dernier enregistrement, celui du 10 juillet 2017. Le jour où notre mission devait prendre fin.

```
Regard sur le monde du 10 juillet 2017

Vous voilà arrivés au bout, membres de l'équipage
d'Acheron II. Mais si vous écoutez ce message,
enregistré bien avant le début de votre mission,
c'est que le monde n'est plus celui que vous avez
connu.

À l'extérieur de la bulle protectrice de votre
dôme, il n'y a plus d'éléphants, de tortues, d'oi-
seaux, plus de…
```

Un coup de feu résonne, l'enceinte d'où sort le son de la voix explose devant moi. Watson pousse un hurlement. Dans l'embrasure de la porte, Lewis nous braque avec une arme dont le canon fume encore. Son visage est dévoré par de courts poils gris qui poussent en pagaille, et ses cheveux hirsutes lui donnent l'air d'un fou. Le verre gauche de sa paire de lunettes est fendu.

— Alors c'est terminé ? C'est bel et bien terminé ? Vous avez respiré dehors, et vous n'êtes pas morts ?

Ses yeux roulent dans leurs orbites, il nous scrute comme s'il se tenait devant deux extraterrestres. Son bras retombe. Amorphe, il fait demi-tour et s'oriente vers le sas d'un pas ralenti. On le suit à distance. Une fois dehors, il lève le visage vers le ciel, respirant à pleins poumons, ignorant complètement les traînées de sang et les trois cadavres qui cuisent à quelques mètres. Puis il se laisse tomber à genoux.

— Qu'est-ce qui est terminé ? réplique froidement Watson.

Il relève la tête dans notre direction.

— Yaza… Yaza est parti.

— Yaza…

— C'est comme ça qu'on l'a appelé. Nos scientifiques l'ont découvert il y a quatre ans, par le plus grand hasard, dans la calotte glaciaire, en Arctique. À cause du réchauffement climatique et de la fonte des glaces, le cadavre d'un ours polaire, probablement là depuis des centaines d'années, a affleuré la surface à proximité d'une de nos bases. Il semblait avoir séché sur place. Il était comme momifié.

Son arme posée sur le sol devant lui, il observe ses mains ouvertes, recouvertes de poussière rouge, et les frotte doucement l'une contre l'autre.

— … On a analysé son cadavre dans les laboratoires hautement sécurisés des services de santé américains. On a trouvé un virus inconnu qui s'était « endormi » à cause du froid. Quand nos scientifiques ont réussi à le rendre de nouveau actif, ils ont ouvert la boîte de Pandore. Yaza était la pire saloperie qui ait jamais existé. Capable de muter à une vitesse prodigieuse, de s'attaquer à toutes les espèces animales, de les tuer en moins d'une heure, après deux jours d'incubation sans le moindre signe clinique. Et il volait, Yaza volait dans les airs, capable de survivre des jours et des jours. Il contaminait un être vivant, se dupliquait en millions de copies et partait dans l'atmosphère, comme on souffle sur du pollen, à la recherche d'autres victimes. Et ainsi de suite. Une réaction en chaîne impossible à arrêter.

Il se redresse. Il a laissé son arme à ses pieds. Watson ou moi, on pourrait lui sauter dessus, mais on n'en fait rien. On veut savoir.

— … Yaza, c'était l'arme de destruction absolue, capable de ravager l'humanité en quelques semaines. Il aurait fallu le détruire, mille fois le détruire, mais vous savez mieux que quiconque comment le monde fonctionne… Qui aurait anéanti une telle arme ? Alors, on a préféré le garder bien au chaud et chercher un vaccin. En parallèle, on développait des missions de type Acheron : des groupes d'individus, durement sélectionnés, capables de vivre dans un confinement total et de produire leurs propres ressources dans un monde hostile. Au cas où.

Les larmes me montent aux yeux. Mes lèvres tremblent et parviennent à peine à cracher les mots qui me heurtent.

— Au cas où le virus vous échapperait ?

— Yaza était incontrôlable. Les laboratoires de très haute sécurité américains n'ont pas réussi à le retenir. Le 12 octobre, l'un des employés du laboratoire de Louisiane, qui avait contracté le virus sans le savoir, s'effondrait dans un métro bondé. Tout s'est alors enchaîné à une vitesse prodigieuse. Le 21 octobre, il y avait déjà des millions de morts. Le 28, je n'avais plus de nouvelles du monde… Plus d'interlocuteurs, communications coupées… le début de la fin de l'humanité.

La tête me tourne. Ma femme, mon fils, ma mère… Watson se jette sur lui et le secoue de toutes ses forces.

— Tu mens ! Tu mens, salopard !

Elle est hystérique, hurle, pleure en même temps.

— J'aimerais tellement, réplique Lewis. Mais c'est la vérité. Vous avez vu, dehors. Les animaux et… des membres de mon équipe… Yaza a volé jusqu'ici, porté par les vents. Tout ce qui se trouvait sur son chemin a été balayé, et chaque être vivant qu'il rencontrait a amplifié sa propagation dans le désert. Vous avez été choisis pour rebâtir une humanité, au cas où la catastrophe se produirait. Mon équipe et moi, ainsi que Johnson, étions là pour nous assurer que vous tiendriez aussi longtemps que possible…

Il désigne le dôme d'un coup de menton.

— Il y a sous Acheron II un réservoir cubique de cinq mètres de côté, de quoi alimenter nos deux groupes en eau pendant une année. Pour les nouvelles du monde que vous receviez chaque matin, avant la propagation, elles étaient vraies. Les suivantes ont toutes été inventées et préenregistrées, au cas où. Vous deviez croire que le monde continuait de tourner. Quant à nous, il fallait que nous survivions aussi longtemps que vous, avec l'idée de se greffer à vous une fois l'apocalypse terminée.

— Johnson savait, je balbutie. Il savait, alors que… que ma famille mourait…

— Non, il ignorait tout de Yaza. Mais il était militaire avant tout. Il avait pour ordre absolu de vous empêcher de sortir sans combinaison ou d'interrompre la mission. Y compris par la force… C'était également mon rôle de vous préserver, avec l'aide de mes propres hommes. Mais… ça a mal tourné. Quand ça s'est vraiment produit, quand le monde a commencé à être ravagé, que les morts se sont dénombrés par millions, deux membres de mon équipe ont voulu fuir d'ici. Ils ont foncé dans le véhicule sans combinaison et ont tenté de vous rejoindre… Mais le virus était dans l'air. Vous avez vu le résultat… Alors, le reste de l'équipe est devenu incontrôlable. Ils ont cherché à vous envoyer un message de détresse, ils ont mis en péril votre mission. Je n'ai pas eu le choix… C'étaient les ordres.

— Quels ordres ? s'écrie Watson. Tout le monde était mort ! Quels ordres ?

Il baisse la tête. La suite se passe si rapidement que je n'ai pas le temps de réagir. Watson se rue sur l'arme et vide le chargeur sur Lewis en hurlant. L'homme s'écroule, la bouche grande ouverte, ses yeux figés par la surprise et fixant le ciel. Puis Watson se laisse tomber sur les genoux, hagarde, l'arme fumante entre les mains.

Le silence retombe. Je ne peux pas croire que le monde ne sera plus qu'absence de bruit, de vie. Une planète morte. Mon esprit est ravagé, comme après un incendie. Comment imaginer un monde sans ma femme et mon fils, sans êtres humains, sans le chant d'un oiseau ? Aurais-je la force d'essayer de survivre avec les cinq autres, de quitter le désert et de partir à la recherche d'éventuels survivants ? Quel monde nous attend derrière l'horizon ? C'est, pour le moment, impensable.

Watson me tend le bras. Je l'aide à se relever et on rentre dans le dôme. Il va falloir prévenir les autres. Avant de le faire, je retourne près de l'ordinateur, sur lequel le tout dernier enregistrement du Regard sur le monde continue de défiler. L'enceinte est inutilisable, mais je pousse le volume de la carte son à fond. En se penchant un peu, on peut entendre le message.

```
Regard sur le monde du 10 juillet 2017

Vous voilà arrivés au bout, membres de l'équipage
d'Acheron II. Mais si vous écoutez ce message, enre-
gistré bien avant le début de votre mission, c'est
que le monde n'est plus celui que vous avez connu.

À l'extérieur de la bulle protectrice de votre
dôme, il n'y a plus d'éléphants, de tortues, d'oi-
seaux, plus de poissons. Plus d'humains. Toutes
les espèces vivantes ont disparu, ravagées par un
virus mortel capable de voler. Diverses missions
comme la vôtre existent dans différentes bases
isolées du monde, Arctique, Antarctique, déserts,
également sous l'eau. Elles reçoivent, comme vous
en ce moment, ce même message.
```

AU-DELÀ DE L'HORIZON

Il est de votre devoir de rebâtir l'humanité. Regroupez-vous, et survivez.

Il n'y aura pas de « À demain », cette fois. L'avenir de notre espèce vous appartient.

Note : Cette histoire est inspirée du programme HI-SEAS (Hawai'i Space Exploration Analog and Simulation) et du blog du Français Cyprien Verseux qui a vécu l'expérience de l'intérieur.

Heureusement pour lui et ses coéquipiers, leur mission s'est mieux déroulée. https://www.larecherche.fr/rubrique/le-blog-de-cyprien-verseux

HOSTILES

Le glissement de l'eau contre les rochers, juste là. Un cri de rapace plus lointain, repris en écho par les parois abruptes des gorges. Bruit de verre brisé, aussi, lorsque Léa bascule la tête sur le côté. Des débris de vitres en miettes glissent dans son cou, ses cheveux, le long de ses cuisses fines et bronzées. Elle en a même sur les lèvres.

Ouvrir les yeux demande un terrible effort. Son monde, autour, se résume à un cube de tôle repliée, de plastiques déchiquetés. Les airbags ont explosé. La géométrie intérieure de l'habitacle forme une figure improbable, un monde d'arêtes et de creux dans lequel il aurait été impossible de faire entrer un être humain. Sauf que là, les êtres humains sont déjà à l'intérieur.

Léa tourne péniblement le visage vers le siège conducteur. Mal aux cervicales, au crâne, au bassin. La ceinture de sécurité lui semble incrustée dans sa chair, elle compresse sa poitrine.

Elle voit que le conducteur fouille dans le rangement latéral de la portière. Il entend du bruit et se tourne vers elle. Il a un gros hématome sur le nez, résultat sans doute du gonflement de l'airbag. Du sang a coulé et séché jusqu'au col de son sweat-shirt. Le volant menace de lui rentrer dans le torse et rend ses mouvements difficiles.

— Rien de cassé ? demande-t-il.

La jeune femme essaie de se rappeler : une belle séance photo au bord des gorges, sa panne de voiture au retour, sur une route paumée au cœur des Cévennes, aux alentours de 19 h 30. Une heure d'attente avant le passage d'un véhicule. Puis ce type, qui se propose de la déposer à son hôtel, à vingt kilomètres de là, plus au sud. Elle monte, ils roulent à peine cinq cents mètres. Juste le temps de faire les présentations, elle sait qu'il s'appelle Marc. Deux ou trois lacets, puis le début de la descente. Et là, d'un coup, un gros bruit contre la vitre conducteur, le véhicule qui quitte l'asphalte. Léa se rappelle la pente vertigineuse, la voiture qui bondit de tronc en tronc comme une balle de flipper jusqu'à s'arrêter définitivement.

Ensuite, le trou noir.

La jeune femme sent ses jambes, peut remuer les pieds, les orteils, mais ses cuisses sont prises entre le tableau de bord affaissé et le siège. Elle force, en vain : ses rotules font barrage et l'empêchent d'extraire ses jambes de leur confinement.

— Ça a l'air d'aller. Mais je ne peux pas sortir mes jambes de là.

Marc pose ses deux bras sur le volant et tente de pousser, sans succès.

— J'ai le pied coincé là-dessous. La ceinture m'écrase, mais sinon, ça va. Tout l'avant de la voiture est compressé. À quelques centimètres près vous n'aviez plus de jambes, et, moi, je n'aurais pas été là pour vous parler.

Léa parvient à déverrouiller sa ceinture de sécurité.

— Vous avez de la chance, dit Marc. La mienne semble bloquée. Essayez de l'enlever.

Léa appuie sur le gros bouton rouge mal en point, mais rien n'y fait, Marc est piégé. Elle fait tout ce qu'elle peut pour extraire ses jambes ; les minutes écoulées finissent par avoir raison de sa patience : impossible de sortir du véhicule. Elle observe autour d'elle, ne discerne que des arbres dans toutes les directions. En face, à cinq mètres à peine, elle aperçoit une rivière sans vigueur, pompée par la sécheresse, au-dessus de laquelle semblent graviter des nuages d'insectes. Une vague odeur de vase, mêlée à celle de la sève de pin, emplit leur espace de vie.

— Quelque part, on a eu de la chance, dit Marc. Si les arbres n'avaient pas freiné notre chute, on se serait noyés.

— Une vraie chance, oui. Remercions les arbres de nous avoir comprimés comme des sardines.

Léa scrute les alentours autant qu'elle le peut. À l'arrière, elle entrevoit la route creusée dans la montagne, à au moins vingt mètres en surplomb. C'est de là-haut qu'ils ont dévalé la pente. Autour, la nuit tombe, la chaleur étouffante de la journée se replie doucement.

La voiture n'est plus qu'un squelette dont la cage thoracique s'est refermée sur deux cœurs gorgés d'inquiétude. Léa pense soudain à appeler de l'aide, mais une lueur brille tout à coup dans ses yeux. Sa main gauche se porte vers la poche de son short.

Vide.

— C'est pas vrai...

Elle se contorsionne, glisse la main sous ses fesses, dans le moindre interstice de tôle, fouille en vain.

— J'ai plus mon téléphone. Où est le vôtre ?

— Il était là, sur le tableau de bord. Disparu.

Léa se baisse, se tord, cherche encore. Elle doit se retenir de ne pas pleurer. Elle est en vie, c'est un miracle, et c'est l'essentiel.

— Pourquoi vous avez quitté la route ? Que s'est-il passé ?

— Je n'en sais rien. On roulait tranquillement, quelque chose a cogné contre ma vitre. Un oiseau, un caillou décroché de la paroi, j'en sais rien. Avec le choc et la surprise, j'ai dévié sur le bas-côté et perdu le contrôle. Il n'y avait pas de parapet.

Il touche son nez dans une grimace, du sang couvre le bout de ses doigts.

— Ça fait mal. Il y a des mouchoirs, dans la boîte à gants. Si vous réussissez à l'ouvrir...

Léa force, secoue la tête.

— Elle est coincée. Prenez votre casquette pour vous essuyer.

Marc regarde la boîte de rangement qui se trouve de son côté, il ne touche pas à la casquette plongée à l'intérieur et dont la visière dépasse. Il finit par se frotter les mains sur son sweat.

— Je me suis réveillé il y a un quart d'heure, dit-il. Ma montre est cassée, mais, vu l'obscurité, je dirais que ça fait au moins trois heures qu'on est bloqués ici. Personne ne nous a vus tomber ni ne sait que nous sommes dans ce trou. Sinon, les secours seraient déjà là.

Léa se contorsionne encore une fois, elle n'imagine pas passer une nuit complète dans cet enfer.

— La route qu'on a empruntée n'a pas l'air très fréquentée.

— Les touristes passent de temps en temps dans le coin mais ils ne s'arrêtent pas. Il n'y a pas de sentiers praticables à proximité, c'est trop sauvage. Juste quelques résidences secondaires de bourgeois, sur les hauteurs, un peu plus en amont.

Il se penche pour soulager sa poitrine comprimée par la ceinture, respire un bon coup, se remet droit sur son siège.

— Je n'ai pas eu l'occasion de vous demander ce que vous faisiez sur cette route perdue.

Léa fait glisser ses deux mains sur son visage. Elle est crevée de ses dernières journées, elle n'a pas dormi beaucoup et, avec cet accident, son organisme est au bord de la rupture.

— Je suis photographe animalier, je bosse en free lance. J'ai passé la journée du côté des gorges.

— Quelqu'un vous attend à l'hôtel où je devais vous déposer ?

Elle secoue la tête.

— Personne. Ni à l'hôtel ni chez moi. J'ai loué une chambre pour une semaine, et j'ai prépayé.

Léa se rend soudain compte qu'elle a laissé son matériel photo et son ordinateur portable – plusieurs milliers d'euros – dans le coffre de sa voiture. Cette panne improbable l'avait mise sur les nerfs, elle avait été tellement heureuse d'apercevoir enfin un véhicule…

Elle chasse les infimes morceaux de verre dans ses cheveux, en cherche un suffisamment gros et tranchant pour s'attaquer à la ceinture de Marc. Mais n'en trouve pas. Les constructeurs automobiles ont franchement assuré en matière de sécurité, avec leur fichu verre feuilleté.

Elle considère son interlocuteur. Grand et brun, très costaud, vingt-cinq ans peut-être, il est vêtu d'un jean et d'un sweat fin. Il a un visage un peu ingrat, marqué par les vestiges d'une acné abondante.

— Une chance qu'on s'inquiète pour vous ? elle demande.

— Non. J'ai un petit chalet dans les environs de Mende, j'y passe l'été en solitaire, pour pêcher et chasser.

Manquait plus que ça. Léa ferme les yeux, elle a besoin de réfléchir.

— Le klaxon fonctionne ?

— Il est mort. Comme l'autoradio.

— Les phares ?

Marc tend le bras et actionne la manette. Une lumière à l'avant, côté droit, et les feux arrière qui réagissent.

— C'est toujours ça de pris. C'est notre seul moyen de montrer qu'on existe, dit Léa.

Elle soupire et ajoute :

— Je n'aurais jamais dû monter avec vous.

— Et je n'aurais jamais dû vous prendre. Si vous n'étiez pas montée, je serais passé quelques minutes avant l'endroit où il y a eu le choc. Et je n'aurais probablement jamais eu cet accident.

Ils se jaugent en chiens de faïence. Léa ne sait pas quel œil fixer, Marc a un strabisme divergeant. Son nez a encore gonflé depuis tout à l'heure. Elle finit par détourner le regard et appuie sur le plafonnier, déclenchant une petite lueur.

— On va vite nous retrouver, dit-elle. Au pire, ce sera grâce à ma voiture en panne. Elle n'est pas loin d'ici. Des gardes forestiers ou des policiers empruntent forcément ces routes, non ?

Marc ne répond pas, il observe la surface de l'eau qui palpite sous la lueur du phare. Il actionne la manette pour éteindre. Léa poursuit :

— Quand ils verront que quelque chose cloche, ils lanceront des recherches.

Attiré par la lumière, un papillon de nuit vient de rentrer dans l'habitacle par l'une des fenêtres. Ses ailes claquent contre le plafond. Marc le suit des yeux, l'air neutre, les lèvres droites ne formant plus qu'une ligne. Léa ne supporte pas son calme.

— Dites quelque chose, bordel ! Un truc du genre : « Oui, vous avez raison ! », ou alors : « Bien sûr, qu'ils vont nous retrouver ! Vous en connaissez, vous, des histoires de gens qui meurent coincés dans leur voiture ? » !

Mauvais exemple, parce qu'elle en connaît, justement, des anecdotes de ce type. Des accidentés retrouvés morts de faim, de soif, dévorés par des bêtes sauvages, à quelques mètres à peine d'une route fréquentée.

Elle a l'impression que Marc ne l'entend plus. Toute son attention est concentrée sur le papillon de nuit qui vient d'atterrir à proximité de la lampe.

— Ils sentent déjà notre présence, chuchote-t-il. Ça commence toujours comme ça, avec un petit papillon à l'air innocent. Et on finit bouffés par les prédateurs. Ils sont partout, on ne se méfie jamais assez.

Il se tait, observe l'insecte attentivement. Un bruit de moteur, presque imperceptible, finit par grossir depuis la route. C'est le premier signe d'activité humaine que Léa entend depuis son réveil. Une voiture approche. La jeune femme précipite son bras vers l'une des manettes et déclenche les ampoules arrière ainsi que celle de l'avant. Puis elle détourne la tête vers sa portière et se met à hurler.

— À l'aide ! À l'aide !

Elle se penche autant qu'elle peut, frappe du plat de la main contre la tôle extérieure. Loin au-dessus, la lueur rouge des feux arrière, puis plus rien : le véhicule poursuit sa descente comme si de rien n'était. Léa craque et pense à l'horrible nuit qui se profile. Elle pleure doucement. Le papillon claque des ailes et se plaque contre le plastique du plafonnier. Il est noir et blanc, avec des dessins qui suggèrent une tête de mort sur ses membranes. Tout un symbole.

Le poing de Marc s'écrase violemment sur son abdomen.

*

Il fait nuit noire, à présent, et Léa a insisté pour laisser la lumière intérieure allumée. Autour, les branches craquent, des cris d'oiseaux et d'animaux bondissent de loin en loin. Lorsque tout le monde s'endort, le Gévaudan, ses loups et ses vieilles légendes se réveillent.

Elle ne sait rien de Marc, il n'est pas du genre bavard. Il semble enfermé dans une bulle, coupé de l'horrible drame qui leur arrive. Il ne dort pas vraiment mais somnole à moitié. Sa tête tombe sur le volant, le choc le réveille, et ça recommence. Comment réussit-il à rester si calme ?

La petite rivière fatiguée murmure dans l'obscurité, les sommets des pins qui escaladent le versant d'en face se découpent sous la lueur de la lune. La fraîcheur s'installe, l'air se condense et formera bientôt ces bandes brumeuses qui font les plus effroyables récits. La jeune femme aurait bien pris une couverture, regroupé ses genoux contre son torse, but une tasse de café.

Elle se contorsionne pour jeter un œil juste derrière. Le pare-brise a résisté, cette partie de la voiture ayant été épargnée. Le coffre paraît intact. Il n'y a plus rien sur les sièges. Au sol reposent une plaque d'immatriculation, un cric, une manivelle et une canne à pêche. Léa reprend sa position et remarque une lueur, soudain, sur la rive : un petit rectangle luminescent, bleuté. Elle actionne les phares, le droit s'allume. Sur les galets, elle aperçoit un téléphone. Il vibre, l'écran clignote. Marc émerge.

— Qu'est-ce qui se passe ?
— C'est mon téléphone, là-bas ! J'en suis sûre !

Le jeune homme glisse sa main entre sa poitrine et la ceinture, pour se soulager.

— C'est plutôt bon signe si on cherche à vous joindre. Une idée de qui il s'agit ?

Léa met du temps à répondre.

— Comment il a pu se retrouver juste au bord de l'eau ?
— Avec le choc, c'est normal.
— Non, ce n'est pas normal. Il était dans la poche de mon short. La voiture n'a pas fait de tonneaux. Au pire, je l'aurais retrouvé au sol, mais à l'intérieur la voiture. Alors expliquez-moi comment il a pu atterrir là-bas.

Marc fronce les sourcils.

— Ça veut dire quoi, votre ton ? Je suis dans la même situation que vous, au cas où vous n'auriez pas remarqué.

Léa se rend compte de l'agressivité de ses propos. Elle a parlé fort, et durement.

— Je suis désolée, je suis nerveuse. Mais il y a de quoi, avouez-le.

En face, le portable vient de s'éteindre. La jeune femme essaie de changer la position de ses jambes. Elles sont comme anesthésiées. De son côté, Marc regarde la tranche de sa main. Il y reste encore une patte du papillon de nuit, qu'il décolle et jette sur le côté, avant de revenir vers Léa.

— Celui ou celle qui vous appelle en pleine nuit a-t-il une raison de s'inquiéter si vous ne répondez pas ?

— Non, aucune raison. Ça m'arrive de ne pas répondre, surtout quand je ne suis pas chez moi.

Ainsi se termine la conversation. Sèchement. Léa ne sait pas quoi dire, elle n'a pas envie de parler, ni de sa vie ni de quoi que ce soit. Au fond d'elle-même, elle lui en veut, même s'il n'y est pour rien. Elle préfère se dire que, demain, on va venir les secourir et que ce cauchemar sera terminé. Ses yeux suivent un temps une grosse mouche noire qui vient d'atterrir sur le volant. Sa trompe explore avidement le caoutchouc. Au moindre geste, l'insecte s'immobilise. Discrètement, Léa fixe Marc, elle voit la veine qui saille sur sa tempe, ses doigts se rétracter sur ses cuisses. L'insecte redécolle et va taper sur le pare-brise arrière. Le temps s'écoule, le bourdonnement est incessant. Léa ferme les paupières, elle aimerait bien s'assoupir un peu pour que la nuit passe plus vite, mais cette friction des ailes contre l'air l'empêche de trouver le sommeil. Marc se plaque les mains sur les oreilles.

— Qu'elle se taise, bordel !

Léa sursaute. Son voisin a les yeux exorbités. Il plaque sa nuque contre l'appuie-tête dans une longue inspiration.

— Je ne supporte pas les bourdonnements, excusez-moi. Quand j'étais petit, mon père entreposait des dépouilles de lapin dans le hangar de la ferme. Il y avait toujours de grosses mouches vertes, je les vois encore explorer le moindre reste de chair avec leurs petites trompes. Il a suffi que mon père m'enferme une fois là-dedans pour...

Il tourne la tête et la transperce du regard.

— Vous comprenez ?

Léa acquiesce. Inconsciemment, elle a un petit geste de retrait et finit calée contre sa portière et son siège.

— Je vous ai fait peur, pardon.

— Non, mais c'est juste... On ne se connaît pas...

Elle tend l'oreille. Nouveau ronflement de moteur. Elle s'agite jusqu'à se faire mal aux jambes.

— Une autre voiture. Faites des signaux lumineux avec les phares. Je vais crier.

Marc s'exécute. Feux de route, pleins phares. Feux de route, pleins phares. Le véhicule approche, Léa aperçoit un halo de lumière qui dévore la route, tout là-haut. Elle prie pour que le chauffeur n'ait pas mis la radio, pour qu'il soit attentif parce qu'il fait très noir et que la descente est dangereuse. Comme la première fois, elle fait le maximum de bruit avec ses mains, ses cordes vocales. Elle a l'impression que la Terre entière peut les entendre, les voir.

— On est là, dans le ravin ! Au secours !

Elle a mal, ses genoux sont compressés mais elle s'acharne. En haut, le jaune des phares devient rouge, le bruit baisse en intensité. Léa n'a plus la force de frapper sur la tôle. C'est fini, elle abandonne.

Mais le ronflement de moteur se stabilise, la voiture s'est arrêtée. Léa est suspendue au bruit qui regagne en amplitude, accompagné du sifflement caractéristique d'une marche arrière. La jeune femme se tourne vers Marc, folle de joie.

— Ils reviennent ! Je le savais ! Les phares, les phares !

Elle reprend ses cris, cette fois le désespoir s'est mué en joie. Plus aucun doute : au-dessus, le moteur tourne au ralenti, et deux faisceaux jaunes trouent la nuit, s'élançant droit dans le vide, au-dessus d'eux. Jamais Léa n'a éprouvé tant de bonheur à entendre des claquements de portières. Il y en a deux. « Ils » ou « elles » sont deux.

Marc aussi s'est retourné, mais ce geste de torsion lui a arraché un cri de douleur. Sa liberté de mouvement est moindre à cause de la ceinture et du volant presque collé contre sa poitrine.

Tout là-haut, deux petites ombres apparaissent sur l'arête de la pente. Elles sont immobiles et doivent regarder vers le bas. Dans leur direction.

— Ici ! En bas ! On a eu un accident !

Léa s'excite sur le poussoir des phares, se retourne de nouveau. Les ombres sont toujours là, immobiles. Pourquoi ne répondent-elles pas ? La jeune femme essaie de trouver des raisons, elles appellent sans doute les secours sur leur téléphone. Ou alors, elles se concertent et s'apprêtent à descendre. La pente est raide mais largement praticable.

Soudain, les silhouettes disparaissent côté route. Léa ne comprend pas, elle sent les larmes monter, elle hurle désespérément.

Tout là-haut, le moteur s'éteint. Comme le halo des phares. Le silence. Puis, d'un coup, une masse noire qui apparaît. Bascule.

Un premier fracas, un autre. Du verre qui gicle. Léa a l'impression de revivre son accident. Flashes horribles sous son crâne. Les tonnes de matière fondent sur eux, empruntant le même chemin le long des arbres déjà amochés. Dans l'habitacle, Marc et elle se protègent de leurs bras, comme si ce geste pouvait les épargner. Dans deux secondes, le fauve de tôle sera sur eux.

Les arbres leur sauvent une nouvelle fois la vie. Un tronc fait dévier le bolide, un autre l'arrête net, à trois mètres sur la droite. La voiture se plie comme un accordéon. Un panache de fumée blanche jaillit du radiateur.

Léa baisse doucement les bras. Elle tremble de la tête aux pieds et serait probablement tombée si elle n'était pas déjà assise. Ses yeux se portent vers le véhicule et, là, c'est un autre choc qui l'ébranle.

Il s'agit de sa voiture.

*

Le visage inexpressif, la tête appuyée contre sa portière, Léa observe la longueur et l'orientation des ombres. Il doit être 8 heures du matin, c'est la bonne heure pour les photographes, car le paysage est tout en contraste, la lumière belle. Les brumes de l'aube ont laissé place à un ciel d'un bleu profond et uniforme. Une magnifique journée d'été s'annonce. Mauvais signe.

Des voitures passent de temps en temps sur la route. Léa en veut à ces gens qui rient dans leur véhicule, s'éloignent et les ignorent. Pourquoi ces abrutis ne s'arrêtent-ils pas pour boire un coup, petit-déjeuner, tirer des photos, comme ils le font partout ailleurs sur ces putains de routes de France ? Léa n'a plus le courage de crier. Sa gorge est en feu, elle n'a même pas un peu d'eau pour soulager ses cordes vocales. Dire qu'il y a au moins trois bouteilles d'eau dans le coffre de sa voiture, juste là, à quelques mètres à peine.

Depuis des heures, elle tourne et retourne les mêmes questions dans sa tête. Qu'est-ce qui a pu pousser les deux ombres à agir de la sorte ? Pourquoi un geste si abominable ? Marc pense qu'ils ont affaire à des tarés du coin, des espèces de psychopathes qui les ont vus tomber dans le vide et ont décidé de ne pas appeler les secours. Et qui, pour couronner le tout, ont vidé la voiture de Léa de ses objets de valeur, avant de la faire disparaître.

La jeune femme, elle, n'y croit pas une seconde, et a une solide hypothèse qu'elle garde pour elle. Et si c'était à Marc qu'on en voulait ? Et si on avait cherché à le tuer ? Le coup entendu sur la vitre pourrait très bien correspondre à l'impact d'un projectile. Les tireurs manquent leur cible mais, sous l'effet de la surprise, Marc tombe dans le ravin. Ensuite, les « autres » font disparaître les traces, c'est-à-dire la voiture de Léa.

Peut-être le type à ses côtés est-il impliqué dans quelque chose de grave. Un règlement de comptes, un truc dans le genre. Peut-être même l'a-t-il ramassée, elle, sur le bas-côté, pour avoir un otage, au cas où.

Le mec qui vient passer ses vacances en solitaire dans un chalet pour chasser et pêcher, elle n'y croit plus.

Elle se retourne et fixe le sol.

— La plaque d'immatriculation, là, derrière, dit-elle. Je crois que je peux l'attraper. En la cassant, ça pourrait créer un bout tranchant de métal, pour couper votre ceinture. Vous pourriez ainsi essayer de libérer votre jambe piégée.

Marc suit des yeux une autre mouche qui vient de rentrer dans leurs deux mètres cubes d'espace vital. Elle est plus volumineuse encore que celles qui l'ont précédée et qui ont fini par disparaître avec le lever du soleil. Elles sont désormais cinq de cette espèce-là, à les harceler avant de s'agglutiner sur la lunette arrière. Il réagit enfin à ce que Léa vient de lui dire :

— Bonne idée.

Léa tourne son torse, tandis que ses jambes restent en place. Tendant le bras gauche vers l'arrière, elle parvient à agripper la plaque du bout des doigts et à la ramener. Gêné par le volant, Marc ne peut pas l'aider à la plier.

— Va falloir vous débrouiller seule, dit-il.

Léa parvient à plier le rectangle métallique, qui se tord mais ne casse pas.

— Vous roulez sans plaque ? demande-t-elle.

— L'un des rivets était cassé, elle menaçait de tomber alors je l'ai décrochée hier. Je devais passer au garage. (Il sourit.) Il y aura d'autres petites réparations, j'ai l'impression.

Il a répondu du tac au tac, sans réfléchir, mais Léa reste sceptique. Elle est persuadée qu'il ment. Elle renouvelle l'opération de torsion, dans un sens, puis dans l'autre. Rien n'y fait, impossible de provoquer une rupture.

Elle a une nouvelle idée. Elle récupère la canne à pêche et en décroche le minuscule hameçon.

— Vous pêchiez quoi, avec ça ? Des épinoches ? Ce n'est pas très costaud, mais on peut toujours tenter…

Elle se met à enfoncer difficilement la pointe d'acier dans la ceinture de sécurité de Marc, toujours au même endroit.

— Ça va être interminable, votre truc, fait Marc.
— Le temps, c'est pas ce qui nous manque.

Les minutes passent. Léa finit par avoir mal aux doigts, Marc prend le relais. La pointe se tord, s'émousse, lui transperce parfois l'index. Léa veut de nouveau intervenir, mais Marc refuse.

— Laissez-moi, ça m'évite de penser aux mouches. Au moins, tant que je suis occupé, elles n'existent plus…

Il s'applique à la tâche. Léa se cale de son côté et essaie de s'endormir un peu, histoire de ne pas songer à la soif qui arrive. En vain.

Au bout d'un certain temps – une heure, peut-être deux –, un ronflement lointain se fait entendre. Cette fois il ne vient pas de la route, mais du ciel. Léa se penche et lève les yeux. Une petite tache apparaît parfois à travers les frondaisons et se dirige vers eux. Aucun doute, il s'agit d'un hélicoptère de la gendarmerie nationale.

Il vole relativement bas, à allure modérée. Et va passer juste au-dessus de leur voiture. Léa actionne les phares, mais en vain : aucune lumière.

— Mince ! Ils fonctionnaient ! Que s'est-il passé ?
— La batterie est morte, on dirait.

Elle ne l'écoute déjà plus et se remet à crier en direction du ciel, même si ça ne sert à rien. Marc interrompt son travail et reste immobile, à écouter les grandes pales frapper l'air lourd. Soudain, l'engin vire de bord et part en direction du soleil. Nouveau coup de massue pour Léa. Cette fois, elle est au bord de l'explosion. Elle fixe Marc avec rancune.

— La batterie n'était pas morte ! Quand j'ai allumé les phares, cette nuit, ils éclairaient parfaitement !
— Eh bien, on va en déduire qu'elle s'est vidée entre-temps. La petite lampe de l'habitacle, ça consomme, l'air de rien. Et qui vous dit qu'il n'y a pas un contact électrique, quelque part, qui a pompé le jus de la batterie ?

Léa a envie de le gifler. Ce type est beaucoup trop serein pour être honnête.

— Pourquoi vous n'avez pas crié avec moi, bon sang ?
— À quoi bon ? Ils ne pouvaient pas nous entendre.
— N'importe qui aurait crié. C'est un réflexe de survie.
— Faut croire que non. Ces hélicos, ils survolent très souvent la région. Ils traquent principalement les braconniers placés bien plus haut sur les montagnes.

L'un de ses yeux s'agite dans son orbite comme une balle de ping-pong. L'autre fixe Léa sans bouger.

— Pourquoi ils nous rechercheraient, puisqu'ils ne sont même pas au courant qu'on a disparu ? ajoute-t-il.

Léa sait qu'à ce moment, il la sonde et guette sa réaction. Même s'il ne peut pas bouger beaucoup pour le moment, il pourrait très bien l'assommer d'un grand coup de poing ou l'étrangler. Elle fait cinquante kilos, il doit peser le double. Par réflexe, elle réajuste son débardeur, se rendant compte que sa poitrine est bien visible. Elle le regrette aussitôt et fait mine d'accepter ce qu'il lui raconte.

— Vous avez raison. Les braconniers...

Elle tourne la tête et ferme les yeux. Rester calme, surtout. Ne pas réveiller les instincts, les doutes, tout ce qui fait de l'homme un animal.

Mais, au fond d'elle-même, elle bouillonne, certaine que Marc n'est pas net.

C'est lui que les gendarmes recherchent, elle en est sûre.

Il ne veut pas qu'on le retrouve et fera tout pour ne pas se faire prendre.

*

Léa a peur. Elle essaie de se remémorer le moment de sa rencontre avec Marc. L'attente interminable, les garagistes locaux qui ne répondent pas. Normal, il est tard, on ne tombe pas souvent en panne, ici. La vieille berline qui s'arrête. Un homme sort avec le sourire, plutôt rassurant. Rien d'étrange, de décelable dans son comportement. Juste un type qui roule dans l'endroit le plus paumé du monde et se propose d'aider une jolie femme en panne. Léa est montée sans se poser la moindre question. Qui passerait la nuit dans sa bagnole au cœur du Gévaudan ?

Désormais, elle n'ose plus regarder Marc, elle craint qu'il ne lise en elle. S'il arrive à se libérer, que va-t-il se passer ? Va-t-il l'abandonner là ? La tuer, parce qu'elle est capable de l'identifier ? Et pourquoi pas prendre un peu de plaisir, avant ? Autant en profiter.

Elle ne sait que penser, tout s'embrouille dans sa tête. Et si elle fantasmait complètement ? Et si cet hélicoptère recherchait vraiment des braconniers, et que Marc n'était qu'un pauvre type venu couler deux mois tranquilles au milieu de la nature ? Vu son physique, ce ne doit pas être facile avec les filles. Alors la pêche, la chasse, la solitude : c'est logique, finalement.

Elle aimerait faire semblant de somnoler mais n'y parvient pas à cause des nuisibles qui bourdonnent et viennent pomper son sang et sa sueur. Elle ne peut s'empêcher de les chasser d'un geste brusque, répétitif, automatique. La soif fait gonfler sa gorge, et elle commence à avoir sérieusement envie d'uriner. Depuis deux ou trois heures, la chaleur dans l'habitacle est devenue insupportable. Le soleil brille à son zénith et, malgré les frondaisons, les rayons dardent le toit et la lunette arrière. Et puis il y a cette odeur d'eaux stagnantes, de pourriture, qui s'amplifie.

Des heures passent, encore, elles sont comme des coups de scalpel au moral. Marc sue, et pourtant ne relève même pas les manches de son sweat. Il s'en est pris aux insectes. Il en écrase tant qu'il peut, jure, va même jusqu'à se faire mal, tant il cogne, heurtant parfois violemment un obstacle. Elle a tué trois mouches et s'est amusée à les enfiler sur l'hameçon devenu inutilisable pour la ceinture.

Au plus fort de l'après-midi, la jeune femme se sent partir. Elle a l'impression de fermer les yeux une fraction de seconde mais, lorsqu'elle les rouvre, le soleil a disparu, les ombres bienfaisantes se répandent tout autour d'elle. Les mouches entrent et sortent de la voiture dans un ballet incessant, leur liberté outrageante a de quoi rendre fou. La jeune femme récolte la sueur autour de ses lèvres avec ses doigts et les lèche. Elle renifle et ne sent plus aucune odeur : ses cellules olfactives sont probablement saturées.

Elle tourne la tête vers Marc. Il a le front trempé et dort profondément, la joue sur le volant. Sa respiration est lente, régulière, son nez est complètement violet. Sa ceinture de sécurité est déchiquetée sur un tiers de la largeur. La manche gauche de son sweat est un peu relevée et dévoile de grandes cicatrices. Léa fronce les sourcils, elle n'a aucun doute sur l'origine de ces vieilles scarifications : tentative de suicide.

La jeune femme fixe le bord de la casquette qui dépasse du rangement, côté conducteur. Depuis le début, Marc a refusé d'y toucher, y compris pour chasser les insectes ou se protéger le crâne de leurs attaques. C'est bizarre. Sans faire de bruit, Léa se penche vers la gauche, tirant le plus possible sur ses cuisses. Ses muscles sont raides comme des nerfs de bœuf, à la limite de la crampe. Le plus doucement possible, elle glisse le bras dans l'interstice entre les jambes et le torse de Marc. Ses doigts palpent le bout de la casquette. Elle grimace, serre les dernières phalanges et tire vers elle. À ce moment, quelque chose enroulé dans le tissu tombe aux pieds de Marc. *Bing*. Léa n'a pas eu le temps de voir de quoi il s'agissait. Elle s'immobilise, Marc s'agite. Elle remet vite la casquette à sa place et reprend sa position : la nuque contre l'appuie-tête, les deux yeux fermés, la bouche un peu ouverte.

Il est réveillé. Elle sait qu'il la fixe. Grincement du fauteuil. Désormais, elle sent son souffle brûlant contre sa joue. Elle a envie de déglutir, sa trachée est sèche comme de la toile de jute. Il la touche, maintenant. Ses cheveux, son épaule, son cou. Léa n'en peut plus mais elle résiste. Il suffirait qu'il serre les doigts pour l'étouffer. Une goutte de sueur vient se perdre dans ses sourcils, ça démange. Et puis les mouches, ces répugnantes mouches à damier, vertes, bleues. Insaisissables.

Léa va craquer, elle le sait. Elle va hurler et battre des poings sur ce type aussi fort qu'elle le peut. Ses mâchoires se crispent, et c'est au moment précis où elle s'apprête à agir qu'un gros craquement de branche résonne juste derrière eux.

Elle ouvre brusquement les yeux. Marc a retiré sa main, il ne la regarde pas elle, mais derrière elle. Léa tourne la tête.

Un gamin sort des arbres.

*

L'enfant a dix ans, maximum. Il porte un beau bermuda de marque, une casquette des Dodgers, une gourde à la ceinture et un tee-shirt avec le dessin d'un gant et d'une batte de base-ball. Bronzé, cheveux blonds. Il est figé à quatre mètres de la voiture, côté passager, se demandant probablement s'il doit fuir ou rester. Ses yeux sont pleins d'effroi.

Léa est euphorique. Des larmes de bonheur arrivent. Elle passe sa main ouverte par la fenêtre, doucement pour ne pas l'effrayer.

— Viens, approche.

Il secoue la tête, les lèvres pincées. Léa se dit qu'elle doit être horrible à voir, et Marc, avec sa tronche de Sphinx, est dix fois pire. Les mouches, le sang, l'état des voitures... Le môme est mort de peur et c'est normal.

— Très bien, reste là si tu veux. Tu ne crains rien. Est-ce que tes parents sont dans le coin ?

Il acquiesce timidement.

— Où ça ? Au bord de la rivière ?

Il secoue la tête et pointe les hauteurs.

— Ah, vous habitez pas loin, c'est ça ?

L'enfant se penche un peu et aperçoit Marc, qui lui fait un signe de la main.

— Viens, petit. Tu veux bien nous aider à sortir de là ? On a eu un accident, on est tombés. Et on va bientôt mourir de soif si tu ne nous donnes pas un petit coup de main.

Le gamin hésite, puis décroche la gourde en peau de sa ceinture. Un pas en avant. Il reste hors d'atteinte, renifle, plisse le visage et recule de nouveau.

— Non, reste ! lance Léa. Reste !

Il se dandine, puis jette sa gourde à travers la fenêtre. Léa l'attrape au vol. Sans réfléchir, elle porte ses lèvres sur l'extrémité en plastique rouge et aspire goulûment. Du jus d'orange. La jeune femme boit à grosses gorgées, à la limite de s'étouffer. Marc lui arrache la gourde des mains au moment où elle prend le plus de plaisir et où, enfin, arrive l'instant où elle croit qu'elle pourra finalement vaincre sa soif.

— Donne-moi ça.

À son tour, il aspire de toutes ses forces, pressant la poche de peau pour augmenter le débit. Il la vide intégralement. Léa lui en veut à mort, mais ce n'est certainement pas le moment d'effrayer le gamin. Elle s'efforce de sourire.

— On ne te remerciera jamais assez pour le jus d'orange. Comment tu t'appelles ?

— Je sais pas si je dois vous dire.

Il a parlé, enfin. Léa sait que c'est gagné, que le dialogue est noué et que, d'ici une heure ou deux, elle sera saine et sauve.

— Tu ne nous dis pas si tu ne veux pas nous dire. Écoute, j'ai un tout petit service à te demander…

— Pourquoi ça sent autant mauvais ? demande-t-il.

Léa passe le bras par la fenêtre et désigne la berge.

— C'est l'eau, là-bas. Comme elle ne bouge pas beaucoup, il y a de mauvaises odeurs. Regarde, il y a un téléphone portable quelque part sur les rochers, juste au bord de cette eau. J'aimerais que tu ailles jeter un œil, et que tu me le rapportes si tu le trouves. Tu peux bien faire ça pour moi ?

Il fixe la rive. Puis, le nez glissé dans son tee-shirt, s'y dirige prudemment. Léa est heureuse. Marc lui adresse un sourire complètement forcé.

— C'est génial.

L'enfant marche désormais sur les galets. Il regarde en direction de la voiture et hausse les épaules.

— Y a rien !

— Si, si ! Un peu plus à gauche !

Il va, vient, puis se baisse finalement. Et lorsqu'il se redresse, il tient l'objet magique entre ses mains. Il revient à proximité, mais tout en restant hors de portée.

— Vous allez appeler la police, c'est ça ?

À ton avis, ducon ? Léa ne tient plus, si elle pouvait, elle l'agripperait par le col et le secouerait de toutes ses forces pour qu'il lui donne ce fichu téléphone.

— Oui. Ils vont venir, pour nous aider à sortir d'ici.

Le visage du môme se crispe.

— Vous pouvez pas appeler la police. Mon frère, il l'a pas fait exprès.

Le choc est violent. Une véritable baffe en pleine figure. Léa tourne la tête vers Marc, qui semble tout aussi stupéfait qu'elle.

— Qu'est-ce qu'il a pas fait exprès ? demande-t-il.

Le gamin a les yeux rivés sur le téléphone portable. Il est au bord des larmes.

— On n'avait pas le droit de prendre la carabine à plomb de p'pa. Mais il était parti avec m'man à Mende. Alors nous, on en a profité pour venir jouer ici. Y a toujours un tas de petites bêtes qui traversent la route quand le soleil se couche. Yvan, il voulait tirer dessus… On s'est embusqués plus haut dans la montagne… On avait pris nos iPod, moi j'écoutais Justin Bieber, et lui Iron Maiden. Il aime bien Iron Maiden, même si p'pa et m'man détestent. Ça le rend méchant, Yvan, des fois, cette musique de fous… On n'a pas entendu la voiture. Et à cause des arbres, on l'a pas vue.

Sa voix résonne soudain bizarrement aux oreilles de Léa, elle a l'impression qu'elle va tomber dans les pommes. Le ciel, les arbres tournent, elle est nauséeuse. Elle ignore combien de temps cela dure. Trente, peut-être quarante secondes. Quand ses pensées se réorganisent enfin, elle sait qu'elle a manqué une partie des explications, mais elle a parfaitement compris la suite du scénario. Le grand frère tire par accident sur la voiture de Marc. Il panique lorsqu'elle quitte la route et décide de ne pas appeler les secours. Prenant la direction pour rentrer chez lui avec son petit frère, il voit probablement le véhicule de Léa sur le bas-côté et fait le rapprochement. Alors, tous les deux, ils reviennent la nuit. Le grand veut impliquer son cadet, certainement pour qu'il se sente autant coupable et ne raconte jamais ce qui s'est passé. Il va alors au bout de son délire et fait disparaître aussi la voiture de Léa, espérant qu'on ne retrouve jamais les corps, ou dans très longtemps.

Léa tente le tout pour le tout. Si le petit part, ils sont cuits.

— Donne le téléphone. On ne dira jamais que c'est à cause de ton frère. On dira qu'on a eu un bête accident de la route et que nos voitures ont dévalé dans le ravin. C'est aussi simple que ça.

Il secoue la tête.

— Vous mentez. Vous allez tout raconter.

— On ne ment pas.

— Si, vous mentez.

Cette fois, il pleure. Ses petites épaules bondissent et soulèvent sa poitrine. Il serre le portable et le jette de toutes ses forces dans l'eau. Léa hurle. Le gamin anonyme la regarde avec rancune.

— J'espère que vous allez mourir vite, maintenant. Et que les mouches vous mangeront.

Il se retourne et disparaît comme il est arrivé, indifférent aux cris désespérés de Léa.

*

La nuit. La deuxième, seulement. Léa a l'impression d'être coincée ici depuis une éternité. Le sucre contenu dans le jus de fruit a fait du bien à son organisme mais n'a fait qu'attiser sa soif et prolonger son calvaire. Elle sait qu'elle ne tiendra pas une journée de plus. Que demain, dès qu'il fera trop chaud, elle fermera les yeux pour ne plus jamais les rouvrir.

La ceinture de sécurité est impossible à arracher. Plus le temps passe, plus les forces leur manquent. Marc use ses dernières cartouches à empêcher les insectes d'explorer sa peau et pomper son sang. Il y a vingt, trente intrus volants à l'intérieur de l'habitacle. L'homme a enfilé une dizaine de mouches à du fil de pêche, en faisant un collier macabre. Il lui arrive de marmonner à l'intention du collier, sans qu'elle comprenne.

Léa fixe les ombres des cimes. La lune est grosse et rousse.

— Vous vous fichez de ne pas sortir d'ici, n'est-ce pas ?

Elle laisse planer un silence avant de poursuivre :

— Vivre ou mourir, pour vous, c'est pareil...

Pas de réponse. Léa entend juste le craquement du verre sous les semelles, le couinement du Skaï des sièges lorsque Marc bouge un peu.

— Vos manches longues... C'est pour cacher vos cicatrices. Vous avez essayé de mettre fin à vos jours, vous avez échoué. Alors vous vous dites que maintenant, c'est peut-être l'occasion. Vous n'avez plus rien à perdre...

Marc contemple son horrible collier de mouches.

— Ne parlez pas de ce que vous ne connaissez pas.

— Vous ne voulez pas qu'on nous retrouve parce que vous avez envie d'y rester, cette fois. C'est aussi simple que ça. Et vous voulez m'entraîner avec vous. C'est tellement plus facile, à deux.

— Arrêtez, j'ai dit.

Elle est lasse, fatiguée, mais trouve la force d'étirer les lèvres.

— Vous savez quoi ? J'ai cru que vous étiez une espèce de criminel en fuite. Que vous aviez commis un hold-up, un truc du style, et que vos complices avaient décidé de vous faire la peau.

Petit rire de Marc.

— Vous avez une sacrée imagination.

Dans l'obscurité, elle devine qu'il la regarde. Elle songe à ces caresses qu'il lui faisait pendant qu'il la croyait endormie. Des gestes de tendresse, peut-être. Ou des instincts de mâle, tout simplement.

— On pense cerner les gens parce qu'on échange deux mots avec eux, dit Marc. Ou parce qu'ils ont un physique particulier.

Un silence. Il respire fort.

— Le pire, ça a été les railleries des filles à l'école… Des filles de votre genre. Vous avez combien ? Vingt-six, vingt-sept ans ?

— Vingt-trois.

— Vous êtes encore naïve. La naïveté, c'est tellement dangereux dans le monde d'aujourd'hui… Vous êtes montée avec un inconnu. Il aurait pu se passer n'importe quoi dans cette voiture.

— Rien de pire que ce qui se passe en ce moment, en tout cas.

Il y a soudain un craquement, quelque part autour d'eux. Le bruit net et précis d'un morceau de bois écrasé par quelque chose de lourd.

— Vous avez entendu ? fait Léa.

— J'ai entendu, oui. Silence…

Instinctivement, Léa s'écarte de la fenêtre passager. Plus un son, et c'est sans doute le plus effrayant : un animal n'aurait-il pas continué à faire du raffut ? Qu'est-ce qui se tapit, là, près d'eux ?

Léa pense au gamin, il a peut-être eu des remords et s'est décidé à leur venir en aide. Elle roule des yeux. Rien ne bouge sur sa droite. Des flaques d'obscurité se répandent entre les troncs immobiles qu'elle distingue à peine. Les mouches continuent à taper sur la lunette arrière dans leur bourdonnement hypnotique. Ces fichues bestioles ne dorment jamais.

D'un coup éclate un monstrueux craquement d'os. Léa se tourne vers son voisin dans un cri et a le temps de voir l'extrémité d'une batte de base-ball disparaître dans les ténèbres. Le nez de Marc est complètement enfoncé dans son visage. Le sang a giclé partout. Son front s'écrase lourdement sur le volant.

Plus rien.

La jeune femme fond en larmes. Elle scrute partout, se réfugie autant qu'elle peut vers le centre de l'habitacle. On peut l'attaquer de n'importe où. Face, côtés...

— Je sais que vous êtes le grand frère, lance-t-elle. Vous pouvez encore tout arrêter. C'était juste un accident. Un simple accident.

Des bruissements, autour. Soudain, une voix jeune, celle d'un môme qui n'a peut-être même pas dix-huit ans :

— Vous auriez dû crever dans la chute. Mais vous vous accrochez. J'ai pas envie de finir mes jours en prison si vous réussissez à sortir d'ici. Mon père supporterait pas. Moi non plus.

Des sanglots, qui finissent par s'estomper. Le silence, des pas. Léa retient son souffle. D'un coup, la batte surgit et vient se fracasser à deux doigts de son visage. Un grognement.

— Vous pouvez pas vous laisser faire, merde ?

La batte arrive encore dans un feulement, Léa se baisse au maximum, la douleur explose dans ses jambes. Elle est prise au piège. L'ombre est au niveau de la fenêtre à présent, elle se penche. Léa a le temps de voir un visage rond, grassouillet, et deux yeux grossis par des verres de lunettes. Il essaie de frapper, mais Léa est trop loin, le montant de la portière fait obstacle et empêche à l'agresseur d'armer son geste autant qu'il le devrait. Il grimpe sur le capot démoli, s'agenouille, lève sa batte comme s'il voulait frapper une balle. Il est face à Léa qui, d'un coup, ramène le bras de l'arrière de la voiture et le touche en pleine mâchoire avec la manivelle en acier.

Un seul coup suffit. Le gamin s'effondre juste devant elle, les bras écartés, comme un ours qu'on vient d'abattre d'une balle au beau milieu du crâne.

*

Marc est mort.

Ses yeux et sa bouche sont restés ouverts. Le sang a durci sur son visage. Léa agite les bras dans tous les sens, chasse furieusement les mouches qui s'intéressent déjà à son cadavre, poussant de vains hurlements.

Elle attend les toutes premières lueurs de l'aube pour se pencher vers le corps froid et essayer de localiser l'objet tombé de la casquette. Elle tremble, écrasée par la sinistre impression que Marc va bouger d'un instant à l'autre. Elle tend le bras, palpe à l'aveugle sur le sol, entre les morceaux de plastique et de tôle. Elle est obligée de toucher le cadavre pour agrandir son champ d'exploration. Pas loin des pédales, ses doigts touchent soudain un objet rectangulaire, qu'elle ramène à elle.

Un téléphone portable.

Léa retient son souffle lorsqu'elle laisse son doigt enfoncé sur le bouton d'activation. L'engin s'illumine, le système d'exploitation démarre. La jeune femme a repris sa place, son cœur doit battre à cent cinquante pulsations. Elle imagine déjà le pire : pas de réseau. Elle rit nerveusement, manquerait plus qu'elle crève avec un téléphone fonctionnel dans la main. Non, non, ça va marcher, elle y croit, elle le sait. En attendant, ses yeux se portent vers le jeune étalé sur le capot. Il a bougé tout à l'heure, il n'est pas mort, c'est certain, mais, vu son état, il sera bien incapable de lui faire du mal, à présent.

— Vite, vite !

Les icônes apparaissent, la batterie est bien chargée, les barres indiquant la présence de réseau s'affichent.

Dire que Marc avait ce téléphone à portée… Que, n'importe quand, il aurait pu les sortir de là. Elle lui en veut terriblement, il voulait l'entraîner dans sa chute.

Elle se rue sur les touches, compose le 17, retient son souffle. Une voix, enfin.

— Gendarmerie nationale...

La fin du cauchemar.

*

Claquements de portières, tout là-haut. Des gendarmes et des pompiers sont là. Léa murmure plus qu'elle ne crie :

— Je suis là, je suis là...

Elle pleure de joie, les yeux rivés sur ce téléphone qui lui a sauvé la vie.

Très vite, six hommes se présentent autour du véhicule. Le môme est embarqué sur une civière, il est à moitié conscient et gémit. Un type en uniforme se penche par la fenêtre.

— Ça va, madame ? C'est à moi que vous avez parlé au téléphone. On va vite vous sortir de là.

— De l'eau...

Il lui tend une bouteille, elle boit jusqu'à plus soif pendant que les secouristes analysent la situation. Un pompier tient une grosse pince à air comprimé, un autre une scie circulaire et une mallette d'outils. Ils vont se mettre au travail, Léa passe un casque antibruit sur ses oreilles, se couvre d'une couverture et chausse des lunettes de protection. Les instruments dévorent l'acier, des étincelles giclent ; quelqu'un ouvre le coffre de la voiture.

L'opération de désincarcération dure une demi-heure.

Léa est libre. On l'aide à sortir, elle ne tient plus sur ses jambes. Elle voit les visages des gendarmes, graves, rivés vers l'intérieur du coffre.

Soutenue par deux hommes, elle s'approche.

Au fond du coffre, une mare de sang.

Et le cadavre gonflé d'une jeune fille ligotée et bâillonnée.

Charybde et Scylla

Ceci n'est pas la réalité...
Ceci n'est pas la...
Ceci...

*

J'aime regarder la mer, me perdre dans l'ondulation de ses vagues que je devine à peine, et imaginer que derrière l'horizon se répand la beauté chaque jour renouvelée de notre monde. Rien n'est plus vrai et intègre que ce mélange d'eau, d'air et de feu. La nature ne nous ment pas. Jamais.

Je m'appelle John Doe, et j'ai deux vies.

Il y a celle que je mène sur l'île Scylla, avec ma femme Pénélope dans cette villa d'architecte perchée à flanc de falaise, avec son bow-window panoramique et ses quatre salles de bains. Une existence où je ne me lasse pas des embruns du matin, des marches sur les galets, des couchers de soleil et des poissons frais que nous faisons griller, nos pieds nus réchauffés par les lames en bois exotique de notre terrasse.

Notre monde réel est aujourd'hui celui qui me fait le plus rêver, celui où je coule des jours heureux. À soixante ans, je me répète que j'ai de la chance de la mener, cette existence, que tout ce que nous possédons, Pénélope et moi, n'est possible que grâce à l'autre vie, celle qui reprend cours chaque fois que sonne le téléphone gris à gros boutons, accroché au mur de notre séjour. Sachez qu'il n'y a qu'*eux* qui utilisent cette ligne. *Eux*, ce sont ceux de l'ARI, l'Administration des rubriques inventives. Mes généreux employeurs. Et aussi, depuis plus de trente ans, mes bourreaux.

Ce fichu appareil nous a réveillés, Pénélope et moi, à 5 heures du matin, en plein mois de février. J'ai allumé la petite lampe de chevet et j'ai vu les yeux de ma femme s'embuer : nous n'avions passé que six mois ensemble, depuis ma dernière mission durant laquelle je n'avais pas donné la moindre nouvelle. Là où je vais, il est impossible de communiquer avec la famille. C'est comme si je n'existais plus et, à bien y réfléchir, c'est le cas.

Pénélope attrape ma main au moment où je me lève.

— Ne pars pas.

Je sens, dans sa voix, cette éternelle détresse liée à la peur de ne pas me voir revenir ou de me trouver dans d'autres bras que les siens. Olivier Sacks nous a mariés, mon autre femme Hélène et moi, il y a dix-sept ans, sans que nous puissions y faire grand-chose.

— On en a parlé chérie, tu étais d'accord. Ce sera ma dernière fois. Avec ce que devrait me rapporter ce contrat, on sera définitivement à l'abri. Nous, nos enfants et nos petits-enfants. Aucun d'entre eux n'aura besoin de faire les choux gras de l'ARI. On vieillira sur l'Île, insouciants jusqu'à la fin de nos jours.

La sonnerie de ce maudit téléphone gris continue de retentir. J'aurais peut-être dû l'arracher depuis longtemps, signaler à l'ARI que je prenais ma retraite avant l'heure. Je sais qu'ils ne raccrocheront pas. Ils me connaissent, depuis toutes ces années, et savent qu'ils peuvent compter sur moi pour être le petit soldat de cet ivrogne de Sacks. La boisson finira par le tuer, j'en suis sûr. J'espère juste que ce sera en dehors de mon ultime période de travail.

Le téléphone se trouve à droite d'une bibliothèque. Depuis que je fais ce métier, je ne peux plus lire un seul livre. J'ai trop d'empathie pour les personnages, je sais ce qu'ils traversent, ce que leurs créateurs leur font subir. Mes rayonnages sont pleins de belles couvertures colorées, d'éditions limitées, d'histoires qui m'ont jadis fait rêver, mais quand je prends un livre au hasard et que je le feuillette, les pages sont toutes blanches. Je me laisse simplement l'illusion de pouvoir lire…

Je finis par décrocher et annonce à l'opérateur que je serai sur place d'ici la fin de journée. Une fois n'est pas coutume, j'ignore pour combien de temps je serai absent. Ça peut varier de quatre à douze mois, ça dépend de Sacks. Ma vie entière repose sur les états d'âme de cet homme et c'est sans doute le plus insupportable pour

Pénélope. Normalement, les gens comme moi ne se marient pas, n'ont pas d'enfants et mènent une vie d'ermite, à enchaîner des contrats qui bien souvent leur ravagent le cerveau. Nombreux sont ceux qui entrent à l'ARI appâtés par le gain et l'inédite possibilité de vivre une autre vie. Mais peu en ressortent indemnes.

Je m'habille en quatrième vitesse. Pantalon en toile beige, pull à col roulé, blouson. Pas de bagages, pas d'objets personnels, pas de photos souvenirs. Interdit. Avec Pénélope, on va voir nos enfants pour leur annoncer la nouvelle, et c'est sûrement le moment le plus difficile pour moi. Avant mon départ, je dépose mon alliance dans le creux de la main de ma femme et serre fort ses poings fragiles.

— Notre vie aussi est un livre, un livre à la fois merveilleux et dramatique. Certains chapitres sont tristes, d'autres sont heureux et si tu ne tournes pas la page…

— … tu ne sauras jamais ce que la suite de l'histoire te réserve. On doit avancer, je sais. Reviens vite, John. Ferme l'autre livre de ta vie, définitivement, et envoie promener Sacks, qu'on puisse enfin terminer le nôtre.

Sur ces mots, je l'abandonne.

Je sais que Pénélope attendra mon retour.

*

Je n'ai jamais su combien de personnes travaillent à l'Administration des rubriques inventives ni comment elle fonctionne vraiment. Depuis quand existe-t-elle ?

Est-elle aussi vieille que l'humanité ? Sous quelle forme se présentait-elle, voilà cinq cents ans ? Et qui l'a créée ? Ce que je sais, en revanche, c'est que c'est aujourd'hui l'endroit le plus sécurisé et hiérarchisé que je connaisse.

De l'extérieur, l'ARI ressemble à un gigantesque aéroport, avec des terminaux propres à chaque entité : « Onirisme », « Spiritualité », « Mémoire »… Je me rends au terminal « Imaginaire », côté « Départs et retours ». C'est le plus imposant des bâtiments, en forme d'aile de deltaplane. Après plusieurs fouilles et contrôles d'identité, des dizaines de portes franchies et de rencontres avec des employés qui vous orientent vers d'autres employés, je me dirige vers le département dédié à la fiction, puis « Thriller/policier ». J'arrive dans une grande pièce, la « salle des admissions adultes », où des dizaines de personnes assises dans des fauteuils confortables attendent leur tour avec un ticket numéroté, l'œil rivé sur un écran géant qui diffuse des pubs à longueur de journée. À ma gauche, une grande vitre donne sur un couloir par lequel transitent ceux qu'on appelle « les revenants ». Pour eux, la mission est terminée. Il n'est pas rare que des brancardiers et des médecins y circulent. J'ai déjà vu quelqu'un revenir les pieds devant. Des rumeurs rapportent qu'il existe une morgue, quelque part dans le terminal.

Après avoir récupéré mon ticket, le numéro 58, je cherche Hélène du regard sans la trouver. Sans doute est-elle déjà partie pour Charybde. Je m'assieds à côté d'un gars d'une trentaine d'années bien en chair, avec un nez disproportionné par rapport au reste de son visage, et des petits yeux porcins. Il tripote nerveusement son ticket entre ses doigts, se répétant peut-être que, tant qu'il n'a rien signé, il est encore possible de faire demi-tour. Malgré tout, il faut bien avoir à l'esprit que si vous refusez une fois, vous serez rayé du registre et écarté à jamais des métiers de l'ARI, le plus gros employeur de Scylla. Il me regarde de travers. On est deux ou trois à avoir plus de cinquante ans dans la pièce. Son blouson est posé sur ses genoux et deux larges auréoles de sueur commencent à assombrir sa chemise au niveau des aisselles.

— Je suis Tommy. T'es vieux et t'as pas l'air complètement fou pour mettre les pieds dans ce département. Les gens de ton âge, on les retrouve plutôt côté « Romance » ou « Comédie », c'est cent fois moins risqué. J'en déduis que t'es un récurrent ?

— Ma vingtième fois.

Les petites billes noires au milieu de son visage s'illuminent.

— Un récurrent... Le rêve, la sécurité de l'emploi. Vingt, tu dis ? Bon Dieu, tu dois être millionnaire. C'est des gros livres en plus, je parie ?

— Non, trois cents pages en moyenne, mais ça me va. Mon auteur est un lent, il écrit à peine deux ou trois pages par jour. Le reste du temps, il sort et il picole. Enfin, je présume.

Je lui tends la main et me présente :

— Ici, je suis John Doe mais, là-bas, Ulysse Cornu, commandant de police au 36, quai des Orfèvres, à Paris. Personnage principal d'un écrivain qui s'appelle Olivier

Sacks. Il est très connu sur l'Émergé. Un peu la gloire des auteurs de romans policiers. Et toi ? C'est ton premier voyage ?

— Ouais, ouais. L'ARI m'a contacté pour un petit rôle d'artisan dans le bouquin d'un type spécialisé dans l'horreur. Il leur fallait un petit gros et laid d'une trentaine d'années, et me voilà…

D'emblée, je sais qu'il est fait pour ce job et qu'après cette mission il en réclamera une autre. Le travail ne manque pas. Les physiques comme le sien sont très recherchés par les écrivains.

— … Le point positif, c'est que le romancier a déjà défini mon rôle, poursuit-il, et que, psychologiquement, je devrais m'en sortir à peu près indemne. Par contre, ce qui est moins rigolo, c'est que le bouquin se passe en 1963, année d'un assassinat de président ou je ne sais pas quoi, et que cette période est hyper-ringarde. Plus d'ordinateur, télé en noir et blanc, et je ne te parle même pas des coupes de cheveux. La *lose*.

Il a de la chance d'être tombé sur un écrivain qui prépare un minimum son plan et la trajectoire de ses personnages. L'ARI peut ainsi l'appeler au moment où il doit intervenir et l'informer des risques de sa mission. Je n'ai pas ce privilège avec Sacks. Ce soûlard ne se fend d'aucune préparation. Juste une vague idée de sa trame, et quand il se sent prêt, il se met à écrire. Autrement dit, je ne sais jamais ce qui va m'arriver, et ça, franchement…

Ah, deux petites précisions supplémentaires en rapport avec ce qu'a dit mon voisin. La première : quand l'ARI sait à l'avance qu'un Ingénium va mourir (c'est notre dénomination), elle envoie des condamnés à perpétuité. Une démarche autorisée par l'État insulaire qui n'y voit là que des avantages : ça rapporte de l'argent et ça libère de la place dans les prisons. Deuxième précision, et de taille : même les romanciers qui préparent leurs plans peuvent changer d'avis en cours d'écriture. Malheureusement, une fois que vous êtes dedans, vous ne pouvez plus revenir en arrière. Il faut être prêt à encaisser l'imprévu.

Mon voisin se retourne pour lorgner le nouvel arrivant, qui ne m'est pas inconnu. Après quelques secondes, je percute. C'est Tyrion Lannister, le nain de *Game of Thrones*. Longs cheveux emmêlés, visage terne. Une vraie gueule de sous-sol. Il doit bien approcher les soixante-dix ans. Ça fait des années que je n'ai plus croisé le rase-moquette sur l'Île. On raconte qu'il déprime seul dans son immense château depuis la mort de George R. R. Martin. Et avec un physique aussi atypique que le sien, impossible de décrocher un rôle dans un roman différent. Lannister n'appartient qu'à un seul homme, et c'est Martin. Sa présence laisse-t-elle présager qu'un nouvel auteur a repris la saga ?

Tommy reprend sa position avachie.

— Comme Lannister, tu vieillis, et ton Olivier Sacks aussi, forcément. T'as pas peur qu'un jour, il te...

Il passe son pouce sur sa gorge, d'un geste qui me glace. Ce n'est pas un secret : bien souvent, les récurrents finissent par mourir, ou partent à la retraite quand ils ont affaire à des romanciers cléments. Je ne me suis jamais habitué à l'idée de mourir dans un livre, dans les profondeurs de Charybde, si loin de chez moi.

— C'est pour ça que, après ce livre, je raccroche les gants. D'un roman à l'autre, l'état de santé d'Olivier Sacks se dégrade. Ses livres ne sont plus aussi bons et j'en viens même à m'ennuyer moi-même.

— Il se passera quoi, si t'arrêtes ? Enfin, pour Sacks, je veux dire.

— Probable qu'il ne trouve plus l'inspiration pour la suite de mes aventures. L'ARI essaiera sûrement de dégotter un Ingénium qui me ressemble, mais ça ne fonctionnera pas. On se connaît trop bien, Sacks et moi... Alors, peut-être que, comme moi, il prendra sa retraite, ou il passera à une autre série de livres.

— S'il a besoin d'un gars dans mon genre, je suis preneur...

Après deux heures d'attente, on m'appelle. Quelques personnes se sont agglutinées contre la vitre. Des infirmiers encadrent un type en pyjama bleu qui a l'écume aux lèvres. Encore un qui est revenu de sa mission avec une case en moins.

C'est l'heure de signer la paperasse : les différentes décharges qui dégagent l'ARI de toutes responsabilités, mon nouveau contrat, avec montant fixe, prime variable suivant le temps passé de l'autre côté, et toutes les clauses particulières que je ne relis même plus. Comme je les informe que ce sera ma dernière fois, ils me font signer d'autres papiers, en me demandant à plusieurs reprises si je suis bien certain de vouloir quitter l'Administration après cette mission. Plutôt deux fois qu'une.

Puis je me dirige vers une salle de *checklist*, où je suis accueilli par Messine, un grand type roux un peu courbé, au visage blanc tel un os passé à l'eau de Javel. C'est mon infirmier attitré, on ne se parle pas beaucoup tous les deux, mais il était déjà là il y a trente ans, quand j'ai fait ma première mission, et on s'apprécie.

Je m'installe dans une capsule de chez Charybde©, l'un des autres gros employeurs de Scylla. C'est pour la décontamination ou la stérilisation, un truc dans le genre. Les vitres s'abaissent. Dans le compartiment, alors que se déversent des produits gazeux, j'ai une absence, et quand je rouvre les yeux, je me sens extrêmement faible. Messine tient son même discours, il m'explique que c'est normal, c'est dû aux produits. Il m'aide à sortir de là. Curieusement, je tiens à peine debout, mes muscles semblent ne plus avoir fonctionné depuis une éternité. Je remarque que ma peau sent la menthe, à cause des gaz. On me fait subir différents examens médicaux, on prend ma tension, on me prélève quelques tubes de sang, et on me contraint à un peu d'exercice sportif avant le grand départ : flexions, extensions, course d'une demi-heure sur un tapis roulant. Messine prend des notes sur une tablette.

— Vous avez passé du bon temps, depuis la dernière fois ? Comment va votre femme ?

— Très bien. C'est ma dernière mission.

Son visage se crispe, « Oh ! », et je lis ensuite le dépit dans ses yeux.

— Vous me manquerez.

— Vous me manquerez aussi, Messine.

On sort de là, et Messine m'oriente vers le couloir numéro 42. À ma droite, un jeune en tenue orange, menotté – un droit commun – hurle, se débat, il faut quatre hommes pour le maîtriser. Il ignore sans doute qu'il va à l'abattoir, livré entre les mains d'un romancier qui n'aura aucune pitié pour lui. Il a un gros tatouage en forme de toile d'araignée au beau milieu du visage. Peut-être qu'ils lui ont juste dit qu'il allait mourir, sans lui expliquer quand ni comment. J'imagine son traumatisme quand il va atterrir dans les abysses de Charybde.

Une fois isolé dans un box de quelques mètres cubes, je me déshabille et m'installe dans une capsule identique à celle de la décontamination. J'y suis confortablement allongé et heureusement, vu le temps que je vais passer à l'intérieur. Les vitres se verrouillent au-dessus de moi. Des capteurs se resserrent autour de mon crâne. Messine installe des sondes, il s'occupera de la surveillance, de mes données biologiques, et m'accueillera au retour, d'ici quelques mois.

Il m'indique que le départ est prévu dans moins d'une minute.

— Bonne chance, John. Et réfléchissez bien, avant de revenir, sur votre décision d'arrêter.

— C'est tout réfléchi.

J'adresse une dernière pensée à Pénélope et à mes enfants. Scylla va me manquer, j'ai déjà hâte de la retrouver.

J'entends alors le chuintement du gaz à la fraise qu'on introduit dans un petit tuyau, pile au-dessus de mon front. Dix secondes plus tard, je sombre...

*

Je suis couché dans un coin, la joue sur un carrelage froid. Je me redresse, légèrement titubant. Une silhouette d'abord floue se précise à mesure qu'elle approche. Je reconnais Hélène, sa démarche gracile. Elle vient se serrer contre moi quand j'ai repris mes esprits.

— Contente de te revoir.

— Moi aussi, Hélène.

Dans les livres, on est Ulysse et France, mais on s'appelle par nos vrais prénoms, histoire de garder vaguement un pied dans la réalité. On s'observe comme deux vieux amis. Elle a les cheveux un peu plus gris, deux ou trois rides supplémentaires. Je la connais peut-être davantage que Pénélope. J'ai le souvenir de la petite tache sur son sein droit, je sais l'odeur qu'elle abandonne dans les draps après l'amour, mais il n'y a aucun sentiment autre que l'amitié entre nous. Je n'ai jamais cherché à la revoir sur l'Île, l'ARI interdit les relations entre Ingéniums en dehors des livres. Je sais juste qu'elle habite à deux cents kilomètres de chez moi, sur la côte ouest, et qu'elle y vit seule.

Posant à tâtons une main contre mon front, je me rends compte que j'ai le crâne lisse et que je porte une paire de lunettes.

— C'est quoi, ce truc ?

Entre son dernier roman et avant que celui-ci ne débute, Sacks m'a rasé le crâne et a altéré ma vision. Pourquoi ? J'ai horreur qu'il touche au physique de mon personnage. Je le sens mal, ce vingtième tome des « enquêtes d'Ulysse Cornu ».

Je lis de la tristesse dans les yeux d'Hélène.

— Tu sais quelque chose que j'ignore ?

Elle s'éloigne vers le salon sans un mot. J'observe autour de moi, avance jusqu'à la fenêtre. On est bien dans l'appartement que Sacks a imaginé pour nous, dans le 10e arrondissement de Paris, pas loin de la gare du Nord. Je porte ce sempiternel costume gris anthracite avec une cravate noire. Mon alliance est en place. Hormis mon physique, pas grand-chose n'a changé au fond de sa cervelle d'écrivain torturé. Même décor, mêmes objets, avec de légères variations cependant : un tapis passé du bleu au vert, des pièces un peu plus grandes ou à l'inverse plus petites. Des imprécisions liées à sa mémoire défaillante, sans doute. Des erreurs de cohérence que seuls ses lecteurs les plus assidus découvriront.

Vous l'avez compris, Hélène et moi, on se trouve dans la tête de Sacks. On appelle ça Charybde, en référence aux capsules qui nous permettent d'être ici. Le monde qui nous entoure, cet appartement, ces objets ne sont que le fruit de son imagination et de l'univers que l'écrivain s'est créé depuis des années autour de nos aventures. Nos corps ne sont que des représentations de la façon dont il nous visualise. Regardez, il y a bien des livres dans une bibliothèque, avec des couvertures – *Moby Dick*, *Croc Blanc*, *Le Vieil Homme et la Mer*, qui n'était pas là dans l'aventure précédente... – mais si j'en ouvre un au hasard, il n'est composé que de pages blanches, comme dans ma propre bibliothèque, à Scylla. Ce n'est qu'un décor. La plupart des armoires sont vides, elles existent juste pour que l'écrivain puisse les décrire. Mon personnage mange des pommes à longueur de journée, alors la corbeille à fruits, devant moi, est pleine de belles pommes bien juteuses qui ne pourrissent pas. Si j'en prends une et que je la croque, elle n'aura aucun goût. Ici, on ne mange pas, on ne boit pas, on ne dort pas. On ne peut même pas mourir. On se contente d'attendre que Sacks fasse appel à nous.

Je vois ce que vous allez vous dire : comment ça marche, tout ça ? Où sommes-nous réellement ? À ce que j'en sais, mon corps physique est resté à Scylla, dans la capsule, sous la surveillance de Messine, à l'instar de milliers d'autres exerçant le même métier que moi. Il est nourri artificiellement, ses muscles sont stimulés électriquement par tout un tas de capteurs, afin qu'il garde sa fraîcheur. Mon esprit, lui, se trouve à Charybde, dans le cerveau du romancier. L'ARI nous paie pour que les créateurs de l'Émergé puissent continuer à créer. Pour que les rêveurs puissent encore rêver. Sans nous, sans ceux du terminal « Imaginaire », il n'y aurait pas de romans. Quand vous regardez un film, il y a des acteurs, derrière ? De vrais acteurs de chair et d'os ? Et bien, dites-vous que, lorsque vous rêvez ou que vous lisez un livre, c'est pareil, dans les coulisses il y a des Ingéniums. Le Harry Potter de J. K. Rowling existe dans la réalité, il s'appelle Josh MacMahon, il habite une villa non loin de la mienne et sort ses poubelles le mardi, comme n'importe lequel d'entre nous.

CHARYBDE ET SCYLLA

Ce pourrait être un métier de rêve si, d'une part, il n'y avait pas l'ennui entre les phases d'écriture du livre en cours et si, d'autre part, tout ce qui nous impactait ici ne se répercutait pas dans notre vie réelle. Quand on sort du gouffre de Charybde et qu'on revient à la lumière de Scylla, on porte le passif psychologique de ce qu'on a vécu dans les boîtes crâniennes. Les traumatismes… Les cadavres croisés dans l'histoire… Les douleurs d'une balle logée dans l'épaule… Sur l'Île, la blessure physique n'existe pas, contrairement aux dégâts psychologiques qu'on ramène dans nos bagages.

Et si Sacks me tue dans l'histoire, mon âme n'existe plus. Mon cerveau, dans la capsule, s'arrête de fonctionner instantanément. Je meurs pour de bon. On m'emmène alors à la morgue pour libérer la place dans le compartiment où mon corps est couché, et on envoie une belle lettre de condoléances à ma femme. C'est pour ça qu'être récurrent, c'est l'assurance de rentrer en vie. En théorie.

Voyez-vous, pour l'instant, Sacks ne s'est pas encore mis à écrire et donc à nous mettre en scène, ce qui explique notre apparente liberté de mouvement. À l'heure qu'il est, on existe dans sa tête sans avoir de rôle précis à jouer. Mais si l'ARI a fait appel à nous, c'est que l'écrivain est sur le point de se mettre à l'ouvrage, une question d'heures ou de journées. On doit se tenir prêts.

Je tourne sur moi-même et me rends compte qu'il manque une présence.

— Où est Gypsy ?

Gypsy, c'est notre fidèle labrador. L'ARI gère aussi les animaux.

— J'ai trouvé sa laisse et son collier dans une petite boîte, répond Hélène. Il est mort, je présume. Je suppose qu'on saura bientôt de quelle façon. Dès que le soûlard se sera remis à écrire.

Ce chien va me manquer. Je me rapproche d'Hélène. Elle est assise sur une chaise, les yeux dans le vague.

— C'est la mort de Gypsy qui te met dans cet état ?

Elle pousse un soupir et se lève.

— Oui, tout ça. Aussi le blues d'avoir quitté Scylla. On va retrouver les autres avant que Dieu le Grand se mette à écrire son premier chapitre ?

Elle me sourit, mais je sais qu'elle me cache quelque chose. Elle me prend par la main et m'emmène dans la rue. C'est drôle de se promener dans des images mentales, de marcher dans un Paris sombre, encore vide, et qui ne s'animera qu'une fois posées les premières lignes du nouveau roman. Sacks vit à Paris depuis l'enfance, il connaît cette ville par cœur. Je n'y suis jamais allé, en vrai. Vous savez, Scylla, on y naît et on ne la quitte plus.

On arrive au Vingt-Deux Long Rifle, le bar où Sacks nous fait picoler tous les vendredis soir. C'est là qu'on se retrouve, avec l'équipe et parfois d'autres personnages du roman, entre les chapitres. Ça nous aide à tuer un ennui qui, au fil des semaines, va devenir mortel.

L'établissement est tenu par Mathilde, un personnage secondaire qui n'apparaît que deux ou trois fois par roman. Elle est déjà là, en place, pour ouvrir le bal *a priori*. La présence d'un personnage secondaire au début d'un roman est souvent la promesse d'une montée en grade. Il y a Jean, Rémi et Paul, mes subordonnés. Tous me scrutent étrangement, mon crâne chauve, mes lunettes, et me trouvent une sale gueule. On s'embrasse, on boit des whiskies qui n'ont aucune saveur et aucun effet alcoolisant. Comme dans les livres, les bouteilles ne se vident pas. Au début des missions, l'ambiance est géniale. On refait le monde, on parle de nos vies sur Scylla. Rémi nous raconte ses soucis avec son index droit tranché par un désaxé dans le roman précédent. Ici, l'index n'est plus, mais il est toujours à sa place sur le corps véritable. Paradoxalement, une fois rentré au bercail, Rémi ressent la douleur du membre fantôme, bien qu'il possède tous ses doigts. C'est l'un des nombreux bugs cérébraux qu'engendrent les voyages entre Charybde et Scylla.

On se demande à quelle sauce Sacks va nous manger, cette fois. Les heures passent dans la nostalgie et la bonne humeur quand, soudain, les sirènes commencent à chanter, quelque part. C'est un signal qu'on connaît tous très bien : Sacks stimule son imaginaire, il va se mettre à écrire dans la minute. Panique à bord.

Chacun a ses réactions, ses habitudes. Paul et Jean se recroquevillent dans un coin, les mains sur la tête. Rémi quitte les lieux et se met à courir d'une rue à l'autre. Je reste à table avec Hélène et je ferme les yeux. D'ici quelques secondes, et jusqu'à ce que Sacks termine sa séance d'écriture, je ne saurai plus que j'existe en tant que John Doe, que je suis marié à Pénélope sur Scylla et que je me trouve dans la tête d'un romancier.

Je vais reprendre le rôle d'Ulysse Cornu, flic au 36, et ce monde-ci va devenir mon vrai monde.

Ça commence toujours par un flash blanc...

*

— Alors, docteur ?

Ulysse Cornu est assis face au Pr Tardieu, à l'étage neurologie de l'hôpital de la Pitié-Salpêtrière. Le commandant de police fait rouler nerveusement sa pomme sur ses genoux, sous le bureau.

— La chimio n'a pas fonctionné comme nous l'espérions, explique le médecin. La tumeur est encore présente dans votre cerveau. La bonne nouvelle, c'est qu'elle ne grossit plus aussi vite qu'avant.

Ulysse reste un instant silencieux. La tumeur a été détectée environ deux mois après *L'Affaire des cercueils de plomb*. Dès lors, il s'est mis en arrêt maladie et a passé son été à aller de spécialiste en spécialiste pour subir des examens. Les tiroirs des meubles de son appartement rue de Chabrol sont remplis de radiographies, de scanners, qui montrent une tache blanche de la taille d'une cerise sous son crâne. La tumeur n'est pas opérable.

— Combien ?

— Écoutez... Il arrive que certains patients déjouent, par je ne sais quel miracle, tous les pronostics. Il est très important que vous gardiez espoir. La volonté et l'envie de...

— Docteur, s'il vous plaît... Combien ?

— Six mois. Un an, maximum.

Engoncé dans son costume gris, Ulysse pose sa pomme sur le bureau. Le regard vide, il imagine un petit ver, à l'intérieur, qui la ronge jusqu'à ce qu'elle finisse par pourrir.

— Je vais devenir aveugle ?

— Difficile à dire, tout dépendra de l'évolution de la tumeur.

Ulysse acquiesce, sans colère. Il a traversé les âges avec une santé de fer. Il n'est jamais passé par la case hôpital, ne s'est jamais cassé le bras, foulé la cheville, c'est à peine s'il a eu la grippe un jour. Cette fois, il se prend tout d'un coup. Après la mort de Gypsy, renversé par une voiture, c'est bientôt à son tour de passer l'arme à gauche. Quand le sort s'acharne à ce point, il n'y a pas grand-chose à faire.

Il allait falloir l'annoncer à France, et c'est ce qui le chagrine le plus. Il sort de là, le col relevé, et balance sa pomme dans la première poubelle qu'il croise. Un ciel noir plane sur Paris, tel un voile mortuaire. Des ombres circulent dans les rues, pressées, visages baissés. Une pluie glacée termine de le frigorifier.

Avant de rentrer, il fait un détour par le Vingt-Deux Long Rifle, le repaire des flics du 36, et va s'installer au bar. L'établissement est presque vide en ce milieu d'après-midi. Il commande trois Lagavulin, coup sur coup. Au dernier, Mathilde, la gérante, s'accoude face à lui. Il l'a toujours trouvée séduisante, avec ses grandes boucles brunes et ses yeux où il doit faire bon se noyer.

— Tu devrais reprendre du service, confie-t-elle. Ça pourrait t'aider à... supporter tout ça. Tu leur manques, à Rémi et compagnie.

— Reprendre du service alors que je vais crever dans moins d'un an ?

Il lève son verre.

— On pense que ce truc tue les gens. Mais il y a de bien pires saloperies qui, elles, t'emportent sans prévenir.

La petite clochette à l'entrée retentit. Un homme vient s'asseoir sur un tabouret, à l'extrême gauche du comptoir. Un crâne en forme de pain de sucre et une sale gueule tatouée d'une toile d'araignée.

— Une pression.

La voix est grave, sèche, et l'homme fixe son voisin avec une petite étincelle dans le regard. Alors que Mathilde va le servir, Ulysse vide son verre, pose un billet sur le zinc et sort sous la pluie. Il observe la Seine, qui se courbe comme la ligne d'un destin, le Pont-Neuf, son 36, quai des Orfèvres. Toute sa vie. Il y a encore quelques mois, il rêvait d'une dernière grosse enquête qu'il mènerait de main de maître, avant de prendre sa retraite, à coups de sourires et d'embrassades. Mais on dirait bien que le vieux Barbu, tout là-haut, en a décidé autrement.

Il reprend la ligne 5, direction le 10e, et soupire alors qu'il monte les étages de son immeuble. Il redoute la réaction de France. Elle le soutient depuis qu'elle est au courant mais elle n'est pas increvable, elle non plus.

Ulysse entre dans son petit quarante mètres carrés, accroche son pardessus au portemanteau proche de la bibliothèque, où trônent ses livres préférés. Il lorgne sur le dos du *Vieil Homme et la Mer*. Ah, la mer… Depuis quand ne l'a-t-il pas vue ? Il ne se rappelle même plus le crissement du sable chaud sous ses orteils. Paris et ses nuages noirs le retiennent prisonnier depuis trop longtemps. La nature lui manque.

Il en revient au livre. Il se rappelle qu'il s'agit là de la dernière fiction d'Hemingway, avant que l'écrivain mette un terme à sa propre vie un dimanche de chasse et de pêche comme les autres, ne supportant plus sa maladie. Dans le roman, le vieil homme livre, lui aussi, son dernier combat en mer.

Ulysse secoue la tête et retourne à la réalité. France n'est pas là pour l'accueillir, elle n'a d'ailleurs pas cherché à le joindre de l'après-midi.

— France ?

Pas de réponse. Ulysse va se servir un grand verre d'eau pour réhydrater sa gorge, tout en composant le numéro de sa femme sur son portable. Soudain, une sonnerie retentit, quelque part dans l'appartement. Tout en laissant sonner, il se dirige dans le couloir. Ça provient de la chambre. L'instinct du flic se réveille, ce mécanisme intérieur impalpable qui lui noue instantanément les tripes.

France gît sur le lit, nue, la poitrine grande ouverte.

*

Le flash blanc me cisaille les rétines. Durant une dizaine de secondes, je suis dans une sorte d'entre-deux-mondes, plus tout à fait Ulysse, mais pas encore John. Puis mon esprit émerge et réalise ce qui vient de se passer. Sacks a tué Hélène. Son corps gît, devant moi, comme il gît désormais dans l'imagination du romancier : éventré, les bras écartés, au beau milieu du lit. Intégré dans le décor rangé au fond de la cervelle déglinguée de l'écrivain.

Je m'appuie contre le mur de la chambre, anéanti, avec en tête tous les souvenirs, toutes les émotions que vient de vivre Ulysse. Hélène n'existe plus, ce salopard de Sacks l'a tuée dès les premières pages de l'histoire. Elle ne reviendra jamais de l'autre côté. Elle est morte, morte… De toutes mes forces, je frappe contre le mur, mais je ne ressens pas le début d'une douleur, mes poings ne sont même pas blessés. Je pourrais sauter par la fenêtre que ça n'y changerait rien. On a tous déjà essayé et on ne peut pas mourir tant que l'écrivain ne l'a pas décidé.

J'ai envie de le tuer. De l'abattre avec le flingue d'Ulysse, pour ce qu'il nous fait subir. Qu'est-ce qui m'attend ? Est-ce qu'il va me laisser crever de ma tumeur ? M'achever d'une balle en pleine tête ?

Une pointe lancinante est là, en moi, derrière mes yeux. Ulysse souffre, moi aussi. Et je vais ramener cette blessure morale dans l'autre monde. Mon cerveau sera probablement persuadé que j'ai un cancer. Si l'âme peut guérir le corps, elle peut aussi le rendre malade. J'ai peur de ce qui pourrait m'arriver une fois de retour à Scylla, si je survis à toutes ces épreuves.

Il faut que je recouvre le corps d'Hélène, que je lui donne un semblant de sépulture, mais les placards sont vides. Résigné, je sors de la chambre et ferme la porte. Dans la suite du livre, il est probable que le cadavre soit embarqué pour être autopsié. Il finira par disparaître au fond d'une morgue dans la tête de Sacks. Il croupira également dans les sous-sols de l'ARI.

Triste, et comme l'a fait Ulysse dans le chapitre, je m'empare du livre d'Hemingway. Je pense au vieil homme – le véritable être de chair et de sang – qui a joué le rôle du marin, au début des années 1950. J'ignore sa réelle identité, ou à quel endroit de l'Île il habitait, mais il a vécu une sacrée belle aventure dans le livre, une lutte contre le poisson emplie de force et de symbolique. Hemingway savait sans doute comment allait se terminer sa vie rongée par la maladie, mais il a offert à son personnage un bel héritage. Le vieil homme, bien que fatigué par son combat en mer, est rentré à Scylla grandi, sûrement plus sage encore.

C'est ce qui différencie Hemingway de Sacks. Sacks est probablement lui aussi condamné, mais au lieu de nous sauver, de nous enrichir d'une quelconque morale ou sagesse, il va nous détruire les uns après les autres. Il ne nous laissera jamais sortir de Charybde.

Je traîne les pieds jusqu'au Vingt-Deux Long Rifle, où les autres m'attendent. Je vois à leur mine qu'ils sont ennuyés. Rémi me tend un de ces verres sans saveur qui nous donnent l'illusion de mener une vie normale. Il pose une main chaleureuse sur mon épaule.

— Mathilde nous a raconté, pour la tumeur. Quel enfoiré. Pourquoi Sacks a fourré ça sous le crâne d'Ulysse ?

Ils ne sont encore au courant de rien pour Hélène. Sacks n'a pas eu besoin d'eux pour le premier chapitre. Ils n'ont pas dû voir le flash blanc, et ont dû rester ici, dans les coulisses, tout le temps de notre absence, à Mathilde, Hélène et moi.

— Hélène est morte.

Ils sont abasourdis et refusent de me croire. Je leur explique tout ce qui s'est passé, la journée d'enfer que j'ai vécue dans la peau d'Ulysse. Leurs visages hésitent entre colère et recueillement.

La clochette de l'entrée sonne. Le type au tatouage d'araignée... Il regarde partout autour de lui avec un air ahuri.

— Mais qu'est-ce qui se passe ? s'écrie-t-il. Où est-ce qu'on est ?

Je me jette sur lui et me mets à le tabasser de toutes mes forces. Je ne sens pas les coups, lui non plus. J'ai l'impression de taper de la mousse et, tout ce qui m'anime, c'est cette rage infernale qui brûle au fond de ma tête.

— C'est toi ! C'est toi qui as tué Hélène !

Je sais qu'il n'a été que l'instrument meurtrier de Sacks, mais je n'arrive pas à m'arrêter. Il n'y a que Mathilde qui réussit enfin à me raisonner. Le type hurle qu'il n'y comprend rien. L'ARI ne perd pas de temps à leur expliquer qu'ils vont devenir des personnages de roman ni comment tout ceci fonctionne. Elle les sort de leur cellule et les balance directement dans une capsule.

Une autre vérité me saute alors à la figure. Je me tourne vers les autres.

— C'est un droit commun, je l'ai croisé à l'embarquement. Si l'ARI l'a envoyé ici, c'est qu'ils savent que ce type va mourir. Et que, par conséquent...

— ... Sacks connaît forcément le destin du personnage qu'il interprète, complète Rémi. Et si Sacks le connaît, alors lui aussi.

On se rassemble autour de l'individu. Il est à genoux, tremblant, pas loin d'y laisser une partie de sa raison. Lui expliquer ce qu'il fait ici relèverait de l'impossible. C'est moi qui m'agenouille face à lui.

— Écoute. Tu ne sais pas comment, mais tu connais certains d'entre nous. Tu as le souvenir d'être venu dans ce café, de t'être installé au bar et d'avoir commandé une pression, pas plus tard qu'il y a quelques heures. On s'y est croisés, pas vrai ? Tu venais de chez moi, et t'as tué ma femme...

Il hoche la tête.

— C'est un cauchemar. Je n'ai pas voulu ça, je...

— Dis-nous tout ce que tu sais d'autre. Parle-nous des images qui te trottent dans la tête.

Après un long silence, il me fixe dans les yeux.

— J'ai tué votre femme pour me venger de vous. Vous êtes le commandant Ulysse Cornu. J'ai... J'ai le putain de souvenir que vous avez incarcéré mon petit frère il y a cinq ans et que, trois mois après, il s'est pendu.

Il se prend la tête entre les mains.

— Je n'ai pas de petit frère !!

Tout se mélange dans son esprit. La réalité sur Scylla, celle que nous vivons en ce moment sur Charybde, et les souvenirs qu'il a récupérés lorsqu'il était dans la peau de l'assassin d'Hélène. Quant à ce petit frère dont il parle, c'était *L'Affaire Circé*, seizième ou dix-septième livre de Sacks. Je continue à l'interroger. Si Sacks a défini son personnage jusqu'au bout, alors l'homme doit à peu près connaître ses propres intentions dans les futurs chapitres.

— La dernière image que j'ai en tête, c'est vous face à moi, poursuit-il. Vous tenez une arme sur ma tempe. Vous appuyez…

Cela va-t-il se passer à la fin du livre ? Au milieu ? Impossible à savoir. L'individu n'en sait rien, il est confus, il radote. Juste des images sous son crâne, des pensées, des flashes. Il se tourne vers Paul, Rémi et Jean.

— Je ne sais pas comment, ni quand, mais… j'ai dans la tête l'idée de vous tuer.

Cette fois, c'est Jean qui se jette sur lui, les deux mains sur sa gorge pour l'étrangler. Mais, quoi qu'il fasse, il ne pourra rien changer au cours de la narration. On aurait beau connaître sur le bout des doigts l'histoire du roman à venir, on n'a aucun moyen de modifier les destins que Sacks a tracés pour nous. Il paraît que certains Ingéniums réussissent, parfois, à prendre la main un bref instant, à changer le cours de leur histoire, à vivre d'eux-mêmes sous la plume du romancier. Aucun d'entre nous n'a réussi avec Sacks. Dès qu'apparaît le flash blanc, c'est lui qui prend les rênes de notre avenir. Chaque mot qu'il pose sur le papier a la capacité de nous tuer.

Paul, Rémi et Jean sont condamnés à mort.

*

Cinq mois et vingt-sept jours plus tard.

Mon âme n'est plus qu'une flamme de bougie dans les ténèbres de l'esprit de Sacks. Tout semble noir, éteint. J'erre depuis des mois comme un fantôme dans mon appartement, les rues, et le Vingt-Deux Long Rifle, désespérément vide. Il n'arrête pas de pleuvoir. Je suis seul dans un monde d'un froid abyssal, si profond que je n'entraperçois aucune lumière. Chaque heure est un calvaire, et j'ai l'impression que les journées durent des années. Il n'y a rien à faire, hormis attendre, attendre, attendre. Quand vais-je revoir ma Pénélope ?

Ma vue a encore baissé. Pervers comme il l'est, Sacks n'a pas changé les lunettes d'Ulysse. Autour de moi, pas un animal, pas un insecte, pas une feuille d'arbre qui bruisse. Aucune odeur ni saveur. Pas même un livre à lire pour tuer le temps. La seule chose qui m'empêche de sombrer dans la folie, c'est que je sais que je vais bientôt retrouver Scylla. L'épilogue est quasiment écrit et Sacks va poser son point final, dès qu'il aura décidé de rédiger les dernières lignes. Ulysse Cornu est un homme détruit, presque aveugle, mais il lui reste quelques mois à vivre et il n'envisage pas de se suicider.

Je me rends au 36, monte ses cent quarante-huit marches comme l'ont fait d'autres personnages récurrents avant moi. Je pense notamment à Maigret, un brave gars qui a vécu sur l'Île il y a longtemps. Le parquet grince sous mes pas, notre bureau se trouve là, au milieu du troisième étage. J'ai presque passé plus de temps dans ce monde que sur Scylla. Au fond, je me demande si je ne suis pas plus Ulysse que John. Après tout, peut-être que John, le John que je crois être, n'est qu'un personnage de roman, lui aussi. Ces voyages dans le monde virtuel me déglinguent la cervelle, je crois.

Dans la pièce, ça ne sent pas le tabac des cigarettes que fumait Rémi, mais, en fermant les yeux, je parviens à la flairer, cette odeur. J'entends le bruit des touches de clavier qui s'enfoncent. Les grognements incessants de Paul, l'éternel mécontent. Mon imagination. Rien que mon imagination, enfermée dans celle de Sacks.

C'est Paul qui est mort le premier, environ un mois après notre arrivée. Rémi a suivi, et Jean a été poignardé par l'homme au masque d'araignée il y a à peine trois semaines. Cet homme, Ulysse l'a retrouvé et abattu froidement, il y a tout juste deux chapitres.

Je sais que Jean est marié, sur Scylla, et qu'il a une fille. Sa famille a dû recevoir la lettre… Mathilde, quant à elle, n'a pas eu à subir le calvaire de rester piégée ici. Sacks n'a plus eu besoin d'elle à partir de la page 40 et l'ARI l'a renvoyée sur l'Île.

Je m'assieds dans mon fauteuil et pense à Pénélope, dans le vrai monde. Plus jamais je ne m'éloignerai d'elle. On va vieillir ensemble, et heureux, malgré les blessures qui habitent ma tête.

Les sirènes se mettent à chanter, c'est le signal. J'attends que la plume de Sacks vienne me cueillir. Une dernière fois, je vais endosser le rôle d'Ulysse Cornu et enfin pouvoir rentrer à la maison.

*

L'air frais sur mon visage. Les picotements au bout des orteils, jusqu'à ce que l'onde remonte le long de ma colonne vertébrale. J'ouvre les yeux, doucement, et la lumière d'abord aveuglante se tamise en douceur. Je devine alors un visage penché au-dessus de moi.

— Bienvenue parmi nous, John Doe.

Messine... À mesure, ma vue s'affine, tout redevient net, je vois l'infirmier débrancher les capteurs et ôter les sondes. Les premières minutes sont difficiles. Je suis incapable de parler, et tiens à peine debout quand Messine me sort de ma capsule. L'électrostimulation n'est pas 100 % efficace, il faut quelques minutes pour permettre aux muscles de refonctionner correctement. Je scrute mon environnement. Sentir de nouveau l'air qui sort de grosses turbines sur mon visage, les odeurs de plastique et de médicaments...

Messine me tend un pyjama bleu que j'enfile en grimaçant.

— J'ai appris, pour les autres, me dit-il. Une vraie hécatombe dans les capsules. Je suis désolé.

— J'aimerais voir leurs corps.

— Vous savez bien que c'est impossible. Tout Ingénium qui décède dans le cadre d'une mission ARI est propriété de l'ARI. C'est…

— … écrit dans le contrat, je sais. À quoi ça vous sert de les garder ? Qu'est-ce que vous faites de tous ces cadavres ?

— Ah, ça… Je ne suis qu'un petit employé, vous savez. On passe à la *checklist* ? Après six mois dans la capsule, un bon contrôle s'impose…

Ces questions autour du fonctionnement de l'ARI me taraudent, aujourd'hui plus que jamais. À qui elle appartient, cette administration, en définitive ? Qui gère ces employés ? Avec son badge, Messine déverrouille une porte. Je le suis sans un mot, alors qu'une autre question me vient à l'esprit : où sont les fenêtres qui donnent sur l'extérieur ? Quand on le voit de dehors, le bâtiment est tapissé de vitres, mais toutes ces pièces que nous traversons n'en comportent aucune. On arrive dans la salle de *checklist* par laquelle je suis passé six mois plus tôt. Le même médecin m'y attend. On me fait de nouveau subir des examens et des exercices. Encore une fois, l'air sort de turbines, et j'ai cette impression d'être enfermé six pieds sous terre.

Messine est resté dans l'angle de la pièce. Je le fixe soudainement et lis quelque chose d'étrange sur son visage. En une fraction de seconde, il retrouve son sourire. Un sourire plaqué, j'en suis certain.

— Tout est parfait, lâche le médecin. Vous êtes en pleine forme. Vous avez stipulé, lors de votre départ, que ce serait votre dernière fois. Vous n'avez pas changé d'avis ?

— Plus jamais je ne remettrai les pieds ici. C'est terminé.

— Toute sortie est...

— ... définitive, je sais. J'ai déjà signé les papiers à mon arrivée.

Le médecin s'approche d'un ordinateur, affiche mon profil, coche une case qui fait apparaître un message de confirmation de sortie définitive du registre. Il me présente un lecteur d'empreintes digitales. J'y plaque mon index droit. Le logiciel indique que je suis bien désinscrit. Au fond de moi-même, je ressens un immense soulagement. Le médecin me guide vers la machine de décontamination.

— Comme chaque fois, vous n'échapperez pas à l'élimination des germes susceptibles de s'être développés dans votre organisme durant votre confinement. Pas très agréable, sensation d'étouffement, mais...

— J'ai l'habitude.

Je m'installe dans la capsule. Les vitres s'abaissent, des électrodes se rapprochent de mes tempes et les deux hommes s'affairent au-dessus de moi, procédant à divers réglages. Une fois les vitres baissées, il y a un chuintement, au-dessus de mon front, et une agréable odeur de menthe se distille autour de moi.

Mes yeux se portent alors vers une gravure grossière, située dans l'angle gauche de la capsule, sur la matière plastique. Je plisse les paupières, tandis que, progressivement, j'ai l'impression de sombrer. On dirait bien que quelqu'un a réussi à écrire quelque chose, peut-être avec une pointe, ou le bout de ses ongles.

Scylla n'existe pas.

La phrase résonne telle une onde de choc en moi. Tous mes sens se mettent en alerte. Qu'est-ce que ça veut dire ? Au fond de moi-même survient une réminiscence, et je me vois soudain graver ces lettres. C'est moi qui ai écrit ça ! J'essaie de me sortir de là, mais je n'arrive pas à bouger un petit doigt, mes muscles ne répondent plus. Je dois faire quelque chose avant de sombrer, me souvenir de cette phrase.

Mais je me sens partir, et j'entends le murmure qui sort à peine de mes lèvres inertes.

Ceci n'est pas la réalité...
Ceci n'est pas la...
Ceci...

*

Quand John Doe fut endormi, le médecin regarda l'heure et ôta sa blouse dans un soupir. Une infinie lassitude se lisait sur son visage.

— J'ai fini ma journée. Je vous laisse terminer le boulot. Pas besoin de brancher les capteurs ni d'installer les sondes alimentaires, évidemment. Il faut libérer la capsule pour demain.

Messine fixa tristement le corps immobile.

— Ça fait trente ans qu'il donne… On pourrait au moins lui laisser un peu de temps sur l'Île. Qu'il passe encore quelques journées agréables.

— Trente ans qu'il donne ? Sa vie a été largement meilleure que la nôtre. Lui, au moins, il a la possibilité de voir la lumière du soleil six mois de l'année, même si tout ça n'est qu'un programme dans sa tête. J'ai toujours envié ces gens qui dorment dans leurs capsules. On leur efface la mémoire au début, on les met là-dedans et ils oublient toute cette merde dans laquelle on baigne…

— Rien ne vous empêche de postuler. De devenir un Ingénium et de vous retrouver dans l'esprit d'un romancier qui fera de vous ce qui lui chante. On n'a peut-être pas une belle vie, mais, au moins, on est libres.

— Si vous appelez ça la liberté…

Il éteignit l'ordinateur et adressa un dernier regard à Messine.

— Vous coupez la machine et vous l'emmenez à l'Incinérateur.

Messine resta seul avec John. L'homme endormi face à lui devait être en train de retrouver sa femme sur l'Île, en ce moment. Il aurait pu vivre heureux dans cette capsule jusqu'à la fin de ses jours, y couler sa retraite méritée. Le téléphone gris de son salon n'aurait plus jamais sonné. Le programme virtuel n'aurait plus eu besoin de lui faire croire qu'il passait ensuite par une administration, qu'il signait des contrats, faisait la queue. Rien de tout ça n'existait, juste dans la tête.

La réalité, c'était qu'il se réveillait, depuis plus de trente ans, dans cette capsule et qu'on l'emmenait dormir dans une autre capsule une heure plus tard, une porte plus loin, afin d'accomplir sa mission dans la tête des romanciers. Puis on le replaçait ici pour un nouveau tour, et ainsi de suite. Telle était la vie de John Doe, depuis qu'il avait choisi de fuir la réalité et de nourrir l'imaginaire.

Malheureusement pour lui, on ne laissait plus vivre les gens heureux. Il fallait du rendement. Quand ils ne servaient plus à rien, ou quand ils ne voulaient plus travailler, on les éliminait.

Ça lui faisait toujours bizarre d'avoir à débrancher des individus dont il s'occupait depuis si longtemps, dans ces capsules-ci – celles d'attente des missions – ou celles des départs vers les esprits des romanciers. Mais c'était son job. Alors il coupa l'alimentation en oxygène de la capsule, et John Doe mourut au bout de quelques minutes.

Depuis que la surface de la Terre avait été ravagée, des millions d'hommes vivaient sous terre, dans d'immenses cylindres creusés dans la roche, et connectés les uns aux autres par un réseau informatique. Ils n'avaient plus que le virtuel pour se distraire, et les livres restaient tout ce qui pouvait encore les relier à la réalité du monde d'avant. Les livres racontaient des histoires, leur rappelaient que la mer avait une odeur et que, avant, on pouvait respirer à l'air libre.

Voilà pourquoi il était important que des gens comme John Doe continuent à alimenter l'imaginaire des écrivains, ces hommes capables de décrire avec précision le monde d'avant. Sans eux, plus de livres. Plus de passé.

Après avoir fait son travail, Messine remonta à l'étage 122 du cylindre 34, zone numéro 7. Son appartement n'était qu'un cube de cinq mètres sur cinq, alimenté par l'énergie des cadavres qu'on incinérait plus bas, beaucoup plus bas, dans les fourneaux. Il réhydrata la poudre de pommes de terre et celle d'un poulet de batterie, et alla s'installer dans le salon avec un vieux livre d'Olivier Sacks qui, aux dernières nouvelles, n'allait pas très bien dans le premier cylindre, celui des écrivains et autres gens importants, à qui l'on demandait de produire toujours plus d'imaginaire.

Il se replongea dans la première aventure d'Ulysse Cornu, *En attendant Pénélope*, sa préférée.

John Doe lui manquerait.

Ça, c'était bien réel.

GABRIELLE

Peu, trop peu de saumons sont remontés, cette année-là.

Gabrielle et moi, on ne sait pas pourquoi. D'ordinaire, ils se regroupent par millions dans la baie afin d'attaquer le gros torrent à contre-courant pour se reproduire. On les a cherchés, on a scruté l'horizon avec l'espoir de voir leurs écailles argentées frémir à la surface de l'eau, mais ils n'étaient pas là. On s'est regardés, on n'a rien dit, mais je crois qu'on a pensé la même chose, tous les deux : un terrible drame s'annonçait.

Contrairement aux poissons, les grizzlis sont au rendez-vous, eux, et venus en nombre. On a compté soixante-quatre adultes et neuf oursons, soit trois individus de moins que l'année dernière. Ils sont descendus des montagnes, des sombres pentes boisées, ils ont parfois parcouru cent kilomètres pour prendre ce monumental repas qui doit durer quatre semaines. Sur cette période, les ours ont l'obligation de doubler leur poids s'ils veulent survivre aux sept mois d'hibernation.

Avaler le gras, la peau et le cerveau d'au moins huit gros saumons par jour est leur priorité absolue. Manger, coûte que coûte.

Face à nous, il y a des mères avec leurs petits, de vieux briscards à la patte agile comme Josh ou Reynald, qui arpentent ces prairies du sud de l'Alaska depuis presque autant de temps que nous.

Et il y a Bann.

Bann est le plus gros grizzli qu'on ait jamais vu. Le roi incontestable des lieux. Il pèse bien cinq cents kilos. Il a la gueule pleine de cicatrices, l'oreille droite coupée en deux, vestige de la sévère morsure d'un adversaire qu'il a fini par terrasser. Quand il se dresse sur ses pattes arrière, il est capable d'arracher l'écorce des arbres à plus de trois mètres cinquante de hauteur. Si vous marchez dans la forêt et que vous découvrez ces marques impressionnantes, si haut placées sur les troncs, c'est que vous êtes sur son territoire. Et si vous êtes sur son territoire, vous êtes morts. De nombreux grizzlis ont fait les frais de leur inattention ou de leur zèle.

Bann ne nous aime pas, il ne nous a jamais aimés. On le voit à ses petits yeux ronds qui nous transpercent, à sa démarche en sumo quand il s'approche des barrières électriques de nos camps situés au milieu de la prairie. On s'agenouille quand il vient vers nous, on baisse toujours la tête. Regarder un grizzli dans les yeux est une marque de défi.

Après la troisième nuit sans saumons, quand je me tourne vers Gabrielle, elle comprend que j'ai quelque chose de grave à lui annoncer. Elle est couchée juste à côté de moi, immobile. Ses longs cheveux gris couvrent une partie de son visage et de ses traits durcis par nos longues années passées au milieu des ours. Une grande cicatrice traverse son profil gauche, du front au menton, mais je ne la vois plus. On est tous les deux emmitouflés dans nos duvets. L'hiver commence doucement à revenir. À l'horizon, les montagnes sont déjà très blanches sous les étoiles.

— On devrait peut-être partir, lui dis-je. Avec ce qui s'est passé aujourd'hui...

Le silence nous enveloppe. On n'entend plus que le souffle du vent sur la toile, le bruit diffus du moteur électrogène, dehors. Ce matin, Karo, la femelle totalement soumise à Bann, a tué un ourson et sévèrement blessé la mère. Elle a emmené le petit corps au pied de la falaise qui se dresse au sud de la baie. Et l'a probablement dévoré.

C'est la première fois, en vingt-cinq ans, que je formule l'idée de partir avant la fin de notre séjour. Nous sommes sur place depuis mai, nous devrions normalement plier bagage dans trois semaines, fin septembre.

— Je veux rester, me répond Gabrielle après un long moment de réflexion. S'il doit arriver quelque chose, il faut être là. Tout filmer pour le montrer aux gens. Si on ne le fait pas, qui le fera ?

Gabrielle a un petit grain de folie, je me suis toujours dit que, un jour, un ours finirait par la tuer, tant elle prend parfois des risques. Elle me regarde longuement dans les yeux, approche ses lèvres et m'embrasse. J'ai soixante-neuf ans, elle en a soixante-quatre. On se fait vieux, on a mal aux os et, année après année, on a tous les deux peur de ne plus avoir la force de venir ici, auprès de nos grizzlis. On les aime davantage que les êtres humains.

— On reste encore un peu, alors, je concède. Mais s'ils ont trop faim et que ça devient dangereux… on retourne à la cabane de Warren, d'accord ?

La vieille cabane est à dix kilomètres d'ici plus au nord, en dehors du territoire grizzli. Il faut à peu près trois heures de marche pour l'atteindre. Depuis la mort de sa femme, Warren n'a plus vraiment toute sa tête. Il s'est coupé du monde et de sa civilisation folle pour venir ici, au milieu de nulle part.

— D'accord, me répond-elle avec un sourire.

*

Dans la grande ville, loin, très loin d'ici, les gens nous appellent « le couple Grizzli ».

La plupart d'entre eux ne nous comprennent pas. Ils ne connaissent rien à la nature, à son fragile équilibre, et pensent que nous sommes inconscients, voire fous. Certes on vit au milieu de ces géants, on les observe, les approche, mais on veille toujours à ne jamais empiéter sur leur territoire et à les respecter. Même le grand Bann s'est habitué à notre présence. Quand il n'est pas d'humeur, il lui suffit de se dresser, et on s'efface de sa vue. Une fois, il est arrivé à Gabrielle de vouloir lui tenir tête. C'était il y a cinq ans, je crois. La plus grande frayeur de ma vie.

Et puis, on se protège. Nos deux camps sont distants d'une dizaine de mètres, et chacun entouré de sa propre barrière électrique. Un groupe électrogène alimente un générateur délivrant une tension de cinq mille volts. Les ours savent qu'ils ne doivent pas s'approcher. On les voit rarement à moins de six ou sept mètres des câbles haute tension.

Le camp 1, c'est là où on dort. Et le camp 2, l'endroit où on mange. Il contient nos réserves de nourriture, d'essence pour le groupe électrogène, et le matériel vidéo. Quand on sent les grizzlis nerveux, surtout pendant la période de reproduction où les combats pour conquérir les femelles sont nombreux et dangereux, on reste à proximité des camps. S'aventurer au-delà serait synonyme de suicide.

Après sept jours sans saumons, j'estime qu'il devient risqué de nous approcher de la rivière pour filmer, même si Gabrielle insiste. Les grizzlis sont répartis le long des flots, immobiles, à guetter le moindre frémissement, à sortir puis entrer dans l'eau, ne sachant plus où se positionner. Ils ne comprennent pas cette absence de nourriture, s'épient les uns les autres, et celui qui a la chance de pêcher un malheureux poisson doit vite l'avaler avant de déclencher une bagarre.

Les températures commencent à baisser, les jours à raccourcir, la pression de l'hiver approchant se fait de plus en plus forte. Les mères prennent chaque heure davantage de risques, elles s'enfoncent toujours plus dans l'eau, poussées par leurs instincts, relâchent leur attention, et leurs petits se font embarquer.

— C'est horrible, ce qui se passe sous nos yeux, murmure Gabrielle.

Elle a la larme à l'œil mais continue à enregistrer avec la petite caméra accrochée à son épaule et allumée en permanence. Elle, comme moi, on essaie de mettre une barrière entre ce sentiment d'injustice et ces images qu'on doit absolument rapporter dans la civilisation. On veut montrer ces terribles lois de la nature, et les dérèglements que notre monde moderne engendre sur les terres les plus reculées.

Qu'a-t-il pu arriver pour que les saumons ne viennent pas ? Leurs machines, leurs industries, leur pollution, leur fichu réchauffement climatique… Tout cela, les grizzlis l'ignorent, ils sont programmés pour venir précisément sur ces terres et attendre le poisson. C'est comme inscrit dans leurs gènes par les générations passées, celles où le saumon abondait tellement que les trappeurs les retrouvaient abandonnés sur les rochers, à peine croqués.

À une trentaine de mètres, Bann vient de se dresser au milieu des flots et de se laisser lourdement tomber sur ses deux pattes avant. Les gerbes d'eau qu'il a levées sont impressionnantes, et son grognement effroyable a dû résonner jusqu'aux falaises. Est-il en colère ? Résigné ? Comprend-il ce qui se passe ? Ce qui l'attend ?

Il tourne sa grosse tête vers nous et nous fixe sans plus bouger. Il renifle l'air. Le souffle léger du vent porte notre odeur jusque ses narines. Je ramasse mon trépied, ma bombe de gaz poivré et prends la main de Gabrielle.

— Il vaut mieux rentrer au camp.

On se précipite un peu trop et Gabrielle se tord le pied droit.

Le petit craquement ne nous a pas échappé.

*

Sous la tente du camp 2, la lampe tempête diffuse sa douce lueur au-dessus de nos têtes. La toile rouge ondule avec mollesse.

Le visage de Gabrielle joue avec les ombres et les lumières. Elle a la cheville enroulée dans une bande stérile, elle réussit à poser le pied à terre, peut encore effectuer de minuscules rotations mais est incapable de s'appuyer plus de deux secondes sur sa jambe. On sait qu'il s'agit d'une légère entorse, comme on en a déjà eu cinq ou six en venant sur ces territoires chaotiques. Ma femme est une dure, elle ne se plaint pas, elle pense même que c'est un signe pour nous contraindre à rester jusqu'à fin septembre. Moi, je pense au contraire que c'est le signal qu'il faut partir. Je lui ai proposé d'aller à la cabane de Warren et de mettre un terme à notre mission, une nouvelle fois elle a refusé catégoriquement. Je déteste la contrarier.

Les lentilles et les saucisses cuisent sur le réchaud qui irradie une chaleur bienvenue. Ça crépite, ça sent bon, on partage la même assiette, l'autre est cassée. On avale cette nourriture avec une boule dans la gorge. On a mal au cœur de manger alors que nos grizzlis crèvent de faim à quelques mètres de nous. Mais on n'y peut rien. On s'est juré de ne jamais intervenir, de ne pas perturber leur rythme de vie, leur équilibre. Parfois, c'est difficile. Il y a deux ans, j'ai vu une ourse se noyer devant moi, j'aurais pu la sauver. Je ne l'ai pas fait. C'est dans l'ordre des choses.

— Certains mâles se sont mis à chercher des palourdes dans la baie, dit Gabrielle. On dirait qu'ils ont compris qu'il n'y aurait pas de saumons. Mais combien de coquillages il leur faudrait trouver pour remplacer toute la graisse des poissons ? Chaque jour qui passe les rapproche de la mort. Ils le sentent, j'en suis sûre.

Ma femme va mal, je le sais. Pas physiquement, mais dans sa tête. Cette fois, l'émotion la submerge. Ces grizzlis-là, nos grizzlis, sont parmi les derniers de la planète. C'est toute leur espèce qui pourrait s'éteindre, cette saison. Je tente de la rassurer, de lui dire que, peut-être, l'hiver sera moins long, moins rigoureux que les autres années. Et qu'ils y survivront.

— Les grizzlis se rapprochent des camps, j'ajoute. J'en ai vu un, dans l'après-midi, il n'était qu'à un mètre de la barrière. Ils ne font jamais une chose pareille. Vraiment, je pense qu'on devrait partir.

— Ne pense pas, d'accord ? On va filmer jusqu'au bout.

Soudain, le monotone ronflement du groupe électrogène se met à varier en intensité. À éternuer. Nos regards étonnés se croisent, ne se quittent plus. On reste figés, suspendus aux tressautements de la machine qui alimente les barrières électriques. Je crois que, pendant les dix secondes qu'a dû durer cette interruption, nous avons oublié de respirer.

Heureusement, le moteur repart comme en quarante. Je pose mon assiette de lentilles et me lève.

— Tout a l'air d'aller, mais je vais quand même jeter un œil.

J'enfile mon blouson, remonte la fermeture jusqu'au cou et sors avec une deuxième lampe. Il fait un noir d'encre, une nuit sans étoiles, avec un vent cinglant. Le groupe électrogène est posé dans l'herbe sur le côté, sous une petite niche en bois qui coupe un peu le bruit du moteur. Frigorifié, je soulève le couvercle, observe les différentes pièces avec ma torche. Courroie, stator, alternateur... J'ouvre le carter, le niveau d'huile est nickel. Je cherche une fuite, une pièce défaillante, ne la trouve pas. Fausse alerte, donc.

Ça bruit soudain autour de moi. Je bascule la lampe vers la nuit noire. Une ombre se détache dans le faisceau lumineux, puis une autre, un peu plus loin. Deux grizzlis sont vraiment très proches de la barrière, ils tournent autour du campement, leurs grosses truffes humides humant l'air avec envie.

Je retourne dans la tente.

— Il est en bonne forme, notre électrogène. Mais les ours sont là, autour.

Gabrielle se traîne jusqu'à l'entrée, fouille l'obscurité avec sa lampe.

— Il n'y a rien.

— Je les ai pourtant vus comme je te vois toi.

Après le repas, Gabrielle lave la vaisselle, je l'essuie. On range, puis on sort. Ma femme tient la lampe d'une main, et passe l'autre bras autour de mes épaules.

Je l'aide à avancer. Les grizzlis curieux ont disparu. Après avoir vérifié qu'on pouvait traverser, j'ouvre le petit portique, on parcourt péniblement les dix mètres jusqu'au camp 1 et, une fois dans la tente, on plonge dans nos duvets.

Demain, les ours attaqueront leur quinzième jour de diète. Ils perdent encore du poids alors qu'ils devraient gagner cinq cents grammes quotidiennement pour survivre cet hiver. Comment tout cela va-t-il finir ?

Au fait, je n'ai vu aucun ourson, aujourd'hui.

*

Dix-septième jour sans manger, et je suis à bout de nerfs : je veux partir à la cabane.

Les grizzlis sont devenus très oppressants, ils ont abandonné le torrent pour revenir en plaine ou au bord de la plage, à chercher tout ce qu'ils peuvent manger : des coquillages, des racines, des baies. Ils sont une dizaine à tourner autour de notre lieu de vie, ils cherchent à attraper notre regard, ils grognent, sont menaçants. Bann se dresse souvent sur ses deux pattes, nous dominant de toute sa splendeur, sa force. Gabrielle aime le filmer quand il est comme ça. Il est la mort incarnée.

On peut difficilement sortir de nos prisons, il faut un vent favorable, c'est-à-dire soufflant de la plaine vers la baie, pour déjouer l'odorat des ours et tenter des incursions hors des barrières.

Tout à l'heure, lors de mon passage entre les deux camps, une femelle a chargé. J'ai couru, je me suis mis à l'abri derrière les barrières électriques. J'ai vu que Gabrielle avait enregistré la scène, couchée au sol. Aurait-elle encore filmé si j'avais été dévoré ? Serait-elle allée jusqu'au bout pour rapporter ses satanées images ?

Elle ne va décidément pas bien.

J'ai soigneusement rangé la nourriture froide dans notre tente. On veut exciter les ours le moins possible avec les odeurs.

— Restons encore une journée, me dit Gabrielle. Une toute petite journée. On ne reverra peut-être plus jamais Bann, ni Josh, ni Reynald, ni Alice. Ni tous les autres… On ne peut pas les quitter comme ça. Je veux m'asseoir dehors, une dernière fois, et les regarder jusqu'à ce que la nuit tombe. Demain, avant le lever du soleil, si les vents sont bons, tu longeras la baie, tu iras chez Warren et vous viendrez me chercher, d'accord ?

Gabrielle me touche la joue, le menton, elle me sourit tristement.

— Très bien, je réplique. Encore une journée et une nuit.

*

J'ouvre les yeux et reste allongé là, immobile, incapable de bouger.

Un silence anormal m'a réveillé.

Ce même silence qui sort Gabrielle de son sommeil. J'allume ma petite lampe et éclaire nos deux visages par le bas. Nos traits sont marqués, nos rides sont comme des abîmes qui piègent la lumière. Quant aux ténèbres, elles semblent emprisonner le bleu glacé de nos yeux.

Sans nous parler, on a compris, tous les deux : le groupe électrogène s'est arrêté. Je pose la main sur la lampe de ma femme et éteint.

La végétation frémit autour de nous. Avec les années, j'ai appris à reconnaître certains ours rien qu'à leur démarche, à l'amplitude et au tempo de leurs foulées. Là, maintenant, j'entends les pas lourds et lents de Bann. Je devine que ses griffes de quinze centimètres s'enfoncent si profondément dans la terre qu'elles en arrachent les fleurs avec leurs racines. Il est près, vraiment tout près.

Je serre la main de Gabrielle dans la mienne.

— Bann va venir et traverser la barrière.

— Non, réplique-t-elle calmement. Bann ne nous fera pas de mal.

— Il nous tuera sans hésiter. C'est un animal instinctif, violent, même s'il nous connaît depuis vingt-cinq ans.

— De toute façon, il n'a aucun moyen de savoir que la barrière ne fonctionne plus. Il s'est pris plusieurs fois des coups de jus par le passé, il connaît les lim…

Sa phrase est coupée net par un bruit de vaisselle brisée. Avec Gabrielle, on ne respire plus. On entend des bruissements de plastique et de Nylon, des fracas de verre, des entrechoquements de métaux. Et le halètement rugueux des ours. Avec courage, je me traîne jusque l'entrée, relève doucement la fermeture Éclair, les mâchoires serrées. Un grizzli a investi le camp 2. La barrière électrique a été défoncée, nos réserves de nourriture sont éparpillées dans l'herbe. La tente est au sol, lacérée de toutes parts. L'ours renifle, déchire les sachets de pâtes, de riz… D'autres animaux, attirés par le bruit, s'approchent. Je vois leurs gueules noires jaillir de l'obscurité. Ils sont tous affaiblis, plutôt maigres, mais encore capables de nous tuer d'un simple coup de patte. Gabrielle est venue à mes côtés. Elle tient sa caméra, qu'elle a passée en mode infrarouge, et filme.

— Regarde. Ils viennent tous du fin fond de la plaine, on en a jamais vu autant au même endroit, si proches les uns des autres, murmure-t-elle. D'ordinaire, ils se seraient entretués. On dirait qu'ils savent que c'est leur dernière chance. Que cette petite tente avec tous ces objets qu'ils ne connaissent pas, c'est leur ultime espoir. Je veux rapporter ces images chez nous. On va montrer ça dans les écoles, les entreprises. On va expliquer aux gens comment la nature part en vrille.

Je n'ai pas le courage de lui répondre, elle est trop entêtée. J'arrache une poignée d'herbe et la jette dans les airs. Les brins volent en direction de la baie. Je retourne au fond de la tente et rassemble quelques affaires.

— On va vite sortir d'ici et aller à la cabane.

— On ?

— Il faut partir. Ils vont finir par entrer dans le camp et nous dévorer. Le vent est favorable, il fait encore noir. Je vais te soutenir, on va y arriver.

Gabrielle secoue la tête, elle a les larmes aux yeux. Je m'accroupis devant elle.

— On ne peut plus rien pour eux. S'il te plaît, ne me laisse pas partir seul.

Gabrielle rétracte sa main sur son duvet.

— Je vais trop te ralentir. À deux, nous n'avons aucune chance. Vas-y seul, et reviens me chercher avec Warren.

J'hésite longuement et prends ma décision. J'enfile mon gros blouson, me chausse, fourre une lampe dans ma poche. Je plaque nos deux bombes de gaz poivré dans les mains de mon épouse.

— Et toi ? me fait-elle.

— Je vais m'en sortir. S'ils chargent, vise le nez, pas les yeux.

Je l'embrasse tendrement, me serre contre elle.

— On a tenu vingt-cinq ans, fait-elle, et on est encore là, tous les deux.

— Tous les deux…

— Ça va bien se passer.

Gabrielle a toujours eu envie de mourir avec ses ours, elle ne l'a jamais formulé, mais je le sais depuis bien longtemps. Je n'ai pas envie de la laisser mais je veux la sauver. L'arracher à leurs griffes. Le temps nous est compté.

Je sors, bascule derrière la tente et passe entre deux câbles horizontaux de notre clôture. Le vent est fort mais instable, il tourbillonne, me frappe de face, de profil. Je cours aussi vite que mes muscles fatigués me le permettent, me retourne pour voir s'ils ne me traquent pas. Je crois que j'ai réussi mon coup. Je gagne la baie, puis remonte vers la rivière, que je traverse. Ses eaux tumultueuses me glacent jusqu'aux genoux. Je me tourne une dernière fois vers la plaine, je vois le petit clignotant lumineux de la caméra à infrarouge qui filme.

Ce fichu vent se met à tourner, je l'ai maintenant de face. J'ignore s'il a la force de porter mon odeur jusqu'aux ours, mais j'accélère le rythme. Torche allumée, je fonce à travers les arbres, chevauche des enchevêtrements de branches mortes, des fougères. Mon cœur fatigué pompe, je pense à Gabrielle, seule sous la tente.

Il faut à tout prix qu'on vienne la récupérer, armés de fusils, avant le lever du soleil.

J'entends un chuintement de liquide, loin devant moi. J'ai bien progressé, c'est le petit torrent qui indique la moitié du chemin. Son eau est très peu profonde, on le traverse quasiment à gué avec Gabrielle quand on arrive et repart du territoire grizzli. Mais, au fur et à mesure que je m'approche, j'entends un curieux bruit. Comme des mains qui applaudissent…

Ces étranges claquements me saisissent à la gorge, j'éclaire la surface de l'eau qui ressemble à une mer d'argent. Je n'en crois pas mes yeux : il y a là des milliers de saumons piégés par le manque de profondeur, bloqués par les rochers, incapables de faire demi-tour, tant ils sont nombreux. Seuls quelques-uns réussissent à se faufiler, mais tous les autres se débattent, meurent empilés les uns sur les autres, la gueule ouverte. Anéantis par leur propre nombre. Ils sont remontés dans un torrent trop étroit, pas assez profond, à quelques kilomètres seulement de notre camp.

Nos grizzlis qui crèvent de faim, d'un côté, et toute cette nourriture gâchée de l'autre.

Le manque qui tue autant que l'abondance.

J'ai envie de mourir avec ces pauvres animaux aux instincts déréglés, aux gènes cassés par la folie des hommes. Je pousse un cri désespéré, me jette à l'eau et balance des saumons sur la berge, par dizaines, pour tenter d'ouvrir le passage aux autres. J'en ai marre de ne plus intervenir, ils agonisent à cause de nous, la nature n'est pas responsable et ne s'en sort plus toute seule. Mais les trous que je crée se comblent instantanément d'autres poissons plus gros encore.

Désespéré, je poursuis ma route, m'accrochant au souvenir de ma femme. Je veux la sauver et on va partir ailleurs tous les deux. Je refuse de retourner dans la ville, lire leurs journaux, écouter leurs radios. Je veux finir mes jours loin de tout ça, au milieu de la nature. En paix.

J'atteins la cabane au moment où les premiers rayons du soleil percent les ténèbres. Les montagnes se dessinent sur l'horizon, elles sont mon rempart contre le monde, avec vingt ans de moins je les aurais gravies, encore, et encore. Aujourd'hui, je ne peux que les admirer, mais ça me suffit.

Warren est assis dans son rocking-chair, en haut des marches, à proximité des cannes à pêche, des bourriches, des réserves de viande séchée. Il fume la pipe paisiblement. Il fronce les sourcils lorsqu'il me voit arriver, fatigué et sale. On a presque le même âge, tous les deux, sa barbe est deux fois plus longue que la mienne.

— Qu'est-ce qui se passe ?
— C'est Gabrielle. Elle est en danger.

J'entre dans la cabane, prends un fusil et lui en tends un. Il ne bouge pas et soupire.

— Gabrielle est morte il y a cinq ans, Pierre. Cette fameuse année où les saumons sont remontés au mauvais endroit. Tu es déjà revenu ici me demander de l'aide. On n'a pas pu la sauver. Bann l'avait mortellement frappée au visage.

— Qu'est-ce que tu racontes ? Gabrielle nous attend ! Allez, viens !

Il secoue la tête.

— J'irai sans toi, dans ce cas.

— Attends…

Warren se lève de son rocking-chair, entre dans la cabane et revient avec un petit Caméscope. Il soupire gravement.

— La dernière cassette est dedans. Celle où Gabrielle a filmé jusqu'au bout… Tu as déjà vu ce film, maintes et maintes fois. Et, chaque fois, tu oublies. Tu repars en ville, tu reviens chaque année, tu t'installes dans la plaine… Puis arrive le moment où tu reviens ici demander les fusils… Ça me fait mal au cœur de te laisser regarder cette vidéo. Mais… fais-le.

Mes mains tremblantes appuient sur le bouton « Lecture ».

Warren, qui s'est éloigné vers la forêt, m'a entendu hurler.

*

Je suis revenu dans la plaine, l'année d'après.

L'herbe est belle, toute verte, et les fleurs poussent en nombre. Je cherche les saumons dans la baie, j'ai envie de les voir fendre le torrent, leurs ventres remplis d'œufs et leurs écailles jouant avec le soleil.

Les grizzlis déjà sont là, puissants, pour les chasser.

Les camps sont installés au milieu du tapis de verdure, entourés de leurs barrières électriques. La toile du camp 1 vibre soudain, j'entends la fermeture Éclair qui remonte.

Un sourire illumine mon visage.

Gabrielle me fait un petit signe de la main pour m'annoncer que le repas est prêt.

Sopor

Des vingt-six lettres de l'alphabet, le o disparut. Il n'en resta plus que vingt-cinq.

— Une petite fée vient te réveiller !
Caresse sur l'épaule. Greg émerge dans un sursaut. Une lumière chaude lui lèche le visage quand Ève écarte les persiennes. Elle revient, désigne l'écran devant lui.
— Inspiré ?
— Pas vraiment. C'est l'enfer d'écrire un texte sans cette fichue lettre. Je n'arrive pas à me lâcher, j'aurais dû m'épargner ce défi.

Le jeune auteur peine à s'arracher du fauteuil et se traîne vers la fenêtre. Les vignes à perte de vue. Banyuls en mire, alanguie face à la mer, telle une friandise à la cerise sur un bleu en camaïeu. Septembre chauffe les tuiles à blanc, mélange les teintes, s'amuse avec les parfums exprimés par l'été : terres brunes, raisins juste mûrissants, vapeurs de sel ramenées par le vent. 16 heures. Sa fiancée manipule les vestiges nacrés d'un nautile, qu'elle remet à gauche d'un lis immergé dans un vase. Si gracieuse, jambes de gazelle, perturbante dans sa tenue de naïade. Greg s'étire, finit un verre de vin entamé avant la sieste et l'embrasse.

— Allez, ma petite fée, c'est parti !

Trente minutes plus tard, leur van vert bringuebale sur la piste en zigzag jusqu'à la plage de Taillelauque, au sud de Banyuls. Une crique de rêve, à l'abri du cap L'Abeille, assaillie durant les vacances d'été, plus calme à présent, même si des peaux brunes et plissées s'y languissent, celles d'éternels retraités. Le grand kayak jaune et biplace tangue sur l'eau, chargé de champagne et de gambas mis au frais, de branchages secs, d'une tente et de duvets. Les jeunes fêtent leur anniversaire, quatre ans ensemble. Sans nuages.

— Belle balade, les jeunes ! C'est le paradis, par là !

Greg rend le salut au petit vieux au crâne chauve et tee-shirt blanc qui agite sa main. Les pagaies bruissent gaiement, l'engin brille dans la lumière, avant de se laisser avaler par le relief déchiqueté. Vermeille. Merveille. Greg se délecte de ce mélange des lettres, ce spectacle de la nature face à lui, cet ardent baiser minéral entre le massif pyrénéen et la Méditerranée qui a inspiré Matisse. Cette idée, aussi, de se dire que le trait imaginaire entre la France et l'Espagne, ce passage entre deux pays, s'étire à une heure de rame, ultime étape de leur périple marin. Ève et Greg y cachent leur crique secrète, inaccessible par la terre, leur théâtre. La nuit va être blanche, pleine d'étreintes enflammées.

Les aventuriers franchissent le cap Cerbère en fin d'après-midi, enhardis d'envie d'aimer, leurs yeux rivés à l'infime terre d'accueil au pied de la falaise, certains qu'il n'y aura qu'eux.

Sauf qu'un kayak est déjà sur place.

Greg fixe ses mains : elles tremblent, et il a le sentiment que la température baisse. Pas à l'extérieur, mais en lui. Il rame avec inquiétude entre les récifs, vers l'amas aux arêtes brillantes, écrasé sur la gauche de leur crique, derrière le kayak. Un véhicule ? Greg se jette à l'eau, chaussures aux pieds, Ève l'imite. Ils guident le nez de leur bateau jusqu'à la rive de leur paradis, à gauche de celui déjà présent, jaune, lui aussi, et biplace.

— Je ne rêve pas, Greg, ce van, c'est…

— Il y ressemble, mais ça ne peut pas être lui.

Ils se dressent face à un van en miettes, identique au véhicule vert garé à Banyuls. Celui-ci a dû quitter la départementale au niveau de l'épingle, dévaler la pente, chuter de la falaise et s'écraser sur les galets, au nez de Cerbère, pile entre la France et l'Espagne. Certes, la ressemblance est stupéfiante, mais ce type de véhicule est très répandu, ambassadeur idéal de la liberté et du camping sauvage.

— Dedans… il y a quelqu'un.

— Reste là.

L'accident vient d'arriver, une fumée grise s'échappe du radiateur écrasé. Greg s'avance, une main en visière. Les reflets l'aveuglent, mais il distingue une masse encastrée dans le siège de gauche, puis détecte un geste à l'intérieur : l'individu est vivant. Quand il sent le brusque reflux de vapeur d'essence et discerne l'étincelle, il n'a pas le temps de hurler. Le ciel s'embrase.

*

Parmi les vingt-cinq lettres restantes, le m fut à son tour chassé. Il n'en resta plus que vingt-quatre.

— Une petite fée vient te réveiller !

Déchirure dans le ventre, flash incisif. Greg sursaute et se redresse, en apnée. Ève lève les persiennes. Elle revient vers lui, pleine de grâce et de vivacité.

— Inspiré ?

Il ne relève pas, incapable de réaliser ce qui est en train de se passer. Sa fiancée caresse le nautile, effleure cette spirale parfaite, représentant le cycle éternel, l'infini, et le range à sa place. Et puisque Greg reste inerte, elle lui lance un bref baiser et regarde l'écran.

— Un texte avec deux lettres qui sautent, c'est le dernier challenge ? Ça paraît infaisable. T'es dingue.

Elle s'efface dans le hall.

— Je t'attends au van ! Déjà 16 heures, il faut y aller !

Greg se rue à l'extérieur de la villa de ses parents. Le kayak attaché à la galerie du van... Ève, dans sa tenue légère, chargeant les duvets à l'arrière. Il vient de rêver cette scène. Le véhicule traverse les vignes et se dirige vers Banyuls.

— Il se passe un truc bizarre.
— Du genre ?

— Du genre déjà-vu. Déjà vécu. C'est très intense. Ça te dirait de faire la virée plus tard ?

Elle refuse net, leur balade va bien se passer, et c'est leur anniversaire. La ville crache le van par le sud, au niveau de la D914. Près de la piste en terre, Greg change le véhicule de place, veille à sécuriser les issues. Sur la plage de Taillelauque, ils tirent le kayak vers l'eau et, tandis qu'ils prennent le large, Greg cherche des yeux le retraité au tee-shirt blanc. Il le distingue, en train de dévaler le sentier vers la crique, serviette au bras. Étrange hasard. Ils esquivent les bancs de nageurs qui s'ébattent dans la réserve naturelle, enchaînent les caps – Rédéris, Peyrefite, Canadell – jusqu'au Cerbère, le célèbre chien gardien des Enfers. Y a-t-il l'enfer, d'ailleurs, sur l'autre versant du cap ?

Ils pagaient vite et, avant 19 heures, ils y arrivent déjà. La crique est vierge, nichée dans l'écrin de la falaise, baignée d'eaux claires, telle qu'elle leur est apparue des années auparavant. Pas de van ni de kayak. Ève a un rire franc, Greg sent enfin ses nerfs se détendre. Un rêve, juste un rêve puissant, digne de l'univers d'un écrivain, rien d'autre.

Il prépare le barbecue, petites branches en tas, les crevettes grises luisent dans leur glace pilée. Ève se déshabille, libre, belle, dans l'éclat de ses vingt-sept ans et se baigne, là, en France, puis en Espagne, puis en France, *bis repetita*. Une lueur vive et irradiante grandit, les encercle, pareille à une fin de tunnel. Greg, lui, sent un filet de givre se répandre sur sa peau. Ève lui caresse la nuque.

— Tu ne t'es pas baigné et tu es gelé.

Il l'est, en effet. Que se passe-t-il ? Il pense entendre des cris, quelque part dans le vent. Qui appelle ? Ève va chercher un paquet de biscuits apéritifs, à quatre pas de là. Un brusque fracas les fait sursauter. Une éclipse brune avale la lueur, au-dessus de la tête de Greg. Il lève les yeux au ciel et hurle, les bras devant le visage. La gueule d'acier du van vert, éjecté de l'arête de la falaise, l'aplatit.

*

Des vingt-quatre dernières lettres utilisées, ce fut, en plus du o et du m, le c qui s'effaça. Seules vingt-trois survécurent.

— Une petite fée vient te réveiller !

Greg se redresse, en apnée. Les persiennes, la lueur aveuglante. Il dit, juste avant qu'Ève parle :

— Inspiré ?

Elle plisse les yeux – il lui a extirpé les lettres des lèvres – puis, sans insister, disparaît dans le hall. Le défi littéraire se resserre d'un rêve, d'un réveil à l'autre : une autre lettre est interdite. Le terrain de liberté se restreint, Greg se prend la tête : devient-il dingue ? Est-il piégé dans un anneau infernal ? Un genre de réveil perpétuel, à 16 heures pile ? Il se rend à la fenêtre, aveuglé par la piqûre de l'été. Ève s'installe dans le van, lunettes sur le nez, pieds nus par la fenêtre. Greg piétine, il n'ira pas pagayer, il restera dans la villa, bien à l'abri, jusqu'à 19 heures. Il explique à Ève qu'il est navré, qu'il se sent nauséeux, peut-être la viande du déjeuner, il faut annuler. Jeudi, il se rattrapera, il le jure. Triste, elle laisse faire, et il l'aide, visage plissé, à ranger le kayak dans le garage.

Elle se rabat sur un livre d'aventures, lui reste dans le bureau, persiennes baissées, juste les ténèbres, allant, venant, yeux rivés sur le texte. Il pense aux lettres interdites des rêves, se sent privé de liberté, taulard, de plus en plus. Puis il palpe le nautile, sa spirale parfaite, visualise le van vert vif dévaler du virage, avaler sa vie, tandis qu'Ève s'est levée et évite le pire.

Il y avait quelqu'un dans le van. Un type qui allait périr. Et si une tragédie se préparait, du haut de la D914, à 19 heures ? Greg fixe les traits digitaux du réveil : 18 h 10. Il signale à Ève qu'il va en ville – il lui faut de l'aspirine – et prend le ruban d'asphalte, vers le sud. Au hasard, les virages livrent des langues de garrigues jaunes, des reliefs d'un vert savane, des étendues au bleu d'azur. Les falaises dansent en regard du grand large. Là-bas, dans les reflets, se repaît la dernière ville avant l'Espagne, telle une bête sauvage. Greg presse la pédale davantage, il veut être large. Le paysage, les villas, les gens défilent vitesse grand V. La D914 se vrille, virages serrés, nausées, pneus brûlants. Il arrive au niveau de la dangereuse épingle, au lieu le plus haut, un quart d'heure avant l'instant fatal. Il se gare au bas d'un petit rail de terre, quitte le siège et, nez au vent, regarde dans le vide, juste au-dessus de leur paradis.

Et il pense devenir dingue : là-bas, sur l'eau, il distingue le kayak bleu, le sien, Ève et lui pagayant à vive allure. Plus en retrait, un autre kayak. Et un autre, invisible esquif jaune, vers Banyuls... D'autres Greg, d'autres Ève, en équilibre sur le fil du rêve. Il pense « spirale », « infini », « éternité », regarde dans le vide, agrippé aux herbes. Stupeur. Il est aussi en bas, assis sur les galets, à attiser un feu. Ève éventre un petit paquet de gâteaux salés.

Il se redresse, titube presque quand il fixe le van vert qui file à vive allure, à l'assaut de l'épingle. Par la vitre, l'autre lui le dévisage, un avatar en retard, venu quérir la vérité, une réplique parfaite qui ne se sent pas dériver sur l'asphalte et qui braque d'un grand geste afin de ne pas heurter un utilitaire gris en sens inverse. Le vieux van vire et dévale la pente. Greg hurle juste avant que l'engin et l'autre lui à l'intérieur le frappent en pleine tête et disparaissent dans le néant. Il est 19 heures.

*

A vint rejoindre le cercle des lettres assassinées. Donc, ni c, ni o, ni m, ni a. Il n'en resta plus que vingt-deux.

— Une petite fée vient te réveiller !
Délire. Sueur. Persienne, lueur. Inspiré. Une lettre interdite, une de plus.
Sinistre destin. Juste éveillé, Greg est désespéré, il ne peut plus penser, les lettres interdites l'enlisent, brûlent ses sens. Et Ève qui s'énerve, qui hurle depuis

l'extérieur. Il se lève, titube vers les persiennes, se sent vide, plus d'énergie. Respirer devient une épreuve. Ève tire seule le frêle esquif sur l'herbe entre les vignes. D'un dernier geste désespéré, Greg renverse le lis, brise le verre de vin tiède, bute sur le siège, ne peut siffler ni susurrer, préfère s'étendre, s'éteindre. Une lueur surgit, l'ensevelit, il est bien, il est prêt, l'esprit libre, enfin, les yeux fixés sur le tunnel qui peut se diluer.

*

C-O-M-A.

Greg s'était pourtant battu, Ève l'avait senti. Il avait été là, tout proche de la frontière, les appareils de mesure en avaient témoigné. À chaque heure passée, il s'était enfoncé davantage dans l'obscurité, prisonnier de son propre corps. Dans la chambre d'hôpital, elle avait crié de toutes ses forces à l'annonce du décès. Polytraumatisé, son fiancé n'avait pas survécu à son accident de voiture. Chaque lettre se détachait précisément de l'esprit d'Ève : Greg ne s'en était pas sorti.

Il avait rejoint leur paradis.

Double Je

En quête de corps

L'ombre s'arrête au milieu de la chambre, les bras le long du corps, un couteau à lame noire dans la main droite. Elle aimerait rester là, silencieuse, à regarder ce lit à travers ces dizaines, ces centaines de reflets renvoyés par les grands miroirs, à jouir de la situation. Mais la colère reprend le dessus. Alors, d'un pas décidé, elle s'avance et se jette sur les draps, tel un léopard à l'assaut de sa proie. La lame noire pénètre sans mal la peau puis la chair, tandis qu'un liquide chaud et rouge vif se répand doucement sur la soie.

Quelque chose flottait dans l'air lorsque Eulalie prit place derrière sa pile de paperasse. Ce genre de calme troublant qu'on peut ressentir sur une mer d'huile, juste avant que la tempête arrive et emporte tout sur son passage.

L'ouragan débarqua à 8 h 47, en ce pâle matin d'automne. Il se matérialisa en un visage : celui d'un homme d'une quarantaine d'années, cheveux noirs en pétard, mal rasé, les paupières lourdes sur des yeux dont l'un était bleu et l'autre gris pierre. Sa main droite était couverte de sang séché, rouge-brun, tout comme le col de sa chemise beige chiffonnée qui dépassait de son pantalon. L'individu était accompagné d'Hervé Mandrieux, gardien de la paix et néanmoins collègue de la jeune lieutenant de police.

— Il n'a rien voulu me dire, il ne veut parler qu'à un officier de police judiciaire.

Aucune agressivité n'émanait de l'homme. Ses mains tricotaient nerveusement, donnant à son allure générale, à cette carrure élancée, une aura embarrassante.

— Très bien. Asseyez-vous.

Elle suggéra à Hervé, d'un geste convenu, de l'attendre dans le couloir. L'individu tira la chaise et s'y installa. Il ne savait visiblement pas où mettre ses mains, alors il les posa à plat sur ses genoux. Eulalie prit, elle, une position plus assurée, poings regroupés sous le menton, buste penché vers l'avant. Son regard balaya le visage de l'inconnu avant de se fixer sur l'œil bleu. Ces yeux vairons mettaient mal à l'aise.

— Comment vous appelez-vous ?

— Ganel Todanais. Je suis venu ici tout de suite, je n'ai pas perdu de temps. Je ne voulais pas que vous croyiez que... que je cherche à fuir quelque chose. J'assume complètement ce que j'ai fait.

— Et qu'est-ce que vous avez fait ?

Ganel écarta doucement un pan de sa veste et en sortit un étrange couteau fait d'un manche aux allures de colonne vertébrale et d'une lame noire en acier Damas, dont l'extrémité était ensanglantée.

— J'ai commis un meurtre.

Depuis le couloir où elle se tenait avec Hervé, Eulalie scrutait ce curieux visiteur. On ne pouvait pas encore parler de suspect puisque, jusqu'à preuve du contraire, il n'y avait pas encore de cadavre, et elle avait appris à ne pas tirer de conclusions hâtives, ayant vu défiler toutes sortes de frappadingues dans son bureau au fil des années. Il n'empêche que Ganel frottait le sang sur sa peau à l'aide d'un mouchoir méticuleusement humidifié du bout de sa langue. Hervé, tout à son observation de l'étrange couteau à travers le sachet à scellés, n'en revenait pas.

— Je n'ai jamais vu une telle arme. On dirait une œuvre d'art. C'est peu commun.

— On la garde au chaud dans ton bureau pour le moment. Tu pars avec une équipe à l'adresse que l'individu nous a fournie, 8, rue La Bruyère, Montrouge : c'est le domicile d'un homme du nom de Natan de Galois. C'est là-bas, dans une chambre, qu'aurait eu lieu le crime.

— Natan de Galois ? L'artiste ?

Eulalie avait parfois l'impression de débarquer d'une autre planète. Il faut dire que son univers se résumait à la course à pied pratiquée de façon obsessionnelle, à son chat persan et à son travail. Elle pouvait tenir un discours d'une heure sur les caractéristiques techniques d'une balle 9 mm Parabellum, mais tout le reste lui passait au-dessus de la tête, surtout depuis qu'elle s'était décidée à préparer le marathon de Berlin en s'astreignant à une discipline de vie toute germanique.

— Excuse-moi, mais… je ne vois pas.

— Moi non plus à vrai dire, répliqua Hervé. Je sais juste que c'est un artisan d'art dont on parle pas mal ces temps-ci dans les médias. Il expose au Palais de Tokyo.

— Tu me vérifies tout ça. Si notre homme dit la vérité, l'exposition risque de devenir posthume. Ah oui, et aussi, il a donné le numéro de sa femme pour qu'on la prévienne.

Elle lui tendit un papier qu'il glissa dans sa poche.

— Si toutes les affaires pouvaient être aussi simples, souffla-t-il. On a l'assassin avant même d'avoir la victime. T'as déjà vu ça au cours de tes dix années de carrière ?

Eulalie lui adressa un sourire tout en posant la main sur la poignée de porte.

— Mes interminables années de carrière me disent surtout de ne pas me fier aux apparences. En matière de meurtre, rien n'est jamais aussi simple qu'il n'y paraît.

Elle retourna dans son bureau et ferma derrière elle. Ganel observait les différentes médailles et coupes suspendues au-dessus de la grosse armoire métallique regorgeant de dossiers criminels.

— C'est votre tableau de chasse ?

Eulalie reprit place face à lui. Puisqu'il était visiblement venu se livrer, elle décida de ne pas se montrer trop sèche. Le but était de le faire parler, pas de le bloquer ou de le faire se rétracter.

— Oui. Je ne sais plus où les stocker chez moi, alors je les rapporte ici. Les fabricants de coupes devraient penser à l'espace que ça prend quand ils...

— Je parlais des dossiers, la coupa-t-il. Vous avez mené toutes ces affaires criminelles à terme ?

Eulalie ouvrit un carnet devant elle et prit un stylo.

— Non, bien sûr que non, pas mal de dossiers sont encore en cours. Et puis, c'est un travail d'équipe, vous savez, je ne suis pas seule à enquêter. Bon, en attendant la constatation sur place par mes collègues, si vous m'expliquiez exactement ce qui s'est passé ?

Ganel chiffonna le mouchoir ensanglanté posé devant lui et le jeta dans la corbeille à papier.

— C'est une longue histoire.

— On a le temps.

— Pour que vous compreniez bien, il faut que je vous raconte depuis le début. Ça a commencé il y a un mois et demi environ...

L'atelier de Ganel manquait de lumière naturelle. Seul un petit soupirail circulaire, situé à un mètre cinquante du sol, apportait un éclat de vie vers la fin de journée et atténuait l'agressivité des néons. Dans cet espace au plafond trop bas où se mêlaient les odeurs de métaux chauds, de plastique fondu, de cire et de plâtre, se succédaient divers plans de travail – espace pour la préparation des plumes, des couteaux –, des établis chargés de tenailles, de scies, des étagères alourdies d'objets hétéroclites. À un crochet pendaient des bois de cerf, liés entre eux par des cordes. Le long d'autres parois, on trouvait une imprimante 3D, un four, un coin miroir et verre, un réduit de stockage. Et à l'endroit le plus sombre de la pièce, un semblant de lieu de vie : un lit d'appoint, une cabine de douche, un réchaud à gaz et une montagne de vêtements.

Ganel se tenait assis face à son écran d'ordinateur où tournait de façon tridimensionnelle ce qui ressemblait grossièrement à un vase éventré. D'une main il prenait des notes, traçait des courbes, crayonnait des motifs et, de l'autre, il malmenait sa chevelure hirsute. Plongé dans son monde, il n'entendit pas sa femme arriver. Ariane posa devant lui une tasse de café fort et observa l'écran.

— Ça ne fonctionne toujours pas ?

— J'ai encore des problèmes entre l'analyse sonore et la modélisation 3D. Je n'arrive pas à refermer la structure. Ce qui devrait être un vase n'est rien d'autre qu'un... « truc » qui a l'air d'avoir été fendu par un coup de sabre.

Il ne la regarda même pas, obnubilé par ses calculs. Ariane aurait pourtant retourné le cœur de n'importe quel homme, avec son visage qui semblait avoir été ciselé par des maîtres d'art. Le verrier pour la transparence et la pureté de ses grands yeux clairs. Le polisseur pour la douceur de ses pommettes hautes. Le calligraphe pour le tracé précis de son nez droit et l'éclat de velours de ses lèvres.

— Je vais arrêter mes recherches, lâcha finalement Ganel. Ça ne fonctionnera jamais.

Ariane plaqua un dépliant à côté de la tasse de café.

— Si, ça fonctionnera, j'en suis sûre. J'aimerais d'ailleurs que tu participes à ce prix.

Vous êtes artisan ? Vous alliez savoir-faire, créativité et innovation ?

Participez au grand prix 2016 de l'excellence du Palais de Tokyo.

Ganel lut jusqu'au bout et secoua la tête.

— Un prix ? Non, non. Ce n'est pas pour moi. Ça ne marchera jamais. Et puis, je suis bien ici, dans mon atelier. Je m'en fiche, d'être reconnu ou pas.

— Ce n'est pas la question. Tes œuvres sont sublimes, Ganel. Tu innoves, inventes, tu associes le burin ou le ciseau à bois à l'ordinateur et l'imprimante 3D. Tu réussis à repousser les limites de la création. Exactement ce qu'ils recherchent pour ce prix !

— Peut-être, mais…

— Tes trouvailles, elles ont besoin de vivre hors de ces quatre murs, de respirer au lieu de s'entasser inutilement. C'est le regard des gens qui leur donnera une raison d'être et qui, à toi, te permettra d'exister. Promets-moi d'y réfléchir. Ce que tu es en train d'essayer de créer avec ces vases, c'est unique, ça mérite d'être connu, reconnu, tu entends ? Tu DOIS aller au bout de tout ça.

Elle l'embrassa brièvement sur la joue et l'abandonna à ses réflexions. Ganel fixa cette modélisation de vase déchiqueté tournant sur lui-même. Ariane avait sans doute raison, ils n'allaient pas pouvoir vivre indéfiniment de cette façon tous les deux, elle d'un côté, subventionnant ses éclairs de génie sans compter, et lui de l'autre, entassant ses créations, dormant un soir sur deux dans son atelier.

Il s'empara du dépliant. La sélection pour le prix était dans moins d'un mois. Vingt-huit jours pour mettre au point son procédé. C'était jouable. En retournant le prospectus, il découvrit une autre annonce du Palais de Tokyo :

Venez visiter l'exposition de Natan de Galois, alliant savoir-faire ancestral et nouvelles technologies. Ou quand l'intelligence de la main s'associe au circuit imprimé.

Intrigué, Ganel enfila sa veste et quitta son antre, le papier serré dans son poing.

Quand il lui arrivait de mettre le nez dehors, Ganel aimait aller au Palais de Tokyo, l'un des plus grands centres d'art contemporain d'Europe. Cela faisait presque quatre-vingts ans que le bâtiment avait transformé ses milliers de mètres carrés endormis en une œuvre vivante, mouvante comme l'art et peuplée d'artistes qui, au détour d'un couloir, dessinaient sur ses murs, bâtissaient, creusaient. C'était un espace hors du temps, un créateur de désordre, libre et insolent, où l'on exhortait le visiteur à se perdre.

Ganel paya son entrée et se rendit directement dans la salle consacrée à l'exposition de Natan de Galois. « Double Je », avait-on cru bon de titrer. Il avait déjà entendu parler de cet artiste qui vivait lui aussi à Montrouge et dont la cote avait grimpé en flèche ces deux dernières années, mais il n'avait encore jamais eu l'occasion de voir l'une de ses créations.

C'était visiblement l'attraction du moment. Les visiteurs étaient plus nombreux dans cette salle qu'ailleurs. Quand il y pénétra à son tour, Ganel fut déstabilisé par la dizaine d'œuvres qu'il découvrit. Il s'agissait d'objets ressemblant fort aux siens, bien que moins torturés, moins sinueux, et composés de matières plus nobles : lampes inspirées de l'anneau de Möbius, bancs en structure de nid d'abeilles, cabine d'essayage pareille à une main se refermant sur son occupant, miroirs multiples où les reflets se dédoublaient, le tout fabriqué grâce à un procédé moderne puisque au centre de cet échantillonnage singulier trônait une imprimante 3D dernier cri.

Les points communs avec son propre travail étaient flagrants. À l'aide de son téléphone portable, Ganel prit des photos pour les montrer à Ariane et ressentit alors une immense vague d'angoisse. Un autre avait eu la même idée que lui : allier art contemporain et technologie 3D. Leur seule différence : Ganel vivait reclus au fond de son atelier, tandis que Natan de Galois s'exposait au monde, était considéré comme un inventeur talentueux, un génie. Ganel ne l'enviait pas, ne lui en voulait pas, c'était surtout à lui-même qu'il en voulait. Parce qu'il se sentit soudain inutile, dépassé. À quoi bon s'échiner à créer des choses qui existaient déjà ?

— Sublime, n'est-ce pas ?

Ganel se tourna vers l'homme qui l'abordait et se présentait à lui, une main tendue. Il rangea discrètement son téléphone.

— Je suis Patrick Lonnay, le commissaire de l'exposition. Vous êtes déjà venu admirer ces œuvres, il me semble.

— Non. C'est la première fois.

Lonnay était un homme élégant, cheveux poivre et sel, nœud papillon et veste anthracite.

— Ah, je croyais vous avoir déjà vu ici. Natan de Galois doit passer dans l'après-midi, peut-être voudriez-vous le rencontrer ?

— Ça ira, merci.

Et Ganel disparut, gêné, presque honteux, plantant là Lonnay sans même le saluer.

Natan de Galois arriva deux heures plus tard, avec ses allures de type branché insupportable : lunettes de soleil qu'il ne quittait jamais en public, cheveux sombres dépassant négligemment d'un bonnet en alpaga, blazer, jean usé jusqu'à la corde et sneakers. Avec sa démarche ample et son attitude nonchalante, on avait là le prototype du quarantenaire bien dans ses pompes et légèrement arrogant. Il fit une grande accolade à Patrick Lonnay avant de l'emmener à l'écart. Les regards des visiteurs se tournèrent alors vers lui. Il aimait ça.

— J'ai une grande nouvelle, confia-t-il d'une voix chantante. D'ici quelques jours, je serai en mesure de te présenter mon nouveau travail, quelque chose qui va beaucoup te plaire et que l'on pourra intégrer à l'exposition.

— Tu m'en dis plus ?

Natan se retourna brièvement, scrutant les personnes derrière lui. Puis il posa un index sur ses lèvres.

— Top secret pour le moment.

Il se dirigea vers une belle femme qui observait la cabine d'essayage. Il l'aborda avec panache, lui expliqua la technique de fabrication utilisée, la séduisit en quelques mots. Mais il s'interrompit au milieu d'une phrase, le regard rivé vers un miroir qui dédoublait la lumière en vert et rouge, donnant une impression de 3D dérangeante. Un individu l'observait, à demi embusqué derrière une cloison.

— Un problème ? fit la visiteuse en constatant son trouble.

Lorsque Natan se retourna, la silhouette avait disparu. Il resta dubitatif quelques secondes, puis s'efforça de sourire.

— Non. C'est juste un énième *stalker*. Ils sont nombreux, vous savez, à me jalouser et essayer de me voler mes idées.

Du fin fond de son atelier, Ganel cria aussi fort qu'il le put, tout en fixant l'écran de son ordinateur. La structure tridimensionnelle changea de forme, se rétracta sur elle-même, mais garda l'apparence d'un vase. Le créateur n'en croyait pas ses yeux : son procédé fonctionnait, même dans les cas extrêmes. Trois semaines de travail acharné, de réflexions intenses, de remises en question durant lesquelles il n'avait presque pas fermé l'œil.

Il venait de mettre au point un système de fabrication d'objets 3D dont on pouvait modéliser la forme avec le son et l'intensité de la voix humaine. Il se tourna vers Ariane, qui tenait ses poings serrés contre ses lèvres.

— À toi l'honneur.
— Non, toi. C'est ton travail.

Comme un gamin trépignant, Ganel s'empressa alors d'enfoncer la touche « Entrée » de son clavier. Au bout de quelques minutes, un objet en résine blanc, en tout point identique à celui dessiné sur l'écran, sortit de l'imprimante 3D. Un vase dont la forme, la taille, le volume résultaient d'un cri.

Ariane prit l'objet dans ses mains comme on s'emparerait du Graal.

— Tu as réussi.

Ganel retourna vite à son ordinateur et émit d'autres sons avec sa gorge. Le vase modélisé par le logiciel s'étirait, sa base s'affinait ou s'élargissait selon les modulations sonores. Une demi-heure plus tard, trois vases de toutes formes se retrouvèrent alignés sur la table.

— Bon Dieu, Ariane, tu te rends compte ? Ça fonctionne, et les possibilités sont infinies ! La modulation par la voix va permettre de créer d'autres objets à la demande, suivant l'intensité et la tonalité des sons. Une sculpture réalisée en récitant des vers de La Fontaine... Des bouteilles de parfum façonnées par le chant de la Callas...

Ganel fourmillait déjà d'idées quant aux applications possibles de cette trouvaille. Il serra sa femme contre lui, fou de joie.

Ariane plongea son regard dans le sien.

— On va peut-être pouvoir mener de nouveau une vie normale, tous les deux ? Toi un peu plus hors de ces murs. Et moi un peu plus présente.

— Oui, oui, j'en suis sûr. Et... après la modulation sonore, on peut très bien imaginer la fabrique d'objets par les gestes qu'une caméra enregistrerait, et que le programme modéliserait en temps réel. C'est vertigineux. Tout ça va être possible, et le fait d'être exposé m'aiderait à développer mes idées encore plus vite. J'aurais les financements. Et c'est grâce à toi.

— Non, tout cela, c'est grâce à toi. Toi et toi seul. Il te manquait juste la confiance. Tu l'as, maintenant. Tu vas le gagner, ce prix.

Ganel fixa les photos des objets de Natan de Galois prises au Palais de Tokyo et recouvrant un pan de mur complet de son atelier. Il lui restait plus d'une semaine pour peaufiner les ultimes réglages et montrer de quoi il était capable.

— Tout ne fait que commencer, souffla-t-il avec un sourire.

Ganel se tenait debout dans un grand bureau au deuxième étage du Palais de Tokyo. Assis face à lui autour d'une table ronde siégeait un comité d'experts composé de trois femmes et de trois hommes dont Patrick Lonnay, le président du jury, qui se souvenait d'avoir brièvement discuté avec lui quelques semaines plus tôt.

L'artisan n'avait pas su comment s'habiller pour l'occasion, aussi avait-il loué un costume un peu trop ample pour lui et s'était-il rasé de frais. Il était le cinquième à passer, huit autres suivraient. La concurrence était rude, mais Ganel avait confiance.

« *Allons enfants de la patrie, le jour de gloire est arrivé...* »

Sur l'écran de son ordinateur portable, un vase de forme harmonieuse tournait sur lui-même, virtuellement façonné par les premières mesures de *La Marseillaise* que venait d'entonner son créateur. Le jury restait sans réaction et, à première vue, on ne pouvait pas dire qu'il paraissait emballé.

Pour dissiper le malaise, Ganel s'empressa de pointer l'objet sur l'écran.

— Je sais, cela est encore très virtuel, mais comme je vous le disais, il n'y a plus qu'à envoyer ce fichier à une imprimante 3D et, en quelques minutes seulement, vous obtenez l'objet modélisé dans l'une des matières acceptées par l'imprimante : poudre de polyamide, résine, alliages de métaux, cire, titane... Les objets fabriqués peuvent donc se prêter à tous types d'intérieurs et à tous les goûts. Vous disposez de ce genre d'imprimante 3D dans vos murs, il me semble. Nous pouvons tester en temps réel, si vous le voulez bien.

— Vous parlez de l'imprimante 3D qui fait partie de l'exposition consacrée à Natan de Galois, je suppose ? lâcha froidement Lonnay. Vous voulez utiliser *son* imprimante ?

Ganel hocha timidement la tête. Ses interlocuteurs se regardèrent, ahuris. Le membre du jury le plus à gauche sortit une cigarette de sa poche et se leva.

— Pourquoi ne pas prendre sa place, tant que vous y êtes ?

Et, visiblement blasé, l'homme disparut sans un regard pour Ganel.

Lonnay se courba vers la table et rabattit le capot de l'ordinateur portable.

— Reprenez votre PC et rentrez chez vous, monsieur. Et arrêtez de nous faire perdre notre temps. Notre journée est loin d'être terminée.

Ganel n'y comprenait rien, et il le signifia. Que se passait-il ? Pourquoi n'étaient-ils pas intéressés par son procédé ?

— Pourquoi ? Je vais vous le dire, moi, pourquoi.

Lonnay l'emmena deux étages plus bas, dans la salle où Ganel était venu un mois plus tôt. Un grand vase en cire, magnifique, trônait au milieu de l'exposition, juste en face d'un écran blanc sur lequel tournait une modélisation 3D. Un visiteur s'amusait à moduler la forme de l'objet virtuel avec sa voix. Devant le grand vase en cire était écrit : « Vase modulé au son de la voix et imprimé en cire d'abeille. »

— Voilà pourquoi, fit cruellement le commissaire de l'exposition. Ça fait une semaine que le procédé mis au point par Natan de Galois est exposé ici.

— Je peux avoir un verre d'eau, s'il vous plaît ?

Eulalie décrocha son regard de l'œil bleu et se leva de sa chaise. La bonbonne d'eau était dans le couloir, juste en face du bureau. Elle remplit un gobelet et revint dans la pièce. Ganel but d'une traite. Cela faisait plus d'une demi-heure qu'il déballait sa vie à cette flic qu'il ne connaissait même pas. La jeune femme regagna sa place pour relire les notes qu'elle avait prises.

— Donc, si j'ai bien compris, vous vivez… 6, rue Boileau à Montrouge, vous passez vos jours et vos nuits dans votre atelier où vous créez toutes sortes d'objets d'art, tout ça par le biais d'une technologie moderne d'impression 3D.

— Entre autres, oui. Je travaille aussi la plume, les métaux. Je crée des chapeaux, des masques, des couteaux… Celui dans le sachet en est un exemple. Le manche est fait d'un assemblage de moulages de vertèbres de serpent en argent, noirci avec un agent que j'ai importé d'Allemagne, le Pariser Oxid. La lame est parsemée d'éclats blancs de nickel et…

— Venons-en au fait, s'il vous plaît. En allant une première fois au Palais de Tokyo, vous vous rendez compte que Natan de Galois, un artiste réputé, fabrique le même genre d'objets que vous, et de la même façon. En y retournant une seconde fois pour le prix, un mois plus tard, avec un procédé complètement innovant nommé « La modulation d'objets par la voix »…

— Des vases… coupa-t-il. Pas des objets, mais des vases, dans un premier temps…

— Des vases, oui. Donc, en y retournant une seconde fois pour le prix, vous vous rendez compte que Galois vous précède. Lui aussi fabrique des vases, et exactement de la même façon. Avec la voix. C'est exact ?

— Oui.

— Et c'est pour cette raison que vous l'avez tué ? Parce que vous le soupçonniez de vous voler vos idées ?

Ganel s'empara d'un crayon à proximité, qu'il se mit à manipuler des deux mains, les yeux dans le vague.

— Je ne le soupçonnais pas. J'en étais certain.

Le téléphone d'Eulalie sonna. Elle s'excusa et sortit de la pièce. Cinq minutes plus tard, elle était de retour, le visage fermé et tenant le couteau sous scellés qu'elle avait récupéré dans le bureau d'Hervé. Elle reprit sa position, posant l'arme devant elle. Ganel pointa les trois dossards accrochés au mur juste derrière.

— Des nombres palindromiques...

Eulalie fronça les sourcils, se retourna puis revint vers son interlocuteur, l'air interrogateur.

— 88, 808 et 1001, poursuivit Ganel. Ce sont des nombres palindromiques, que l'on peut lire aussi bien à l'endroit qu'à l'envers. Et ceux-là ont même une caractéristique supplémentaire, ils ne changent pas si vous les lisez dans un miroir.

Eulalie n'avait jamais remarqué cette curiosité. Elle referma son carnet et posa son stylo dessus d'un geste ferme.

— Monsieur, nous ne sommes pas là pour parler de mes dossards. Vous avez confirmé à nos équipes avoir tué Natan de Galois dans la chambre de son domicile, rue La Bruyère, Montrouge, avec ce couteau. Est-ce exact ?

— Oui. C'est exact.

— Comment ça s'est passé ?

— Je suis entré chez lui aux alentours de 5 heures du matin, il dormait. Je l'ai attaché au lit, je l'ai torturé pour qu'il crie. Il fallait qu'il crie. Ça a duré pas mal de temps. Puis... (il désigna le couteau) je l'ai poignardé dans le foie. Comme ça.

Il mima le geste de sa main droite.

— Et il est mort sur le coup ? demanda Eulalie.

— Il ne bougeait plus, ne respirait plus. J'ai supposé qu'il était mort.

Ses mains se mirent à trembler.

— Quand... Quand j'ai terminé, je suis venu directement ici. Je vous l'ai dit.

— Mes collègues viennent de m'appeler. Ils sont au domicile de Natan de Galois. Ils n'ont constaté aucune trace d'effraction sur la porte d'entrée. Comment vous êtes-vous introduit chez lui ?

— Ma femme Ariane possédait un double de ses clés.

— Votre femme ?

— Oui, je peux vous expliquer si vous me laissez continuer.

— Vous le ferez, ne vous inquiétez pas, dès que mes collègues seront de retour pour me donner toutes les informations dont j'ai besoin. Parce que, selon leurs dires, dans la chambre, il y a bien du sang sur les draps, des liens mais, visiblement, il n'y a pas de corps.

Dans le couloir du commissariat, Eulalie faisait défiler les photos sur l'appareil numérique d'Hervé. Le brigadier avait pris une trentaine de clichés de la chambre de Natan de Galois, un espace de vie mi-baroque, mi-science-fiction, avec des miroirs du sol au plafond, un lit à baldaquin, une coiffeuse, un paravent qui séparait l'espace du reste du loft. Elle remarqua la présence de cinq vases aux formes tourmentées et peu harmonieuses, posés dans un renfoncement au-dessus de la tête de lit. Les draps étaient ensanglantés, deux foulards étaient attachés aux montants.

Hervé lui fit un topo :

— On a fouillé le loft. C'est, comment dire, *spécial*. Canapé en parpaings, un cabinet de curiosités, des anneaux suspendus… Il y a aussi un garage dément qui rend très jaloux l'amateur de belles carrosseries que je suis.

Il lui montra d'autres photos.

— Ford Capri MK1 de 1971 grise et customisée, cabriolet Mazda MX-5 avec dessin en cuir gaufré sur le capot et, comme tu peux voir, c'est glauque, moto Suzuki GSX-R 1100 avec des plumes sur le carénage, des Mobylette, des vélos.

Eulalie fit défiler les clichés. Sur le capot du cabriolet, le dessin d'un homme écorché et sautant à la corde. Ce garage et son contenu étaient d'une beauté déstabilisante.

— Et pour finir, le grand atelier où Galois fabrique ses objets, poursuivit Hervé. On n'a pas trouvé de corps. Mais tout indique qu'il a disparu. Pendant qu'on prenait des photos, le téléphone fixe a sonné, l'interlocuteur a laissé un message et on l'a rappelé. Visiblement, Galois avait un rendez-vous très important ce matin avec un fournisseur qu'il n'a pas honoré.

— Vous avez contacté les hôpitaux du coin ?
— Oui. On a fait chou blanc pour le moment.
— Et sa femme ?

— Je l'ai appelée. Elle est au nord de Paris, elle travaille dans le prêt-à-porter. Avec la circulation, elle ne sera pas là avant une heure ou deux.

Hervé sortit une brochure de sa poche et la lui tendit.

— C'était dans la chambre de Galois. Une pub pour son exposition.

Eulalie jeta un œil au dépliant cartonné. Sur la première page, il y avait une photo de Natan de Galois, souriant, une partie de son visage mangée par ses grandes lunettes de soleil. Des allures d'icône du rock. À l'intérieur du prospectus, on voyait les différents objets et procédés dont Ganel venait de lui parler : les bancs, la cabine d'essayage, l'imprimante, l'écran blanc avec la modélisation... Elle s'arrêta sur les vases et les compara avec ceux pris en photo dans la chambre. Les vases de l'exposition étaient harmonieux, contrairement à ceux situés au-dessus du lit de Galois.

Eulalie lorgna vers son bureau. Ganel dessinait un labyrinthe sur une feuille. Il avait recouvré son calme et semblait isolé dans une bulle, cependant il suait anormalement. Elle regarda en direction des dossards. Désormais, ce qu'avait remarqué Ganel, ces nombres miroirs et palindromiques, lui sautait aux yeux. Curieusement, elle ressentit comme un malaise. Ce type venu se livrer, ces histoires de plagiat, l'absence de corps... L'affaire se révélait complexe. Ses yeux revinrent sur le dépliant. À la page suivante, d'autres objets de l'exposition étaient mis en valeur et, parmi eux, le fameux couteau. Cette arme qui, en ce moment même, trônait sur son bureau.

— Troublant, n'est-ce pas ? fit Hervé. Les deux couteaux ont l'air semblables. Je viens d'appeler le Palais de Tokyo. Natan de Galois a ajouté cet objet à son exposition il y a une semaine.

Eulalie essayait d'actionner sérieusement ses méninges. Deux couteaux identiques, une scène de crime sans corps... Pour une journée qui devait s'annoncer tranquille, c'était mal parti.

— Notre individu me raconte depuis tout à l'heure que Natan de Galois copie son travail, résuma-t-elle. Si on suit sa logique, il aurait fabriqué ce couteau, et Galois l'aurait copié puis exposé ?

Le regard d'Hervé croisa celui de Ganel.

— Qui te dit qu'il ne te ment pas ? Et si c'était plutôt lui, le copieur ? S'il avait simplement tué l'autre par jalousie ? Parce que Galois possède tout, le talent, la reconnaissance, et que lui n'a rien. Classique.

— Ça n'explique pas l'absence de corps.

— Il l'a peut-être caché ?

Eulalie réfléchit quelques secondes.

— Bon... Tu m'imprimes ces photos, puis tu me récupères ce couteau au Palais de Tokyo. En même temps, tu te rencardes sur Todanais. Il habite au 6, rue Boileau, à Montrouge. Je veux tout savoir sur ce type.

— La rue Boileau ? C'est juste derrière la rue La Bruyère, celle où se trouve le loft de Galois.

— Des presque voisins, donc... Intéressant.

— Tu ne le places pas en garde à vue ?

— Pour l'instant, il parle, il est conciliant. J'aimerais d'abord creuser un peu et écouter ce qu'il a à me raconter. Ensuite, j'aviserai.

Sur ces mots, Eulalie retourna dans la fosse aux lions.

Elle considéra le labyrinthe que venait de griffonner Ganel en une poignée de minutes. Il prenait toute la page et paraissait d'une complexité absolue. Décidément, cet homme ne manquait ni d'inspiration ni de talent. Au centre du dédale, piégé entre les murs, on voyait un gros tourbillon noir.

— Ce gribouillis, c'est le Minotaure ? hasarda Eulalie pour renouer le dialogue.

— Le Minotaure, le monstre, appelez-le comme vous voulez. Celui qui se cache en chacun d'entre nous et qui cherche à sortir du labyrinthe du subconscient en permanence. Quand il réussit à sortir…

Il hocha le menton vers le couteau.

— Galois a le même genre de labyrinthe tatoué sur l'épaule droite, ajouta-t-il. En moins complexe, évidemment. Une pâle copie, là encore.

— Comment vous le savez ?

— Est-ce que vous avez retrouvé le corps ? Peut-être que ce sale voleur d'idées n'était pas complètement mort, après tout. Et qu'il a réussi à se traîner comme une limace pour appeler les secours.

Ganel parlait d'une manière soudain plus détachée, assurée. Eulalie recadra la discussion d'un ton résolu :

— Vous ne m'avez pas dit que vous étiez presque voisins.

— Vous ne me l'avez pas demandé.

— Vous vous croisiez souvent, je présume ?
— Jamais. Je sors très peu de chez moi.
— Qui s'est installé le premier à Montrouge ? Lui ou vous ?
— Je n'en sais rien. J'habite là-bas depuis trois ans.
— Où est le corps ?
— Je l'ignore, je viens de vous le dire.

Elle fixa le labyrinthe, puis revint vers son interlocuteur.

— Ariane, votre femme… Vous me disiez qu'elle possédait un double des clés du domicile de Galois. Vous m'expliquez ?

Il épongea la sueur sur son front en grimaçant.

— Je ne suis pas rentré chez moi après la débâcle au Palais de Tokyo. J'étais au plus mal, traversé d'idées noires. J'imaginais Galois découpé façon puzzle, avec chaque morceau fusionné dans l'acier…

Eulalie nota mentalement qu'il faudrait penser à chercher des restes de corps, plutôt qu'un corps complet. Au vu de son esprit qui paraissait diablement tordu, Todanais avait peut-être découpé son ennemi dans son atelier pour en faire une œuvre d'art.

— J'ai erré dans les rues de Paris, j'ai bu pour apaiser ma colère, poursuivit Ganel. Ma femme a essayé de me joindre par téléphone, j'ai juste répondu que c'était fichu, que ce prix, je ne l'aurais jamais… que j'avais besoin de rester seul… J'avais beau essayer de me calmer, j'en voulais toujours à mort à ce type. Il fallait que je comprenne comment il avait réussi à me copier depuis des mois. Il devait être aux alentours de

22 heures, ce soir-là, quand j'ai voulu me rendre à son domicile pour avoir une explication franche avec lui.

Il regarda la pluie qui s'était mise à crépiter contre la vitre.

— Il faisait noir quand je me suis engagé dans sa rue, située juste derrière la mienne, comme vous l'avez signalé. À une dizaine de mètres devant moi, se tenait une silhouette se détachant dans l'obscurité : c'était Ariane. Qu'est-ce qu'elle fichait là ? Je me suis caché. Et je l'ai vue sortir une clé de sa poche pour entrer dans le domicile de Galois. J'ai eu un tel choc que… que…

Il n'arrivait plus à trouver ses mots, s'agitait de nouveau. Eulalie se leva et alluma la lumière. Le ciel s'était obscurci à une vitesse impressionnante.

— Que… ? fit-elle en revenant s'asseoir.

— … Je ne sais pas, j'ai eu un gros trou noir. Ça m'arrive souvent, ces problèmes de mémoire. Bref, ma montre avait fait un bond de deux heures dans le temps. J'ai dû m'évanouir dans un coin, un truc dans le genre. J'étais tellement anéanti. C'est donc vers minuit que… que j'ai suivi les traces de ma femme. Que je me suis glissé chez Natan de Galois sans un bruit. Ariane n'avait pas verrouillé la porte derrière elle.

Par les jeux de miroirs, les deux corps trempés par l'effort et le plaisir se reflétaient à l'infini. Des masses pâles, en fusion, entortillées dans les draps, jambes et bras mêlés jouant avec les lumières et les ombres. Les muscles saillaient dans le dos de Natan, le labyrinthe se déformait sur son épaule, s'étirait, se contractait comme si on l'observait à travers un liquide. L'homme se tordit dans une ultime étreinte et s'affala sur le lit, en même temps que ses multiples reflets. Ariane retomba elle aussi sur le dos, essoufflée, les bras rejetés vers l'arrière. Elle mit quelques minutes à reprendre ses esprits puis sortit des draps et se rhabilla rapidement.

Natan s'assit à ses côtés au bord du lit.

— Tu es belle. Belle de mille et une façons. Chaque reflet de toi a l'air différent. J'aimerais tous les posséder.

Elle adorait cette manière qu'il avait de la regarder. Ses yeux qu'il cachait si souvent derrière ses lunettes avaient tellement à raconter. Elle songea soudain aux déboires de Ganel. Elle n'aurait jamais dû l'inscrire à ce concours.

Elle caressa la nuque noueuse de Natan.

— Je te sens tendu ces temps-ci, dit-elle. Ton exposition cartonne, ta cote n'a jamais été aussi haute. Qu'est-ce qui te tracasse ?

À travers les innombrables reflets d'un miroir, Natan fixait le rail d'ombre, entre le chambranle et la porte entrouverte. Il avait l'impression qu'une forme se tortillait derrière, noyée dans l'obscurité. Il enfila sa robe de chambre.

— La porte... tu ne l'avais pas fermée ? Je crois qu'il y a quelqu'un. On nous observe.

Ariane jeta un œil dans la même direction que lui.

— Non, il n'y a personne.

— Ne bouge pas.

Il se leva, une statuette en bronze serrée dans une main, et sortit de la chambre. Ariane le rejoignit aux portes de son atelier, à l'étage en dessous. Il avait allumé toutes les lumières. De grandes vitres donnaient sur une arrière-cour pavée et verdoyante, éclairée par des spots. L'espace était clair et dégagé, avec de hauts plafonds, des plans de travail propres, des machines neuves. Les objets d'art, fabriqués ou en cours de fabrication, se faisaient discrets.

— Il est venu ici, j'en suis sûr.
— Le fantôme ?
— Oui... Il me suit depuis des semaines. Dans les rues, au Palais de Tokyo. Il entre chez moi maintenant. Depuis qu'il... qu'il est là, je perds mes moyens, je n'arrive plus à travailler dans de bonnes conditions ni à créer. Et tu sais ce qui se passera si je n'arrive plus à...

Il posa la statuette et fixa ses mains ouvertes devant lui.

— Je vais mourir à petit feu... Qu'est-ce qu'il veut, Ariane ? Me détruire ? Et qui est-il ?

Natan se frottait les épaules, frigorifié, observant son propre reflet dans un miroir. Ariane se tenait juste derrière, le visage plongé dans l'ombre. Elle ne savait plus comment réagir à la détresse de son amant.

— Personne ne cherche à te détruire, d'accord ? Tu dois arrêter d'imaginer des choses qui n'existent pas et te concentrer sur ton travail. C'est le plus important. Tu vas la retrouver, ton inspiration, comme ça a toujours été le cas. N'as-tu pas inventé un procédé magique qui cartonne ?

— Grâce à toi... ma muse.
— Allez, il faut que j'y aille.

— Tu vas rejoindre ton mari, soupira-t-il. Cet homme que je ne croiserai jamais. Pourquoi tu ne me parles pas de lui ?

— Parce que je n'en ai pas envie quand je suis avec toi.

Un quart d'heure plus tard, ils sortirent tous deux, discrètement, elle dans une direction, lui dans une autre. Natan avait besoin de marcher dans la nuit.

Ganel se retrouva seul chez Galois. Seul et sali, bafoué, trahi. Ariane… Comment avait-elle osé ? Il pénétra dans la chambre avec l'envie de tout brûler, de tout détruire. Même là, dans cet espace intime, la plupart des objets d'art étaient identiques aux siens. Les lampes, les tables, les tabourets… Galois lui avait donc tout subtilisé, y compris sa femme.

Il comprenait mieux à présent comment cet individu ignoble avait réussi à lui voler son travail. Qui mieux qu'Ariane aurait pu lui servir ? Et pis encore, c'était peut-être elle qui était à l'origine de tout. Elle était tombée amoureuse de lui alors qu'il n'était qu'un créateur anonyme, avait décidé de le faire sortir du labyrinthe, de le rendre célèbre, en lui transmettant des idées qui ne lui appartenaient pas.

Tout s'éclaira d'un coup. Elle l'avait encouragé, lui Ganel, à participer au prix du Palais de Tokyo pour qu'il n'abandonne pas ses recherches, pour qu'il mette au point son procédé et pour que Galois, enfin, puisse en tirer tous les bénéfices et attirer les projecteurs sur lui le temps de son exposition. Ganel fonça jusqu'à l'atelier, décidé à tout anéantir à coups de barre de fer.

Il se positionna en face de l'imprimante 3D, se prépara à cogner puis se ravisa.

Une idée sordide venait de germer dans son esprit.

Ganel n'était plus qu'une mygale recluse au fond de son terrier. Tout était noir autour de lui. Il avait obstrué le soupirail à l'aide de draps opaques. Des broderies pareilles à des nuages d'orage pendaient du plafond. Des photos sordides de scènes de crime hantaient les murs. Mosaïque de corps détruits, déchirés, gonflés, gisant dans des caniveaux, des baignoires, des terrains vagues. Des yeux vides, blancs, crevés, qui semblaient l'observer. Sur la grande table centrale, tout un arsenal en photo, du fléau d'armes médiéval à l'arbalète. Des visages d'assassins aussi. Edmund Kemper, Ted Bundy, John Wayne Gacy. Ces monstres avaient fait des dizaines de victimes dans des conditions abominables. L'imprimante 3D, quant à elle, avait craché tous types de formes bizarroïdes, résultant de modifications du programme de modélisation. Des fœtus bicéphales, des morceaux de placenta, des rates éclatées…

Ganel ciselait les ultimes détails d'un manche de couteau en argent. Quand il eut terminé son œuvre, il déverrouilla enfin la porte de son atelier. Il n'en était sorti qu'occasionnellement ces derniers temps et, malgré la volonté d'Ariane de comprendre ce qui lui arrivait et la raison de son mutisme, il n'avait rien lâché.

Ce qu'elle découvrit en entrant cette fois-là dans la pièce la heurta profondément. Qu'était donc devenu l'homme qui partageait sa vie ? Dans quels abysses avait-il sombré ? Tout n'était plus que désordre et destruction. L'atelier sentait la mort à plein nez, et elle avait l'impression de ne rien pouvoir y faire.

— Seigneur, Ganel, explique-moi ! Explique-moi seulement ce qui se passe !

Mais Ganel ne dit rien, il ne la regarda même pas. Il enfila son blouson et sortit, la plantant au milieu de ce musée des horreurs. Ariane s'avança doucement. Ganel soupçonnait-il quelque chose ? Les odeurs de cire chaude, de métaux fondus avaient laissé place à celles de la nourriture rance de boîtes de conserve ouvertes et entassées dans un coin.

Son regard fut attiré par un scintillement. Elle s'approcha et découvrit alors, posée sur un morceau de lin, une création d'une beauté exceptionnelle. Un couteau au manche composé à partir d'un moulage de vertèbres de serpent et à lame en acier Damas, qui concentrait à lui seul tout le génie de Ganel. Un objet de mort qui rayonnait de vie et de lumière.

Elle le prit délicatement entre ses mains, oubliant vite les ténèbres qui l'entouraient.

Les appareils photo crépitaient. Le Tout-Paris se ruait à l'exposition de Galois, on se bousculait devant ces vases que la voix seule pouvait fabriquer. Au centre du grand espace, proche de l'imprimante, trônait désormais un couteau en acier Damas, flamboyant, presque hors sujet. Mais Galois aimait repousser les frontières et outrepasser les règles.

— Tout n'est que précision et travail, expliqua-t-il aux personnes qui s'amassaient autour de lui. Ce couteau représente la dualité, la modernité associée à l'art plus ancien où s'exprime l'intelligence de la main.

— Comment vous viennent vos idées ? demanda quelqu'un.

— Le processus créatif n'est pas simple à expliquer. Les idées sont là, entassées au milieu du labyrinthe qu'est l'esprit. De temps en temps, l'une d'elles parvient à suivre le fil d'Ariane qui la mène à la sortie.

À travers ses lunettes, il observa le reflet d'Ariane dans un miroir. Elle se tenait discrètement en arrière-plan, le visage fermé. Il lui adressa un petit signe de la main, auquel elle répondit brièvement avant de faire demi-tour et de disparaître.

Elle aussi dissimulait son regard derrière des verres sombres. Elle pleurait...

Le récit de Ganel interpellait de plus en plus Eulalie. Il paraissait sincère dans ses explications mais, la plupart du temps, il réfléchissait longuement, revenait en arrière, ne se rappelait plus précisément les détails, la chronologie, à cause de ses prétendus problèmes de mémoire. Et en plus de suer abondamment, son visage blêmissait à vue d'œil.

— Vous êtes sûr que vous allez bien ?

— Comme quelqu'un qui a commis un meurtre.

Elle désigna le sachet contenant le couteau.

— En fabriquant cet objet, vous saviez pertinemment que votre femme allait en parler à Galois, qu'il allait le reproduire, l'exposer et en tirer une certaine gloire. Pourquoi avoir fait une chose pareille ?

— En copiant mon arme, il créait l'objet de sa propre mort, il se détruisait finalement lui-même sans le savoir. Je trouvais ça beau. Il a bien compris ma démarche, quand je le lui ai enfoncé dans le foie.

— Comment expliquez-vous qu'il ait reproduit exactement le même couteau que le vôtre ?

— Je ne sais pas. Je modélise toujours mes objets avec des dessins réalisés à l'ordinateur. Je suppose qu'Ariane a photocopié mes prototypes et les a apportés à Galois.

Eulalie avait hâte d'entendre la version de l'histoire qu'Ariane Todanais lui exposerait bientôt. À quel double jeu jouait-elle ? La flic avait l'impression que quelque chose lui échappait, mais quoi ? Elle repassa à l'attaque et poussa les photos de la prétendue scène de crime vers Ganel.

— Ces vases, au-dessus du lit de Galois, déformés, tortueux... Rien à voir avec ceux présents sur le dépliant de l'exposition... J'ai l'impression, d'après ce que vous me racontez, qu'ils correspondent davantage à votre travail qu'au sien.

Ganel prit une photo et la considéra longuement.

— Votre impression est bonne. J'ai enregistré ses hurlements quand je l'ai torturé, puis je suis allé dans son atelier tandis qu'il était encore attaché au lit. J'ai lancé l'impression des vases. L'ensemble a pris moins de vingt minutes. Je voulais que... tous les objets soient les spectateurs, les témoins de sa souffrance. Galois a vu cette lame de couteau le transpercer des centaines de fois dans les miroirs, il ne pouvait échapper à sa propre fin. Il devait l'affronter en face.

On frappa à la porte, et la tête d'Hervé apparut. Il fit signe à Eulalie de le rejoindre. Dans le couloir, il lui tendit le couteau récupéré au Palais de Tokyo.

— Le voilà. Le commissaire de l'exposition, ce Patrick Lonnay, était dans un sale état quand je lui ai expliqué les raisons de ma visite…

Eulalie observa l'objet avec attention. Elle le tourna dans tous les sens.

— Il y a quand même une différence entre les deux objets, fit-elle. Le poinçon, là… Ici, il est à gauche. Sur le couteau de Todanais, il est à droite.

— Ça dit juste que Todanais est droitier, et Galois gaucher. Ça ne nous aide pas vraiment. Par contre, j'ai une info intéressante : j'ai fait les recherches que tu m'as demandées sur Todanais. Rien dans l'état civil, rien du côté de la Sécurité sociale, les fichiers sont muets. On dirait bien que, d'un point de vue administratif, l'homme qui est assis dans ton bureau n'existe pas.

Eulalie essaya d'accueillir la nouvelle avec flegme, mais ça bouillait en elle. Qui était le type avec qui elle discutait depuis presque deux heures ?

— Et pour son adresse, tu as vérifié ?

— Là-dessus, il n'a pas menti. L'habitation du 6, rue Boileau à Montrouge est au nom de sa femme, Ariane Todanais.

— À condition qu'elle soit bien sa femme. Il n'a pas d'alliance. Au fait, comment elle a réagi quand tu lui as annoncé la nouvelle ?

— Pas bien... D'ailleurs, tu vas pouvoir lui demander toi-même.

Une femme s'avançait au bout du couloir. Eulalie hocha le menton vers la porte de son bureau.

— Reste avec lui, je m'occupe d'elle.

Ariane Todanais eut le temps d'apercevoir Ganel avant que la porte ne se ferme.

— Je veux voir mon mari ! Relâchez-le !

— Vous allez le voir, répliqua Eulalie calmement. Mais auparavant, j'aimerais vous parler seule à seule quelques minutes.

— Ganel est innocent, vous n'avez rien contre lui.

Eulalie lui posa une main dans le dos.

— Venez...

— Donc, vous ne saviez pas que votre mari était au courant pour Natan de Galois et vous ?

Ariane Todanais était beaucoup plus nerveuse que Ganel, elle ne tenait pas en place sur sa chaise et supportait de moins en moins les questions oppressantes de la flic.

— Il ne pouvait pas savoir. Ganel vit reclus. Lui et moi, on ne se voyait plus beaucoup ces derniers temps. On vivait ensemble sans être ensemble. On dormait souvent chacun de notre côté.

— Et vous aussi, vous ignorez où pourrait se trouver le cadavre de Galois en ce moment même ?

— Oui. Et pourquoi vous parlez de cadavre ? Natan est capable de disparaître comme ça, parfois des semaines, sans donner signe de vie. Il n'y a pas de règles, avec lui, demandez à tous ceux qui le connaissent. Il peut se lever au beau milieu d'un repas et partir sans raison. C'est dans son tempérament.

Eulalie fixa son interlocutrice dans les yeux.

— Vous aimez encore votre mari ?

— Oui.

— Dans ce cas, pourquoi transmettre le fruit de son travail à un autre ?

— Ganel est un génie introverti, qui meurt à petit feu parce que son trop-plein d'idées le consume de l'intérieur. Je devais le convaincre de sortir de ses quatre murs, de… s'exposer au monde, à la lumière, pour libérer toute cette énergie. Natan, lui, c'est l'inverse. Un sens inné de la mise en scène, de la communication. Comme Ganel, très doué de ses mains, très méticuleux, mais qui souffre mortellement d'un manque d'inspiration. Pourtant, il suffit d'une étincelle pour qu'il parte, qu'il crée des objets merveilleux…

— Et vous êtes l'étincelle qui ravive sa flamme, qui l'alimente en idées que vous « empruntez » à votre mari. Un peu comme des vases communicants.

— Sans cette étincelle, Natan dépérit. Je n'ai pas le choix. Et je… je ne peux me résoudre à quitter Ganel.

— Pour quelle raison ?

— C'est impossible.

Elle serra les lèvres.

— J'ai commis une erreur en inscrivant Ganel au prix du Palais de Tokyo et en faisant se rencontrer les univers des deux hommes. Mais croyez-moi, mon mari n'a pas tué Natan, il en est bien incapable.

— Je l'en sens très capable, au contraire, si je me fie à ce qu'il m'a raconté.

— Ne vous fiez pas à son histoire.

— Pour quelle raison ?

— Jusqu'à preuve du contraire, vous n'avez pas de cadavre.

Eulalie posa les photos de la « scène de crime » sur le bureau.

— Mais on a ça…

— Et alors ? Quelques gouttes de sang sur des draps, des liens. Une relation sexuelle un peu violente, peut-être ?

— Avec vous ?

— Ou avec une autre. Vos photos ne prouvent rien.

— La disparition et la mort potentielle de Galois n'ont pas l'air de vous ébranler. Vous étiez où, cette nuit ? Chez vous ou chez Galois ?

— Voilà, on me suspecte, maintenant.

— Répondez.

— J'étais chez moi. Dans mon lit. Ganel dormait dans son atelier.

— Vous ne portez pas d'alliance ?

— C'est un crime ?

— Non. Mais votre mari n'en porte pas non plus. Curieux, pour un couple marié.

— Il n'en a jamais porté, c'est dangereux pour un artisan, les bijoux peuvent se coincer dans les machines.

Eulalie avait l'impression que cette femme était aussi retorse que l'individu dans le bureau d'à côté. Ces deux-là partageaient assurément un sinistre secret, mais lequel ? Ariane avait-elle caché le corps pour protéger son mari ? Était-elle impliquée ? La flic se pencha vers le bureau, les deux poings sous le menton.

— Pourquoi l'identité de Ganel Todanais n'apparaît dans aucun fichier officiel ? Sécurité sociale, état civil, impôts… Il n'y a rien.

Ariane resta silencieuse, visiblement désarçonnée. Ses lèvres se mirent à trembler. Elle sortit une plaquette de médicaments de sa poche, en goba un. Anxiolytiques, nota Eulalie. Cette femme semblait au bout du rouleau. Elle se leva brusquement.

— Vous n'avez pas le droit de me retenir ici. Vous…

Il y eut soudain un gros bruit dans le bureau voisin. Hervé se mit à hurler le prénom d'Eulalie. La jeune femme se précipita. Ganel était au sol, couché sur le flanc, à demi conscient. Une tache de sang auréolait sa chemise au niveau du bassin.

— Que s'est-il passé ?

Ariane arriva derrière et poussa un cri.

— Il est tombé brusquement de sa chaise, répliqua Hervé. J'appelle une ambulance.

Eulalie bascula Ganel sur le dos et souleva sa chemise. Une compresse gorgée d'hémoglobine était grossièrement scotchée sur son ventre.

L'ambulance venait de partir, embarquant Ganel et Ariane.

Eulalie était assise dans son bureau, seule, porte fermée, lumière allumée. La pluie crépitait sur les vitres en une mélodie hypnotique. Elle souffla un grand coup. Un peu de calme, enfin. Elle considéra les différents éléments étalés devant elle. Les photos de la chambre de Galois, les deux couteaux, la brochure du Palais de Tokyo, le dessin du labyrinthe et, sur une autre feuille, des nombres que Ganel s'était sans doute mis à écrire pour patienter pendant qu'elle interrogeait Ariane. 474, 505, 67476, 97379... Il y avait aussi une impressionnante multiplication qui prenait la moitié de la page : $111\,111\,111 \times 111\,111\,111 = 12\,345\,678\,987\,654\,321$.

Des nombres palindromes, chaque fois.

D'après le médecin arrivé avec l'ambulance, l'individu qui venait de passer trois heures sur la chaise face à elle souffrait d'une plaie profonde au ventre, refermée de façon artisanale à l'aide d'une agrafeuse électrique. La blessure correspondait parfaitement à celle qu'aurait pu causer la lame de l'arme ensanglantée posée sur son bureau. Cette sublime œuvre d'art mortelle.

Bon Dieu, une histoire de dingues. Qui était l'homme qui s'était présenté à elle ? S'était-il planté lui-même le couteau dans le ventre ou avait-il réellement été agressé ? Dans ce cas, pourquoi venir s'accuser d'un meurtre ? Envie d'attirer l'attention ? Un syndrome de Münchhausen ?

Eulalie était certaine qu'Ariane connaissait la vérité, qu'elle savait exactement ce qui s'était passé. Qui cherchait-elle à protéger ? Ganel ou Natan ? Était-elle plus impliquée qu'elle ne le prétendait ?

Tout était lié au mimétisme. Jusque dans le crime ? La lieutenant s'empara de la brochure de l'exposition, observa avec attention la photo de l'artiste. On ne voyait pas grand-chose de son visage à cause de ces lunettes de soleil et de ce bonnet. Mais la forme du faciès… La couleur des cheveux qui dépassaient… Était-il possible que ce Natan de Galois fût suffisamment dingue pour inventer toute cette histoire et s'automutiler ? Non, à bien y réfléchir, cette hypothèse ne fonctionnait pas. Galois était gaucher, Ganel avait dessiné son labyrinthe de la main droite. Et le poinçon sur l'arme du crime était bien à droite.

Elle soupira et fixa ces fameux dossards qui avaient capté l'attention de Ganel à maintes reprises. Le 88… Le 1001… Soudain, Eulalie s'empara d'un crayon et nota le prénom NATAN. Un palindrome ! Mieux : un palindrome miroir !

Les miroirs… Les reflets… Les doubles…

Natan/Ganel.

Eulalie eut alors l'impression qu'une vanne s'ouvrait dans son esprit. Elle nota encore quelque chose et en demeura stupéfaite. Elle prit son blouson et décolla de son bureau, direction l'hôpital.

Elle l'avait, la solution.

Quand Eulalie arriva dans la chambre, Ariane était assise au côté de Ganel, silencieuse, et lui tenait la main. À la surprendre ainsi, la flic ne pouvait pas douter de son amour.

— Il s'est réveillé ? demanda-t-elle doucement.

— Ça ne saurait tarder, d'après les médecins.

Eulalie s'approcha, tira une chaise et s'installa à proximité. Elle fixa Ariane dans les yeux.

— Depuis combien de temps ça dure ? Natan, Ganel, vous entre les deux...

— Je ne vois pas de quoi vous voulez parler.

Eulalie baissa le drap qui recouvrait Ganel jusqu'au cou. Le tatouage du labyrinthe apparut sur l'épaule droite.

— Je viens d'aller au bureau des admissions, expliqua-t-elle. Vous l'avez enregistré au nom de Natan de Galois, vous avez fourni tous les papiers nécessaires pour sa prise en charge. Parce qu'il est officiellement et réellement Natan de Galois. Mais il est aussi Ganel Todanais. Les deux identités sont des anagrammes. Deux personnalités dans la même tête... J'ai raison ?

Ariane ferma les paupières et poussa un profond soupir, mélange de résignation et de soulagement.

— Qu'est-ce que vous voulez savoir ?

— Tout... Allons prendre un café.

Elles se rendirent à la machine de l'accueil. Ariane but une gorgée, d'abord silencieuse, puis se mit à expliquer :

— Les troubles de la personnalité de Natan ont commencé il y a deux ans, juste avant qu'il ne soit connu. Ça faisait sept ans que nous vivions tous les deux. On avait acheté cet ensemble d'ateliers à Montrouge, tout en profondeur, avec une cour centrale, et qui possédait deux adresses : l'une côté rue La Bruyère, l'autre côté rue Boileau. On en a aménagé une partie en loft pour y vivre, avec un grand atelier pour Natan, un garage, et on a entrepris des travaux côté Boileau pour des appartements destinés à la location. On était heureux. Mais une fracture est apparue dans la tête de Natan et s'est élargie progressivement avec sa notoriété. Un personnage a pris possession d'une partie de son esprit.

— Ganel…

— Ganel, oui. Ganel est la partie créatrice de Natan, celle qui bouillonne d'inventivité. Mais Ganel n'est rien sans Natan. Et vice versa. Parce que l'artiste contemporain qui fabrique des objets ne réalise qu'une partie du travail. Il faut ensuite des marchands, des communicants pour transformer ces artéfacts en art.

— Comment fonctionnent ces changements de personnalité ?

— Ganel ne se manifeste que quelques heures par jour, en général la nuit et le matin, mais il n'y a pas vraiment de règles. Il peut apparaître au milieu d'une réunion, d'une conversation et, dans ce cas, c'est compliqué. La plupart du temps, il part sans dire un mot, persuadé d'avoir des problèmes de mémoire. Ceux qui entourent Natan, même s'ils ignorent la vérité, ont l'habitude de ces changements, ça fait partie de sa personnalité extravertie… Ganel nous considère comme mari et femme, il habite le côté Boileau, il s'y est installé un atelier où il crée ses œuvres dont il ne sait que faire parce qu'il n'est pas Natan. Alors, il les entasse. Et moi, je dois vivre avec les deux hommes, parce que abandonner l'un, c'est détruire l'autre.

Ariane expliqua toutes ses difficultés, ses souffrances, cet équilibre permanent qu'elle devait entretenir entre les deux personnalités. Eulalie l'admirait mais la plaignait, surtout. Leurs cafés terminés, elles remontèrent à l'étage et s'avancèrent doucement vers la chambre de Natan.

— Et voyez où cela vous mène, répliqua finalement la lieutenant de police. Votre compagnon se retrouve dans un commissariat puis à l'hôpital, à deux doigts d'y rester parce qu'il s'est enfoncé un couteau dans le ventre en pensant s'en prendre à son ennemi.

En prononçant ces mots, Eulalie comprit mieux les approximations dans le récit de Ganel. Quand il avait vu sa femme entrer rue La Bruyère, cette nuit-là, il avait eu un trou noir durant lequel il était redevenu Natan... Deux heures d'étreintes, de tendresse avec Ariane, avant que Ganel ne revienne, furieux, destructeur, et ne développe un désir de vengeance obsessionnel.

— J'avais l'espoir qu'il redevienne l'homme qu'il a été, avoua tristement Ariane. Que la fracture se guérisse d'elle-même. Je ne peux pas imaginer Natan ou Ganel dans un hôpital psychiatrique. Ils ne supporteraient pas. Ni l'un ni l'autre.

Elles étaient au seuil de la chambre.

— Il va avoir des problèmes avec la justice ? demanda Ariane.

La lieutenant de police fixa l'homme qui était en train de se réveiller.

— Qui ça ?

Elle posa une main sur l'épaule de cette femme qu'elle ne voulait juger et s'éloigna.

Quelle histoire ! Sacré dossier ! Une victime qui est son propre agresseur... Un crime passionnel sans crime où l'amant et le mari se confondent... Une plongée dans un esprit fragmenté comme un miroir brisé... Eulalie se dit qu'elle devait aller courir pour évacuer tout ça.

De son côté, Ariane s'avança dans la chambre et referma la porte derrière elle. Avec un vrai soulagement sur le visage, elle fixa son homme qui se lissait les cheveux vers l'arrière.

— Il a essayé de me tuer. Il m'a planté ce couteau dans le ventre. Tu vois bien qu'il existe ! Qu'il n'est pas qu'un fantôme !

— Je sais, Natan. Je sais. Il faut que je te parle de lui...

OUROBOROS

Le 14.

L'empreinte sanglante d'un pied nu. *La suivre au long d'une rue.*

La photo repose là, impeccablement rangée au milieu de mon album de mariage. Au bas du cliché, l'écriture du message, *La suivre au long d'une rue*, est petite, noire, serrée. Comme sur une bande dessinée.

À ce moment exact, le monde s'effondre autour de moi. J'ai compris l'incompréhensible.

L'album m'échappe des mains. Ma tête se met à tourner. Le choc psychique est d'une violence inouïe. Je m'effondre sur le sol. Devant mes yeux fixes, dans la cheminée, les dessins originaux du tome III d'*Ouroboros* finissent de se consumer dans les flammes.

Avant de sombrer dans l'inconscience, je les maudis…

Le 15.

Je me réveille, couché sur le parquet de mon salon. Il fait sombre. Les nerfs à vif, je me traîne jusqu'à l'interrupteur et allume. Dans un premier réflexe, je cherche une bouteille de whisky sérieusement entamée, qui pourrait expliquer mon état. Je n'en trouve aucune à proximité. Dans l'âtre en pierre, des braises rougeoient silencieusement. Sur le sol proche de l'insert, je récupère une planche noir et blanc de bande dessinée, presque entièrement dévorée par le feu sur laquelle se trouve la marque d'un talon. Mon talon...

Entre mes mains, sur la feuille, subsiste tout juste une illustration, mal en point. Teddy, mon personnage flic, héros de ma trilogie *Ouroboros*, est assis à l'indienne. Il tient une enveloppe marron avec ce mot : *L'abyme*. Le feu a rongé toute la gauche du dessin, ne laissant de mon personnage qu'une partie du corps et du visage. Apparemment, j'ai réussi à exprimer la crainte dans son œil, tiré son sourcil vers le bas et joué avec les ombres sur l'arête de son nez. Aucun doute, le trait est de ma main, et le dessin est parfaitement soigné.

Le problème, c'est que je ne me rappelle pas l'avoir réalisé.

Un regard rapide sur la date indiquée par ma montre me déstabilise plus encore. Nous sommes le 15. Or, le dernier jour dont je me souvienne est le 1er, date à laquelle je suis arrivé ici, ai rempli le réfrigérateur et me suis installé devant ma planche à dessiner, pour commencer à réfléchir sur le tome III.

Le 15... Quatorze jours échappés de ma mémoire. Un nouveau trou dans ma vie. Encore. J'en ai plus qu'assez. À cause de ces ennuis de mémoire, mon existence est fragmentée, presque dépersonnalisée. Je ne me rappelle aucun visage de ma jeunesse, par exemple, ni même de ma rencontre avec mon épouse Kathya. Pourtant, je n'ai jamais eu d'accident, me semble-t-il, ni de problèmes physiques particuliers. Je crois que depuis que ma femme a disparu, tout se dégrade dans ma tête. Si j'avais vingt ans de plus, je penserais immédiatement à Alzheimer, ou à une dégénérescence quelconque du cerveau. Mais je n'ai même pas trente ans, bon Dieu !

Je me touche le bas du visage, et mes doigts rencontrent une courte barbe. Je ne me rase jamais quand je plonge dans une nouvelle histoire, preuve que j'ai dessiné durant ces jours oubliés. Je fonce vers le réfrigérateur, il est aux trois quarts vide. Les poubelles, deux bouteilles de whisky, les canettes de Coca et de bière s'entassent dans un coin. Cela signifie-t-il que j'ai passé tout ce temps reclus dans mon chalet, à imaginer, crayonner, scénariser ? Ces cendres, cette planche brûlée seraient-elles les vestiges de deux semaines de travail insatisfaisant ? J'enrage. Mince, si seulement je n'avais pas tout jeté au feu !

Je retourne dans le salon et remarque mon album de mariage, au pied d'un meuble au tiroir ouvert. Je le ramasse, le feuillette lentement. Je devais être terriblement triste, nostalgique pour le sortir. Peut-être est-ce d'ailleurs cette tristesse qui m'a poussé à tout brûler. Quand je pense à Kathya, je ne suis plus tout à fait moi-même.

Malgré le temps qui passe, les photos n'ont pas vieilli. Sur le papier glacé, je vois la traîne de sa robe se répandre dans l'herbe. Nous deux, sur le parvis de l'église. J'entends encore les pétards. Sur ces instantanés, il y a Kathya, moi, et un tas de gens que je ne reconnais pas.

En mai, cela fera deux ans que ma tendre épouse s'est volatilisée sans laisser de traces. Trois semaines après la sortie du tome II d'*Ouroboros*, autant dire que la fête a été gâchée. Pas de corps, aucune piste, nul motif plausible. L'enquête de police est toujours ouverte, mais je sais que les forces mobilisées pour retrouver Kathya sont démotivées. Plus personne n'y croit, sauf moi.

Assis en tailleur, je tourne les pages, me perds dans mes souvenirs. Avec les droits d'auteur, j'ai acheté ce chalet pour venir m'y ressourcer et écrire, seul. Un lieu hors du temps, coupé de tout, sans téléphone ni ordinateur. Juste mes crayons, mes encres de Chine, et la chaleur d'un bon feu. À mon arrivée ici, cette belle habitation était déjà décorée plus ou moins à mon goût, prête à m'accueillir. Je n'ai touché à rien, depuis.

Une photo attire mon attention et me refroidit. Je la sors de sa protection en plastique, les doigts tremblants. Sur la gauche du cliché, je vois distinctement l'empreinte sanglante d'un pied nu, colorant l'asphalte. À droite, je devine de gros rochers sombres et des broussailles. Et en bas s'étale une phrase troublante : *La suivre au long d'une rue*. C'est mon écriture, ou plutôt celle que j'utilise quand je travaille à un scénario. Petites lettres noires, serrées, en caractères d'imprimerie.

Je me relève, des questions plein la tête. Mon regard s'arrête alors sur l'appareil photo numérique posé sur son trépied, proche de la fenêtre. Je l'allume très vite et le bascule en mode « Lecture ». La photo est bien là, seule sur la carte mémoire. Elle date du 1er, exactement, mon dernier jour de conscience... Que fiche cette horreur sur *mon* appareil photo ?

Sans hésiter, j'enfile mon blouson en cuir, m'empare de mon reflex numérique et sors. Un vent glacial circule entre les arbres de la forêt et me mord les joues. L'hiver est rigoureux, si implacable que je n'ai encore pu photographier aucun animal. Ici, au cœur des bois, l'air est tranchant comme un rasoir et empêche toute forme de vie.

Je pense savoir où a été prise la photo, l'endroit me parle. Je prends la direction du village. À la recherche de ma mémoire.

*

Je n'y connais personne. Aussi rarement que je m'y rende (j'ai dû y venir deux ou trois fois), ce sont en permanence les mêmes têtes que je croise, presque au même endroit. Elles sont peu nombreuses, en définitive. Quelle que soit la météo, une grosse femme, boudinée dans un long gilet gris, châle sur la tête, promène son chien, un vulgaire bâtard qui ne cesse de flairer le sol.

Un homme en costume noir, attaché-case et chapeau de feutre, frappe à la porte de chaque habitation. On dirait un héros de film noir. Il entre, ressort presque aussitôt après et continue sa tournée. Il ne m'accorde jamais le moindre regard.

Dans ce lieu mortellement ennuyeux, sans commerces ni même bistrot, les rues étroites, pavées comme au Moyen Âge, sont en pente. On dirait qu'elles tombent dans le vide, et on ne peut y circuler qu'à pied, avec de bonnes chaussures pour ne pas glisser. Je me suis toujours demandé de quoi vivaient les gens, dans ces endroits perchés sur les gorges ou à flanc de montagne. Surtout l'hiver, où les températures descendent très bas. Font-ils leurs provisions pour plusieurs mois à la grande ville, avant de se cloîtrer ? De plus en plus, je pense à utiliser ce décor pour le dernier tome. Le théâtre idéal pour mon tueur, Dan Sullivan, qui soudain passerait de la grosse agglomération où il sévit à l'intimité d'une communauté isolée de la civilisation. Neige, accès par la route coupés, moyens de communication interrompus… Carnage en altitude. Un sacré défi pour mon flic Teddy, grand brun énigmatique, qui roule en Plymouth Belvedere 1957 sans rétroviseur intérieur et boit du whisky single malt douze ans d'âge. Exactement à mon image.

Avec appréhension, je descends le long des rues resserrées, en direction du ravin où s'ébroue un torrent. Les voies pavées peu nombreuses se ressemblent toutes et s'entrecroisent, comme pour former un labyrinthe. Les lourdes habitations de pierre se serrent l'une contre l'autre et m'écrasent. Je suis persuadé que, même par beau temps, les rayons du soleil ne parviennent pas jusqu'au sol. Progressant en silence, je devine les présences silencieuses, derrière les rideaux crasseux des vieilles demeures. Pas des visages, juste des fantômes qui se demandent certainement ce que je cherche et ce que moi, l'*homme du chalet*, fais chez eux en plein hiver. À bien y réfléchir, je déteste cet endroit sans âme.

C'est à l'extrémité du village, entre la rue et le ravin, que je découvre l'objet de ma quête. Je me précipite, la gorge serrée. L'empreinte est toujours là, à demi effacée, comme jaillie de nulle part. D'autres traces, plus légères, presque invisibles, s'éloignent dans la rue, le long du précipice. Je me retourne et remarque une pierre tranchante, elle aussi maculée de sang. Ainsi, le propriétaire du pied surgissait probablement des fourrés, derrière, et s'est méchamment blessé avant de poursuivre. L'espace, entre les pas, est large. Bien trop large pour une marche normale. Il devait s'agir d'une course. Ou d'une fuite.

J'applique mon pied sur l'empreinte, pour établir une comparaison. Vu la taille, je mettrais ma main au feu qu'il s'agit d'une femme, ou d'un adolescent. Les battements de mon cœur s'accélèrent. Tout de suite, je songe à Kathya, je pense à elle en permanence. L'espoir de la retrouver un jour me torture autant qu'il m'encourage. Il n'y a rien de pire que de ne pas savoir.

Je prends une photo, sors l'exemplaire papier de ma poche et compare les deux clichés : ils sont rigoureusement identiques, notamment en ce qui concerne la hauteur de la prise de vue. Ce qui signifie que moi, Charly, suis déjà venu ici il y a quinze jours, ce fameux 1er. Comment expliquer ma présence au village, moi qui ne m'y rends jamais ? Est-ce que je me promenais, comme je le fais souvent en cherchant l'inspiration ? Ai-je découvert cette empreinte par hasard, alors que je voulais descendre vers le torrent ? Qu'ai-je fait ensuite, après avoir pris la photo ?

Je décide alors de suivre la rue, dans le sens des pas, et comme l'indique le mot au bas de la photo : *La suivre au long d'une rue*. En contrebas, les flots, gonflés par les précipitations récentes, rugissent. Au-dessus, le ciel plane uniforme, noir, comme de l'encre de Chine renversée sur un buvard. Il va neiger, j'en suis sûr. Sur ma gauche, quelques maisons, alignées, volets encore fermés, dominent le vide. J'ai froid. Tout à coup, j'imagine une femme, nue, en pleine nuit, courir à perdre haleine et brutalement sombrer dans l'abîme. Tout en marchant, je me frotte les épaules vigoureusement.

Cent mètres plus loin, la voie dévie sur la gauche et contourne le village, tandis qu'un chemin caillouteux file vers la droite et dévale brusquement en direction du torrent. J'hésite, puis m'aventure dans la pente dangereuse, accroché aux branchages et aux rochers. J'arrive enfin sur la berge, haletant. Je n'aperçois rien de suspect dans l'eau. De toute façon, avec le courant, un corps aurait été emporté à des kilomètres. Le regard aux aguets, je remonte le lit de la rivière et aperçois une marque pourpre, sur les galets, à quelques mètres en amont. Je me précipite. Du sang, encore. De trace en trace, j'arrive devant une étroite cavité naturelle, dans la falaise. J'y entre, courbé et pas rassuré du tout. Moi dont les dessins ne reflètent que des univers sombres, je ressens une peur de gamin. Instantanément, une odeur âcre me saute à la gorge. Plissant les yeux, le nez dans mon blouson, je découvre un corps nu, en état de décomposition avancée, assis au creux d'un rocher comme s'il se reposait.

Au bord de la nausée, je m'approche. Une grosse enveloppe marron repose sur le bassin tailladé du cadavre, avec, dessus, le prénom de mon héros : *Pour toi, Teddy*. Mes yeux remontent vers le visage rongé par l'obscurité et la putréfaction. Je peine soudain à respirer. Je connais cette femme, cette longue chevelure rousse et ces yeux qui, jadis, étaient d'un bleu océan. La main devant la bouche, je recule, bute contre un rocher, tombe.

Comment cela est-il seulement possible ?

Tétanisé, je regarde l'enveloppe qui m'est indirectement adressée. Je la prends délicatement en tremblant avant de sortir de la grotte pour retrouver la lumière du jour. J'ai cru que j'allais étouffer.

Ça y est, il neige. Des flocons épais, abondants, qui cachent le bord du ravin. Le décor s'étire, irréaliste, effroyable. D'une main glacée, j'arrache le papier kraft, puis regrette mon geste. Je ne devrais peut-être rien toucher, tout laisser en place et appeler la police de la grande ville, à trente kilomètres de cet endroit maudit. Mais j'ai trop peur. S'il y a le prénom de mon héros, c'est que je suis concerné, et peut-être même impliqué, d'une façon ou d'une autre.

De l'enveloppe, je sors une autre photo, ainsi qu'un message manuscrit. C'est, sans aucun doute, l'écriture de Dan Sullivan, le tueur en série d'*Ouroboros*.

Autant dire mon écriture.

Sur la photo, je me vois, moi, face à mon album de mariage, en train de porter à mes yeux le cliché avec l'empreinte ensanglantée. On dirait qu'elle a été prise depuis l'extérieur du chalet, par la fenêtre, il y a tout juste quelques heures.

Le message dit :

Si tu préviens la police, je ferai en sorte qu'ils découvrent un couteau avec tes empreintes dessus. Laissons-nous le temps de jouer un peu.

Pour commencer, débarrasse-toi de ce corps. Et laisse-toi guider, la suite va arriver très vite.

D. S.

*

J'ai cherché le couteau partout, sans succès. Le corps comporte exactement treize blessures, franches, profondes, toutes au niveau du bassin. Un acte d'une sauvagerie sans égale. Pas de doute, un malade mental reproduit au détail près le mode opératoire de Dan Sullivan, imite mon écriture de scénariste et a décidé de m'impliquer, moi, l'auteur, dans son plan machiavélique.

Il veut que Teddy le traque.

Longtemps, je regarde la neige tomber, tout en réfléchissant à ma situation catastrophique. Si je décide d'appeler la police, je risque de sombrer dans une situation dont je ne pourrai me sortir. Car tout m'accuse. La victime ressemble comme deux gouttes d'eau à Vicky Vandamme, mon héroïne-enquêtrice d'*Ouroboros*, qui travaille avec mon flic Teddy. Jusqu'au vernis noir sur ses ongles, ou la marque de ses chaussures, des Converse. Comment, en outre, expliquer aux flics que j'ai retrouvé un cadavre à partir d'une photo qu'apparemment j'ai prise moi-même il y a quinze jours ? Et comment pourront-ils croire à mes trous de mémoire ? Ils me prendraient pour un assassin, un fou, et même les deux.

Je jette un œil au cadavre. Ça me fait tout drôle de voir, en chair et en os, un sosie presque parfait de la partenaire de Teddy. J'ai l'impression de la connaître, sans que ce soit vraiment le cas. J'ai mal au cœur. Et si c'était moi qui...

Je repousse très vite cette pensée. Je ne suis pas schizophrène, je ne souffre pas de dédoublement de la personnalité et je n'ai surtout rien d'un meurtrier. J'ai une vie saine, normale, comme tout le monde, malgré de noires obsessions qui n'existent que dans ma tête et mes bandes dessinées. D'ailleurs, la photo de moi, prise alors que je regardais mon album de mariage, prouve que je n'y suis pour rien.

Je réfléchis. J'ai sans aucun doute affaire à un fervent lecteur de mes œuvres. Un taré qui connaît l'endroit où je m'isole pour travailler, qui m'a suivi et s'est montré capable de trouver une victime incroyablement ressemblante à mon héroïne. Une pensée horrible m'assaille. Et si le meurtrier de cette inconnue était le kidnappeur de ma femme ? Et s'il avait poussé son délire jusque-là ?

En effet, il m'adresse cette lettre en m'appelant Teddy. Et l'épouse de Teddy, comme la mienne, a mystérieusement disparu. Mon flic doit, normalement, la retrouver dans le tome III. Vivante ou morte, je ne sais pas encore...

J'en ai la chair de poule. Sans plus hésiter, je tire le corps au fond de la grotte. Cette femme, je la regarde une dernière fois. Puis je la jette dans une faille, qui semble s'enfoncer de plusieurs dizaines de mètres sous la terre. Ce trou me facilite tellement la tâche. J'y pousse aussi les galets ensanglantés de la berge et le rocher dans le repli duquel elle se tenait, assise, comme pour m'attendre.

Je me frotte les mains avec dégoût. Personne ne viendra ici avant l'été, et encore. Le torrent est trop fougueux, la berge trop étroite pour que des vacanciers osent s'y aventurer. Seuls, peut-être, quelques pêcheurs à la truite seront dans le coin mais jamais ne s'engageront au fond de cette gorge sinistre. J'espère seulement, de tout mon cœur, que cette femme n'est pas une habitante du village...

Très vite, je remonte vers la rue. Avec la neige, l'humidité, les empreintes de sang ne tarderont pas à s'effacer. Du moins, je l'espère.

Blanc comme un linge, je détourne la tête en apercevant la grosse femme avec son chien. Je reprends mon souffle quand elle bifurque dans une ruelle, sans faire attention à moi. L'homme à l'attaché-case termine sa tournée de je-ne-sais-quoi, ses épaules et son chapeau recouverts d'une fine pellicule blanche qui tranche sur le noir de son costume. Je le vois disparaître au loin, lui aussi. Qui est-il, exactement ? Et où se cachent tous les gens de ce village ? Où se trouvent leurs voitures, leurs enfants ? À bien y réfléchir, on se croirait dans un décor de carton-pâte, derrière lequel se terrent des pantins sans vie.

Nauséeux, je remonte dans ma Plymouth, une voiture que je traîne depuis des années. Malgré son âge, elle n'a jamais eu de panne ni d'accident. Seul le rétroviseur intérieur, disparu, n'a pas été remplacé. J'ai l'impression qu'elle me suivra toute mon existence, alors que je ne me souviens même plus où ni quand je l'ai achetée. Le plus incroyable, c'est que je n'ai jamais cherché à le savoir. Aujourd'hui, comme chaque fois d'ailleurs, je pense que c'est bizarre. Mais demain, je m'en ficherai. C'est toujours ainsi. Souvent, je me dis que quelque chose cloche au fond de ma cervelle.

Avant de démarrer, je me regarde dans le rétroviseur extérieur. Sale tête de déterré. Mes traits sont tirés, mes cheveux, d'ordinaire d'un blond assez clair, sont plus ternes, presque foncés tant le ciel est noir. Une épaisse barbe me dévore le bas du visage. Drôle de métamorphose, pour un peu, je ne me reconnaîtrais pas.

Je roule vers le chalet. Alentour, paysages uniformes, roche, forêt, et absence totale de vie. Je veux vite rentrer, je n'ai plus qu'une hâte : brûler cette maudite lettre, la photo du pied ensanglanté et me laver les mains...

*

Le 18.

Je viens de passer trois jours effroyables, enfermé dans le chalet, à guetter par la fenêtre et à cauchemarder. Moi qui ai toujours trouvé dans le sommeil l'apaisement, j'ai peur de m'endormir. Mes rêves sont atroces. Je suis incapable de me les rappeler clairement, mais on dirait que des mains de marionnettistes cherchent à disloquer mon corps, le torturer, le tirailler de tous les côtés. Quand je me réveille, trempé, j'ai étrangement mal aux muscles et aux os, comme si j'avais couru un marathon. J'ai en tête l'image horrible de ces hommes qui se transforment en loups-garous, dont on voit le nez s'étirer, les mâchoires s'écarteler, les omoplates saillir dans le dos. Je ressens le même malaise.

Une fois éveillé, j'ai souvent l'épouvantable sensation d'être observé par quelque chose que je ne peux identifier. Pas uniquement depuis l'extérieur du chalet, mais de partout. Comme si une présence malsaine flottait dans l'air, invisible et oppressante. Parfois, je perçois des chuchotements, et même des crissements, semblables à ceux d'une plume sur le papier. Sous la douche, tout à l'heure, j'ai eu l'impression de milliers d'insectes grouillant sur ma peau, je me suis gratté jusqu'au sang. Les crises les plus violentes se produisent souvent en pleine journée, et peuvent durer de longues heures. Un interminable calvaire, à rendre fou. Je ne trouve le repos et l'apaisement que dans la nuit. Est-ce que je deviens un malade mental ? Qu'arrive-t-il à mon organisme, à mon esprit ? Est-ce la solitude, l'alcool qui me rongent à ce point ?

Par-dessus tout, je n'arrête pas de penser au cadavre, à mon geste insensé dans la grotte. À ce tueur sadique, qui rôde dans les environs. Plusieurs fois, j'ai eu envie d'appeler la police, de tout lui raconter. Puis je me suis raisonné. Je me suis dit que, si je n'avais eu aucune nouvelle, c'était que personne ne recherchait le corps. Ou alors, on le recherchait, mais ailleurs... Loin, loin d'ici.

Pour l'instant, je ne risque rien. À penser ainsi, je me dégoûte.

Ce matin, j'ai avalé deux comprimés contre les maux de crâne, avec un doigt de whisky. Quand je me suis avancé de nouveau vers la fenêtre, j'avais l'impression que des arbres avaient changé de place. Je ne vais pas bien, je le sais, mais comme Teddy, je n'arrive plus à m'empêcher de picoler. L'alcool me grille la tête.

Je veux me regarder dans un miroir, histoire de voir l'éclat mort de mes yeux, mais prends soudain conscience qu'ici, il n'y en a aucun. Je n'ai jamais pensé à en rapporter... Comment peut-on vivre sans miroir ? L'ancien propriétaire devait être un homme étrange. Peut-être un vampire.

Vêtu de ma robe de chambre, je me précipite dehors, dans le terrain détrempé par la fonte de la neige. Pour me rendre compte que mes rétroviseurs sont arrachés, brisés, et mes quatre pneus crevés. Le souffle coupé, je rentre en courant et m'enferme à double tour.

*

Le 20.
Les jours passent, encore. J'aurais dû fuir, demander de l'aide. Je ne l'ai pas fait. On dirait qu'une présence, à l'intérieur de mon être, me retient ici, contre mon gré, et que ses mains invisibles m'agrippent, surtout la journée. Hier matin, j'ai voulu me mettre en route vers le village pour dénicher des pneus, mais à peine avais-je fait quelques pas qu'une voix lancinante m'ordonnait de rentrer : mon propre corps ne m'obéissait plus. J'ai commencé à suer, me sentir mal, et, étreint par la douleur de mes os et de mes muscles, j'ai fini par me résigner. Le chalet, cette forêt effroyable emprisonnaient mon corps et mon esprit.

Mais ce soir, quand viendront la nuit et l'apaisement, je me jure de sortir de cet endroit, de faire réparer ma voiture et de rentrer chez moi.

Pour l'instant, je suis assis devant ma planche à dessiner. Je ne peux plus rester inactif, je ne supporte plus les crissements imaginaires, les murmures, les gratouillements sur mes bras, mes aisselles, mon visage. Alors, je décide de commencer le tome III d'*Ouroboros*. Je vais fonctionner à l'intuition, ce qui est complètement contraire à ma façon de travailler. Aussi incroyable que cela puisse paraître, j'ai déjà une histoire qui, précisément, se met en place dans ma tête. Ou, tout au moins, un début d'histoire.

La mienne, depuis mon arrivée ici.

Dans le tome II, mes héros, Teddy et Vicky, enquêtent sur une série de meurtres sordides qui ensanglantent la capitale. À la fin de l'histoire, Lucille, la femme de Teddy, disparaît, probablement enlevée par l'assassin. Je dis *probablement*, car le lecteur reste dans le doute, même s'il a quelques soupçons. Évidemment, moi je sais, en qualité d'auteur et scénariste, qu'elle a été kidnappée par Dan Sullivan. Selon le bon sens, le tome III doit poursuivre la narration là où elle s'est arrêtée.

Je décide, en quelques minutes, que l'histoire commencera et se déroulera ici en totalité. J'imagine déjà un duel, entre Teddy et Dan, dans les décors splendides de ces montagnes. Qui des deux l'emportera ? Je l'ignore encore, je verrai au fil du temps. Mais il n'est pas impossible que je fasse triompher le Mal, histoire de surprendre mes lecteurs.

Je bois une goutte de whisky single malt et attaque mes dessins sans me poser de questions. J'aime mon personnage de Teddy, il m'habite en permanence, même quand je ne dessine pas. Je connais ses gestes, ses pensées, ses habitudes, parce qu'ils sont les miens. Quand il tient une arme et court dans les rues, c'est moi qui entends le bruit de ses pas sur les pavés. Je suis à son image, il est à la mienne, même si j'ai voulu nos physiques différents. Il est très brun, moi blond. Mes yeux sont bleus, et les siens noirs. De corpulence à peu près identique (il est un peu plus lourd que moi), nous sommes frères et amis. Je ne me contente pas de dessiner mes scènes, je les vis, c'est sans doute ce qui donne tant de réalisme à mon œuvre.

Dans ce début d'histoire du tome III, j'imagine donc Teddy, nostalgique, qui feuillette son album de mariage, dans un chalet où il a passé sa nuit de noces, il y a si longtemps. J'inspire profondément, les yeux vides...

Teddy a décidé de faire le point dans ce coin perdu, un jour ou deux, avant de reprendre la traque de Sullivan. Il découvre alors cette étrange photo, avec l'empreinte de pied ensanglanté. Qui l'a mise là, pourquoi ?

J'esquisse le dessin de la scène telle que je l'ai vécue : Teddy, le regard grave, l'étrange photo dans la main. Sur la partie inférieure de la case de la BD, j'indique : *La suivre au long d'une rue.* J'incline la tête, les sourcils froncés. Ça me fait bizarre, j'ai comme une impression de déjà-vu. Perturbé, j'imprime la photo du pied nu que j'ai prise au bord du ravin (j'ai brûlé l'original), et la place à côté de mon dessin. Méticuleusement, j'y transcris le même message et la glisse dans l'album de mariage, pour voir si mon étrange sensation se confirme. C'est le cas...

Un peu perturbé, j'en reviens à mon scénario. J'imagine très bien les scènes à venir : Teddy descend au village, suit la piste de la photo et tombe sur le cadavre de sa partenaire Vicky, et l'enveloppe à son prénom : *Teddy*. Déchiré, anéanti, il comprend que le tueur le provoque, lui, et veut l'affronter en duel. Un face-à-face sanglant, entre le Mal et le Bien. Alors, Teddy accepte le contrat. Il se débarrasse du corps en le poussant dans une faille, retourne au chalet et attend patiemment que

Sullivan lui dicte la suite des événements, avec une seule idée en tête : tuer l'ignoble meurtrier de ses propres mains...

*

Le 24.
Je suis épuisé. Finalement, je suis resté cloîtré trois jours et demi, ne dormant que par intermittence, absorbé par *Ouroboros* et la manière dont esquisses et monologues prenaient vie sous mon crayon. Teddy frémit en moi, nuit et jour, je le sens tellement proche, presque en fusion avec mon être.

Les crises ont continué. Tiraillements, douleurs musculaires et ligamentaires, j'ai même eu mal aux mâchoires et aux globes oculaires. Quant à la voix, j'essaie d'en faire abstraction. Je sais qu'elle n'est que dans ma tête, et qu'elle finit toujours par partir.

Malgré ces passages difficiles, j'ai dessiné quatre planches complètes en noir et blanc, sans voir le temps passer. Si mes journées sont perturbées, chaotiques, la nuit, je n'ai plus de limites. Teddy prend vie, il déplace ma plume et j'ai juste à me laisser guider par son influx. Je n'ai jamais travaillé aussi vite, le trait glisse, franc et léger à la fois, les textes paraissent couler de source.

Les dessins sont superbes : le ravin, le torrent, le village, que j'ai traité comme un endroit énigmatique, avec ses façades de pierre et ses vieux rideaux crasseux qui ne laissent filtrer aucune lumière. Sans oublier ce chalet, cerné d'un réseau d'arbres inquiétants. Mon personnage principal, Teddy, se révèle sombre et charismatique. Éprouvé par son passé et son enquête, cheveux en pagaille, esprit torturé, il reste enfermé, cogite, boit du whisky single malt et fait le bilan de sa vie. Doit-il se laisser aller ou poursuivre sa traque ? Par la suite, j'ai décidé de limiter sa présence dans les scènes, privilégiant le décor, l'ambiance et le mystère. Dans ce début, j'aime cette accroche avec la photo, ce départ centré sur une intrigue dont je ne possède pas encore la clé. Si je n'avais pas été pratiquement à court de nourriture, j'aurais continué. Mais j'avais prévu du ravitaillement pour deux semaines environ. Et on est déjà presque fin février. Je pourrais encore, au grand maximum, tenir trois ou quatre jours. De toute façon, je dois rentrer, retourner à la ville. J'ai des obligations, avec mon éditeur notamment, et il faut absolument que je m'éloigne de cet endroit et de ses secrets, avant de devenir complètement barge.

Je vais tenter une expédition au village. J'attends donc que le soir tombe, que mes démons intérieurs se taisent enfin et que mon corps sorte de cette glu qui l'empêche d'agir. Dans un tiroir, je prends une torche, une Maglite noire et puissante, comme celle de mon héros. J'embarque aussi le Sig Sauer noir que je me suis procuré après la disparition de ma femme. En fait, je le suppose. Parce que cela aussi, je l'ai oublié.

Blouson en cuir, comme Teddy. J'ai un peu de mal à l'enfiler, j'ai dû grossir à cause de l'alcool, de cette nourriture sommaire dont j'ai pris l'habitude, ces derniers temps. Et surtout, je ressens une douleur partout, jusque dans les os des orteils.

Je sors. La météo n'a pas varié, j'ai l'impression qu'une encre indélébile a coulé dans le ciel, que les ombres se sont répandues indéfiniment sur la Terre. La nuit s'étale, profonde, sans lune. Le village n'est pas très loin, quelques kilomètres, j'espère y trouver une âme charitable qui pourra appeler un dépanneur. À pied, sous le faisceau de ma lampe, je longe la route, enfoui dans mon manteau, écharpe sur le nez. Pas d'emprise sur moi cette fois, pas de crissements ni de gratouillements, je me sens libre, « normal ». Évidemment, durant ma longue marche, je ne croise personne, tout est mort, alentour. Après cette nuit, j'ai décidé de ne plus jamais venir au village. D'ailleurs, je vais peut-être le revendre, ce chalet...

L'amas de maisons serrées autour de ses ruelles est identique à lui-même, sans chaleur, austère. La nuit, de surcroît, il se métamorphose en une masse terrifiante. Je mémorise cette image incroyable pour de futurs dessins, le décor de mon tome III est tout tracé. Je constate qu'il n'y a aucun éclairage public. Même pas d'astre dans le ciel pour m'aider. Je m'immobilise, deux secondes, et ferme les yeux : aucun bruit, pas un souffle de vent ni un bruissement d'ailes. Comme si la Terre s'était arrêtée de tourner et que le temps s'était figé.

Parcourant une rue au hasard, je frappe à une première porte et n'obtiens aucune réponse. Normal, en pleine nuit, ces gens doivent être extrêmement méfiants... Je recommence à côté, puis en face. Les rideaux sales, opaques même sous les rayons de ma lampe, ne se soulèvent pas. Aucune lumière ne s'allume, aucun craquement d'escalier ou de bois n'indique une présence. Je bifurque dans une impasse. Ici, les maisons sont plus basses qu'ailleurs, il faut descendre quelques marches pour atteindre la porte.

Échec sur échec. Je ne comprends pas. À la dernière habitation du cul-de-sac, je frappe plus fort. J'en viens à cogner aux fenêtres, sans succès. J'en ai marre, il me faut absolument de l'aide pour mes pneus. Je ramasse une pierre et la balance à travers la vitre. Au moins, ils réagiront.

Mais rien... Je me mets à crier dans l'obscurité, impuissant. Je dois errer en plein cauchemar, c'est la seule explication.

Malgré la frousse qui me prend à la gorge, je décide d'entrer dans cette maison. Du coude, je dégage les éclats de verre dans l'encadrement et pénètre à l'intérieur.

Je n'en crois pas mes yeux.

Les pièces sont vides. Pas un meuble, pas une âme, pas même de lustres ni d'ampoules. Aucun interrupteur. Comme si... Comme si personne n'avait jamais habité ici. Je promène mes doigts sur les murs, au sol, et regarde le bout de mes phalanges : pas un grain de poussière. Je ne cherche pas plus loin, je sors très vite, affolé. Peut-être cette maison-ci n'est-elle plus habitée ? Ou alors, quelqu'un d'autre va emménager, et est venu tout nettoyer récemment ? Pourquoi pas l'homme au chapeau ? Un prospecteur ? Un agent immobilier ?

Mais pourquoi avoir laissé ces rideaux sales aux fenêtres ? Pourquoi faire croire que quelqu'un habite ici, alors qu'il n'y a personne ? Ça ne rime à rien.

Je dois comprendre. Je brise la fenêtre d'une autre maison. Puis une autre, puis encore une autre. Vides. Toutes vides, sans exception. Pas d'interrupteur ni de signe quelconque qu'il y a eu, un jour, des habitants. J'écume les rues, casse à tour de bras, crie toujours plus, mais seul l'écho de mon propre désespoir me répond. J'ignore ce qui se passe, mais il faut absolument que je foute le camp de cet endroit maléfique.

Et, quand j'arrive au chalet, hors d'haleine d'avoir couru, mon faisceau lumineux dévoile l'inimaginable. Une enveloppe marron est clouée sur la porte. Dessus est écrit : *L'abyme…*

*

Je suis fou. Pourrait-il en être autrement ? Dans la main droite, je tiens donc cette enveloppe avec ce mot écrit de mon écriture ou, plutôt, de celle de Dan Sullivan. Dans l'autre main, je tiens une planche à dessin à demi consumée, sur laquelle je vois l'illustration de ma main droite tenir la même enveloppe, sur laquelle est écrit également *L'abyme*. Entre ce reste d'illustration brûlée, dessinée dans le passé, et la réalité que je suis en train de vivre, là, maintenant, il n'y a aucune différence.

J'ai la tête qui tourne et j'éprouve le besoin de me rallonger sur le canapé. Ai-je vraiment perdu la raison, au point d'avoir tout imaginé ? Le village fantôme, le cadavre dans la grotte, ces lettres, écrites de ma propre main… Et si rien de tout cela n'était réel ? Si cela n'existait que dans ma tête ?

Mes yeux se ferment, mon esprit s'évade, mais je refuse de me laisser aller. J'ai besoin d'affronter ce cauchemar maintenant. Faire face à l'incompréhensible. Je sais que je ne suis pas fou.

Le jour commence à se lever, bientôt, l'Emprise – il me faut bien lui donner ce nom – va prendre possession de mon corps et m'engluer. Je réfléchis longuement et envisage toutes les éventualités susceptibles d'expliquer une situation pareille. Le tour est vite fait, il n'y en a aucune de plausible. La moins stupide d'entre elles me glace le sang : du 1er au 15, j'ai inventé, puis dessiné un scénario que je suis en train de vivre en ce moment même.

Et ce scénario que je suis en train de vivre, eh bien… je le dessine de nouveau. C'est comme un serpent qui se mord la queue. *Ouroboros*. Bon sang, c'est le titre de ma trilogie…

D'un geste violent, je repousse mes planches sur le côté et me prends la tête entre les mains. Je ne sais plus quoi faire. Comment agirait Teddy à ma place ?

Il boirait un verre d'abord, affronterait ce qu'il y a dans l'enveloppe. Alors, j'imite Teddy. Je finis les derniers centilitres de whisky, cul sec. Je considère mes doigts tremblants. Ils ont gonflé, mes ongles ont poussé. Que m'arrive-t-il ?

Avec appréhension, j'arrache le papier kraft. Qu'est-ce que Dan Sullivan m'a réservé, cette fois ? Je découvre juste un message, griffonné sur un morceau de papier, avec mon écriture imitée, évidemment : *Dans le tiroir de la commode de ta chambre... D. S.*

Encore un jeu macabre. Ce malade mental est venu chez moi, dans mon intimité. Tous mes poils se dressent. Je me précipite dans la chambre, ouvre le tiroir et y pioche pour trouver un autre album de photos : Kathya et moi, en vacances au Maroc. La destination également de Teddy et sa femme Lucille, au début du tome II...

Je comprends mieux pourquoi j'ai ouvert l'album de mariage, l'autre jour. Durant mon trou de mémoire, j'ai probablement reçu une première lettre de Sullivan, m'indiquant de chercher dans l'album. Il y a sûrement glissé le cliché avec l'empreinte du pied nu.

Je me retourne brusquement, pris d'une bouffée d'angoisse, persuadé qu'on m'observe. Mes yeux roulent dans leurs orbites. Je sens que l'être perfide qui habite cette demeure me palpe, glisse ses longues mains osseuses le long de mon visage, de mes reins. Le froid revient, je m'enveloppe de ma robe de chambre et me mets à feuilleter l'album. Comme je m'y attendais, je découvre une photo qui tranche avec la beauté des palmiers et des plages de sable blanc. Le cliché me désigne un endroit que je connais trop bien.

Le coffre de ma voiture...

*

Je vais sombrer, je le sens. La tempête qui se lève s'en prend à mes cheveux, les branches des arbres se tordent sur le ciel, toujours aussi noir. Pistolet au poing, j'appuie sur le bouton du coffre qui s'ouvre dans un grincement macabre. Dans une bande dessinée, j'aurais matérialisé ce bruit par de grosses lettres noires barrant mon dessin. Pourquoi je pense à cela maintenant ?

Ce que je découvre dans le coffre me retourne l'estomac. Mes doigts impatients plongent dans la chevelure crasseuse, chassent les boucles brunes sur le côté pour dévoiler un visage qui me brûle le cœur. Nu, le corps est recroquevillé, immobile, les genoux repliés contre la poitrine. Les paupières sont baissées, la bouche sourit timidement. Je recule en gémissant. Cette victime ressemble à Lucille, l'épouse disparue de mon héros Teddy. Même physionomie, mêmes traits caractéristiques. Mes jambes vont lâcher, je m'appuie contre un arbre.

Plus aucun doute, un sadique s'attaque à des personnages qui ressemblent aux héros d'*Ouroboros*, et me prend pour témoin de ses horreurs. Qui sera la prochaine victime ? L'être humain le plus proche de Teddy ? C'est-à-dire moi ? Non, non, Teddy et moi, on ne se ressemble que de l'intérieur. Dieu merci, nos physiques sont bien différents !

Les larmes aux yeux, je regarde l'arme à feu entre mes mains. Le contact de la crosse sur ma paume m'est étrangement familier, je sais que je pourrais tuer Sullivan d'un coup net et précis, alors que je n'ai jamais tiré de ma vie.

Transi, je m'approche de nouveau de l'arrière de ma voiture. Des larmes froides s'assèchent sur mes joues, je suis anéanti. Que faire à présent ? Que faire, bon Dieu ?

Me débarrasser d'elle, comme j'ai fait lâchement pour Vicky ? La jeter dans un trou, elle aussi ? Non, je refuse cette fois. Je ne suis pas un meurtrier. Je vais m'habiller décemment et parcourir à pied les trente kilomètres qui me séparent de la ville. Tout leur expliquer. Et s'ils m'enferment, tant pis. Teddy agirait ainsi.

Et, tandis que je m'apprête à refermer le coffre, le corps de la femme se met à tressauter.

*

Je cours jusqu'au chalet, l'inconnue dans les bras. Elle respire. Très vite, je l'allonge sur le canapé, la couvre d'un plaid et lance de grosses bûches dans la cheminée. Son front est bouillant, j'y place un linge humide. Son corps maigre et nu porte des marques de sévices. Elle a dû être entravée de longs jours, à voir ses ongles cassés et les brûlures de corde à ses chevilles et ses poignets. J'ai mal pour elle, j'imagine son calvaire aux mains de Sullivan. C'est moi qui l'ai bâti, ce monstre, je le connais par cœur. Pour l'imaginer, lui construire une âme, j'ai pris tout ce qu'il y avait de pire dans l'esprit humain : sadisme, cruauté, perversion... Aucune compassion, pas le moindre sentiment positif. Une machine destructrice. Si celui qui s'est substitué à mon tueur le copie à ce point, alors...

Pauvre femme, pauvre *Lucille*. Ses lèvres remuent, elle murmure dans son sommeil. Elle paraît si faible que je préfère ne pas la réveiller. Qu'ont vu ses yeux ?

Où a-t-elle été enfermée ? À quoi ressemble son tortionnaire ? J'ai tant de questions à lui poser.

Longtemps je fais les cent pas, cherchant une solution qui n'arrive pas. J'essaie de réfléchir, inutilement. Je mange des restes, sans appétit. Je n'ai qu'une hâte, qu'elle se réveille, qu'elle me raconte. Je me sens à présent si proche d'elle, si…

Je dois m'occuper, absolument, lâcher le trop-plein de douleur en moi, ou je vais crever d'angoisse. Je m'assieds derrière elle, face à ma planche à dessin, et me mets à crayonner compulsivement la noirceur qui m'habite. Aussi horrible et impensable que cela puisse paraître, la suite du scénario d'*Ouroboros* s'impose à mon esprit, je n'ai même pas à réfléchir. Il s'agit d'un jeu de piste sordide, où le tueur Dan Sullivan a décidé, après plus de deux ans, de rendre à Teddy sa femme, à moitié morte, à moitié vivante. Une femme zombie, libérée pour le faire souffrir davantage et lui montrer son emprise, sa force. En quelques coups de crayon, j'esquisse l'enveloppe kraft, clouée sur la porte. Puis Teddy, en train de l'ouvrir, assis en tailleur sur le sol, comme sur ce dessin retrouvé brûlé devant la cheminée. Puis l'album de vacances au Maroc, la découverte dans le coffre et, enfin, l'attente que Lucille revienne à elle.

Je me relève, en transe, le front trempé. J'ai dessiné à une vitesse effroyable. Teddy vibre en moi, je ressens ses angoisses aussi fort que les miennes. Il me fait mal, me blesse, me ronge de l'intérieur. Comme chaque fois, à chaque tome, il m'habite.

Soudain, Lucille remue sur le divan, je me précipite. Pourquoi ai-je pensé *Lucille* ? Ce n'est pas Lucille, c'est une inconnue qui ressemble à Lucille ! Ses yeux s'ouvrent brièvement, ils sont verts, évidemment, je le savais. J'y lis la terreur, l'effroi, puis un brutal apaisement lorsqu'elle m'aperçoit. Elle m'attire vers elle, m'étreint dans un long soupir. Je me laisse faire, au bord des larmes, et ferme les yeux. C'est Kathya qui revient le temps d'un souffle. Je me rappelle son parfum, sa poitrine qui se serre contre la mienne, j'aimerais que cet instant dure toute une vie. Lucille balbutie soudain une phrase que je ne comprends pas. Je m'écarte un peu, mon cœur bat si fort que je peine à respirer. Juste après, ses ongles cessent d'agripper mon dos, ses bras tombent mollement le long de son corps, elle a un dernier sursaut.

Elle ne respire plus.

Avec un cri, je me jette sur elle, frappe sur sa poitrine brûlante, m'acharne à la ramener à la vie. Elle est inerte, si inerte ! La chaleur quitte rapidement son corps, tandis que ma joue repose dans le creux de son épaule. J'ignore combien de temps je reste dans cette position. Cette femme que je ne connais pas, j'ai l'impression qu'elle m'arrache le cœur. C'est comme si je perdais Kathya une seconde fois. Comme... *de l'amour...*

Je me mets à pleurer. Seigneur, ce que je ressens, au fond de mes tripes, m'ébranle. J'aime cette femme que je ne connais pas.

Quand je me redresse, je n'ai plus la force de rien. Avec une délicatesse infinie, je porte le corps et sors sur le seuil du chalet. J'embrasse ses lèvres froides, longuement, puis tourne la tête. Une pelle est posée là, au bon endroit, contre la façade, telle une invitation à accomplir ma besogne.

Comme par hasard.

*

Le 27.
L'arme chargée repose entre mes mains, et j'attends, le visage fermé, imperturbable. Je ne rentrerai plus chez moi, dans la grande ville, je le sais. C'est ici que mon histoire doit se terminer, je le sens au plus profond de moi.

Teddy m'habite de plus en plus, m'appelle, me harcèle. Il ne me lâche pas, j'ai besoin de finir le scénario de sa vie, c'est le seul moyen de m'en débarrasser. Malgré mon mal de crâne, ma peine, ma douleur, je me mets à dessiner. Je veux qu'il tue Sullivan, sans tarder. Qu'il l'abatte de neuf balles en plein cœur. Et que l'affrontement ait lieu ici, au chalet.

En finir, en finir, en finir.

Teddy prend forme sous mes traits, dans mes veines et mon esprit. Je dessine son visage souffrant. Cheveux et yeux noirs, visage émacié, avec une barbe épaisse. Comme je l'ai fait moi-même dans la réalité, Teddy allonge sa femme sur le fauteuil, les yeux pleurant d'amour et de chagrin. Il reste contre elle, longtemps, à gémir. Plus loin, lui et Lucille s'enlacent brièvement. Leurs regards se croisent, se parlent. Puis elle meurt dans ses bras. Un long hurlement barre en diagonale un dessin qui prend la moitié de la planche. J'en frissonne, tous mes poils se dressent et je hurle à mon tour.

Sur la dernière case de la page 11, Teddy enterre sa propre femme, les cheveux agités par le vent. Il hésite à se flinguer, mais se jure de trouver l'assassin, avant. Alors il attend dans le chalet, ici, comme moi. Il sait que Sullivan va venir le chercher.

Je me lève, les jambes flageolantes, vidé de mon énergie. Je récupère cinq minutes, puis vais continuer jusqu'au dénouement. Jusqu'à l'affrontement final. La BD sera courte, tant pis. Elle ne sera jamais publiée, de toute façon. En finir, vite, vite.

Je me frotte les tempes, le mal de crâne revient. Jamais je n'ai écrit une histoire aussi sombre. Tous mes héros disparaissent, les uns après les autres, avec violence. En même temps, c'est exactement ce que je suis en train de vivre.

Je relis ces onze pages d'*Ouroboros* III, dans leur ensemble. Quelle horreur, c'est le meilleur scénario que j'aie jamais écrit. Aucun dialogue, quelques monologues, et beaucoup d'images. Je pense *chef-d'œuvre*, et me dis en même temps que je suis un monstre. Jusqu'à présent, cette BD n'est que la réalité... Ma réalité, celle que je ne contrôle pas.

Mais la fin, je vais la créer moi-même. Massacrer Sullivan.

Je tiens cette fameuse page 11 entre mes mains. Une nouvelle fois, l'illustration de Lucille, couchée sur le sofa et étreignant dans un ultime soupir Teddy, m'ébranle. Je promène mes doigts sur son visage, sur ses lèvres. Lucille redevient ce personnage des tomes I et II, que j'ai bâti de mes tripes et dont je connais les plus intimes pensées. Je ne voulais pas la faire mourir, je voulais qu'elle retrouve Teddy, à la fin de l'histoire, et qu'ils s'aiment avant que, peut-être, Teddy meure. Mais *quelqu'un* en a décidé autrement.

Quelqu'un. Comme si…

Soudain, je me fige, j'étouffe. Ma main tremblante parvient à saisir le feutre, à approcher la pointe noire de la bouche de Lucille et à noter une phrase. Cette même phrase que la vraie femme, allongée sur mon vrai sofa, m'a murmurée à l'oreille juste avant de mourir : *Chaque jour mes yeux n'attendent que toi…*

Les mots exacts que Lucille prononçait à Teddy dans leurs moments d'intimité…

*

Ça hurle dans ma tête, des suées m'envahissent, mon corps me donne l'impression de se disloquer et, pourtant, j'avance en direction du village, en plein jour. Chacun de mes pas pèse des tonnes. La voix hurle dans ma tête, m'ordonne de rentrer, de lui obéir. Je ne céderai pas. Ni à elle ni au monstre qui veut me voler ma liberté, m'absorber tout entier. Je ne suis pas un pantin.

Peu à peu, l'Emprise se résorbe, la voix, les gratouillements s'estompent. La crise est passée. Mais combien de temps avant la suivante ? Enfin, j'atteins les premières maisons du village maudit. C'est soudain là-bas, à une vingtaine de mètres devant moi, que je l'aperçois, comme toujours : la femme avec son chien. Elle marche dans ma direction, la tête baissée, le visage dissimulé sous un châle. Je l'appelle mais elle ne réagit pas plus que l'animal. Contrairement à d'habitude, je traverse, m'arrête et attends qu'ils me croisent. La femme passe juste à côté de moi sans me remarquer. Quant au chien, il continue sa course, la truffe au sol. Je reste là, pantois.

Je ne suis pas invisible, bon Dieu ! J'ai un corps, des muscles, des os ! Alors pourquoi elle et son sale clébard font-ils comme si je n'existais pas ? Je me décide à les interpeller mais ils tournent dans une impasse, un peu plus loin.

Quand je me mets à les suivre, ils ont disparu. Volatilisés. Je n'en crois pas mes yeux. Ils n'ont pu aller nulle part. Sont-ils entrés dans l'une de ces maisons vides ? Je n'ai pas le temps de me poser davantage de questions. Derrière moi, l'homme au chapeau et à l'attaché-case vient de passer. Je cours vers lui, pas question de le laisser filer, celui-là. Il frappe à une porte, s'apprête à entrer mais je l'attrape par le poignet. La porte s'ouvre, il essaie d'avancer sans prêter attention à mon étreinte. Je renforce ma poigne, il est plus fort que moi et me traîne à l'intérieur. La porte se referme d'elle-même. Je suis dans un endroit sans meubles, sans présence, sans vie. Soudain, l'homme au chapeau se fige comme un robot que l'on vient de déconnecter, les jambes légèrement écartées, les bras le long du corps. Il serre encore sa mallette et me tourne le dos.

Interloqué, je me déplace, de manière à l'avoir en face de moi. Je manque de m'évanouir. Son visage est blanc, sans nez, sans yeux, sans bouche, pareil à un ballon de baudruche gonflé à bloc. J'enfonce l'index, c'est mou, on dirait de la gomme. Lorsque je retire son chapeau, je constate qu'il n'a pas de boîte crânienne. Et aucun corps sous son costume. Juste des mains, des pieds, mais ni bras, ni tronc, ni jambes. Il n'est pas vivant. Il est…

Un personnage créé de toutes pièces.

Je fuis en hurlant vers le ravin, incapable d'admettre ce que je suis en train de comprendre. J'enfile la rue où j'ai trouvé l'empreinte de pied ensanglanté, mais au lieu de descendre vers le torrent comme la première fois, je prends vers la gauche, dans la partie qui remonte et contourne le village. Vers *ce qui n'était pas prévu*. Et là, à quelques mètres, la rue s'arrête soudain. Derrière, il n'y a que le vide, ou plutôt… du blanc. Une absence de monde, de paysage. Le néant. Comme dans les maisons. Comme partout où j'irai, en dehors des rails qu'*on* a dessinés pour moi. Je fuis vers mon chalet. L'expérience du néant se renouvelle dans la forêt. Dès que je m'éloigne de la route entre mon habitation et le village, dès que je traverse quelques rangées d'arbres et me rends dans un endroit où *je n'aurais pas dû aller*, il n'y a plus rien.

À genoux, en pleurs, je me touche le visage. Le contour des yeux, la forme du nez, le pli des lèvres.

Dans le village, les vitres des maisons sont si crasseuses, le ciel si noir – un noir d'encre, toujours ce même fichu noir d'encre, immuable – que je n'ai jamais pu voir mon reflet. Ai-je un visage blanc, moi aussi ?

Je sais que, où que j'aille, jamais je ne trouverai un seul miroir dans ce décor de carton-pâte. Car le monde qui m'entoure n'est qu'un gigantesque décor.

Le décor d'une bande dessinée.

Et j'en suis peut-être l'un des personnages.

De retour au chalet, je m'empare de l'appareil photo, place l'objectif devant mon visage et appuie. Je retourne l'engin vers moi, je crois que je vais me décomposer. Le résultat m'apparaît sur le petit écran LCD.

Mes cheveux se sont obscurcis, seules subsistent quelques mèches blondes. Mes yeux ont noirci. Plus vraiment bleus, pas complètement noirs.

Je ne suis plus tout à fait Charly.

Je deviens Teddy.

*

Aussi extraordinaire, incompréhensible que cela puisse paraître, je suis à la fois Teddy et Charly, prisonnier de ma propre bande dessinée, tombé à l'intérieur d'un monde que j'ai créé. Je... Seigneur, je déambule dans des décors, dans un univers fictif. Les maisons du village, dont n'existent que les façades... La grosse femme et l'homme au chapeau, simples figurants destinés à animer les illustrations...

La position des arbres de la forêt qui varie légèrement d'un dessin à l'autre...

Je ne suis qu'un personnage créé ! Un être créé par... par moi-même ! Et si j'étais en train de vivre ce que j'ai dessiné entre le 1er et le 15 ? Et si j'étais passé de *l'autre côté* de la page ?

Non, non. Je suis peut-être Teddy, mais je suis aussi Charly, illustrateur et scénariste à succès. Teddy ne sait pas dessiner, il est flic, il est marié à Lucille, il... Bon Dieu, mes trous de mémoire... Le tome I commence par *mon* mariage avec Lucille... C'est ainsi que j'ai été créé. Sans passé.

Je me prends la tête entre les mains en criant. Tout cela ne peut être que dans ma tête. Mon esprit n'arrive plus à dissocier le vrai du faux, le réel du non-réel. Je reviens vers ma planche à dessin. Une à une, je passe en revue les cases illustrées, les épisodes depuis le début. Page 11, j'attends Dan Sullivan... Dans la BD, et dans la réalité. Tout est identique. Je sue à grosses gouttes.

Il manque la fin. Qu'avais-je bien pu imaginer dans la version initiale, celle qui a brûlé dans la cheminée ? Qu'avais-je choisi comme dénouement, la toute première fois où j'étais encore « humain » ? La mort de mon héros ou celle du méchant ? Je me connais, j'aurais été capable de tuer Teddy et de faire triompher le Mal. La preuve, tous mes héros viennent de mourir. Vicky. Puis Lucille, *ma propre femme*...

Non ! Je refuse de me soumettre, je refuse que mon destin soit écrit par un autre que moi ! Je ne veux plus être Teddy, je suis Charly, celui qui a sa vie en main !

Je me jette sur ma planche, saisis mon feutre, une feuille blanche, vierge. Je dois aller vite. Changer le destin de Teddy. Mon propre destin.

Page 12. Je ne m'applique plus, je n'ai plus le temps. Dans une case, je plante le décor extérieur : les arbres, la route, le chalet. C'est ici que tout doit se terminer, le plus vite possible. Dans la case d'à côté, je trace furtivement la silhouette de Dan Sullivan. Il observe, planté dans son long imperméable noir. Il serre dans la main son couteau cranté. Je le dessine sans arme à feu, j'aurai ainsi l'avantage.

Mes yeux me piquent, case suivante, vite, vite. Sullivan approche de la maison. Son visage s'esquisse dans la lumière : une face grêlée comme la surface de la lune, des yeux d'un noir maléfique, des cheveux au carré, tombant légèrement sur ses épaules. L'incarnation du Mal. Sans m'interrompre, je dessine grossièrement les contours de la case suivante.

Un craquement soudain me fait sursauter.

À ce moment précis, mon cœur manque d'exploser dans ma poitrine.

Je me retourne.

La poignée de la porte est en train de s'abaisser.

J'ai été devancé. *On* a dessiné plus vite que moi.

Et, alors que le revolver apparaît dans ma main, je comprends que je suis vraiment Teddy. Et que Charly est resté de l'autre côté de la page. Dans le vrai monde.

*

De la pointe de son feutre, Charly termina de chatouiller la main droite de Teddy, dans laquelle il dessina le Sig Sauer. Par la fenêtre, que l'on voyait en arrière-plan de la case, il dessina furtivement quelques troncs d'arbre.

Face à Teddy, à l'intérieur du chalet, il crayonna Dan Sullivan, planté là comme l'incarnation du Mal absolu. Pour renforcer l'effet dramatique, il avait caché son visage dans l'ombre et insisté sur les aplats de noir. Il ne savait pas pourquoi il avait dessiné un couteau dans sa main, plutôt qu'une arme à feu. Parfois, son imagination lui échappait. De ce fait, il avait dû trouver une astuce pour faire triompher le Mal. Alors que Teddy braquait le meurtrier, prêt à l'abattre, ce dernier, avec un demi-sourire, ouvrait la paume de sa main, dévoilant les neuf balles du Sig Sauer. Charly ajouta une bulle, sortie de la bouche de Sullivan : *Toujours vérifier qu'une arme est bien chargée...*

Charly plaqua violemment son feutre sur la planche et se leva, en colère.

— C'est naze ! C'est complètement naze !

Il déboucha une nouvelle bouteille de whisky single malt et en but une belle gorgée. Dehors, la journée tirait à sa fin. Il venait de passer huit heures à essayer d'avancer, pour arriver à *ça*.

Il se mit à aller et venir, les mains sur la tête, tout en marmonnant. Il en était à la page 12, seulement, et le scénario du tome III allait déjà se terminer par la mort du héros du livre. Bon Dieu, ça n'était pas suffisant, ses autres tomes faisaient trente-cinq pages. Il était si bien parti ! Que lui arrivait-il ? Avait-il perdu son inspiration au fil de l'écriture ? Pourquoi, sous sa plume, les événements s'étaient-ils accélérés, pourquoi cette fin si brutale, à laquelle lui-même ne s'attendait pas ?

Depuis son arrivée au chalet, quelques jours plus tôt, il n'avait pas senti Teddy comme d'habitude. Comme si son personnage imaginaire lui échappait progressivement ou voulait s'emparer des rênes. Mais Charly avait horreur de se laisser guider par ses personnages, comme le faisaient certains de ses frères de plume. Quand ça arrivait, lorsqu'il sentait que Teddy lui filait entre les doigts et avait tendance à mener sa propre vie, il se reposait un peu ou se promenait, avant de reprendre plus tard.

Charly inspira profondément. Peut-être que ça n'avait pas été une bonne idée de planter le décor aux alentours du chalet et du village. Peut-être aurait-il fallu poursuivre l'histoire dans la grande ville et non pas ici, dans cet endroit mort.

Dans un geste compulsif, il se gratta l'oreille. Fichues démangeaisons…

Il se remit à réfléchir, inquiet. Que faire ? Garder le début et reprendre à partir de la mort de Lucille ? Trouver un ou deux rebondissements supplémentaires avant la confrontation finale entre Teddy et Sullivan ? Pourquoi avoir choisi la bataille dans le chalet ? Il y avait tant d'autres endroits. Des ruines, une grotte, un souterrain…

Il raviva le feu, la chaleur dégagée par la flamme inonda son visage fatigué. Non, non. Il n'y avait rien de génial dans cette histoire. Les dessins étaient magnifiques, les décors splendides, certes, mais le scénario, lui, totalement nul. Or, il ne pouvait se permettre de faire du médiocre. Pourquoi avait-il eu cette idée de photo d'empreinte ensanglantée pour débuter le tome III ? Elle l'avait embarqué dans une aventure qu'il n'avait pas vraiment voulue. Une impasse. À présent, il fallait faire table rase de cette histoire, et tout reprendre de zéro s'il ne voulait pas tourner en rond et s'acharner à trouver une solution qui ne viendrait peut-être jamais.

Avec regret, il rassembla ses planches puis, dans un soupir, les jeta dans les flammes. Des journées de perdues, ça lui apprendrait à fonctionner à l'intuition. Lui qui, d'ordinaire, planifiait toujours sa future histoire avant même de commencer un seul dessin.

Tristement, il regarda le feu dévorer son travail. De petits papillons de papier se mirent à danser dans l'air. Les visages se rétractaient, les décors se consumaient, comme s'ils n'avaient jamais existé. Avec un soufflet, Charly attisa si fort les flammes qu'une planche aux trois quarts dévorée échappa à l'anéantissement et virevolta sur le sol, à ses pieds. Du talon, Charly l'écrasa pour empêcher les flammèches de se répandre, laissant sur le papier une marque noire.

Il se pencha et regarda la partie de dessin qui avait été épargnée : la moitié droite de Teddy, assis sur le sol, tenant dans sa main une enveloppe sur laquelle était inscrit *L'abyme*.

Alors, sans qu'il puisse expliquer pourquoi, Charly ressentit une forte impression de déjà-vu. Il se sentit si mal qu'il dut s'asseoir sur son sofa.

Son regard tomba sur l'armoire où se trouvait son album de mariage. Pourquoi éprouvait-il subitement le besoin d'aller l'ouvrir, cet album ? Tout cela était complètement stupide…

Il se leva néanmoins, sortit l'album du tiroir et le feuilleta, afin de retrouver sa tranquillité d'esprit.

Le choc de sa découverte fut d'une violence inouïe.

Face à lui, une photo.

L'empreinte sanglante d'un pied nu. *La suivre au long d'une rue.*

LASTHÉNIE

Une fois sa patiente sortie, le docteur Mathias Legrand s'intéressa au rendez-vous suivant. Il attrapa le dossier médical de Catherine L. Moreau, célibataire, trente-deux ans, qui consultait chez l'un des médecins traitants de Lyon. Il s'agissait de sa première visite chez un hématologue.

Le jeune spécialiste jeta un œil aux résultats de ses prises de sang et en resta interloqué. Il baignait pour ainsi dire dans l'hémoglobine depuis cinq ans et c'était la première fois qu'il se retrouvait confronté à ce groupe sanguin.

Après quelques appels chez des confrères spécialisés dans les sangs rares, il fut en mesure de recevoir la jeune femme. Elle était d'une blancheur cadavérique, avec des cheveux très fins et clairsemés, des ongles en sale état, fragilisés. La fatigue pesait sur son visage. On lui donnait facilement dix ans de plus. Elle se repliait sur elle-même comme un oisillon craintif. Mathias la pria de s'asseoir et entra dans le vif du sujet.

— L'analyse de votre hémogramme indique clairement que vous souffrez d'une anémie microcytaire avec fer sérique bas. À ce que je vois, vous êtes sous Ferrovoluten et Soféron deux fois par jour, et Balféron en intramusculaire que vous tolérez bien. Cependant, rien n'y fait, votre taux d'hémoglobine est aujourd'hui extrêmement bas. Malgré une anamnèse poussée, aucune cause à ce manque n'a encore pu être soulevée. C'est la première fois que vous développez ce genre de symptômes ?

— Oui.

— Votre médecin vous l'a sûrement demandé, mais pas de saignements importants, de vomissements de sang, de plaies qui pourraient expliquer la diminution du taux de globules rouges dans votre organisme ?

Elle secoua la tête sans le quitter des yeux. Mathias parcourut du regard les remarques manuscrites que le médecin traitant avait jugé bon de noter sur sa patiente. Pas de sport ni de partenaire sexuel. Rupture amoureuse quelques mois plus tôt, déménagement. Il avait également ajouté, souligné en rouge : *Multiplie les consultations au sujet de migraines, de troubles digestifs ou de problèmes de sommeil. Ces dernières semaines, elle a passé ses journées en centre du sommeil, en neurologie et en gastroentérologie. La batterie d'examens dans les différents services n'a rien donné. La patiente est devenue anémique par la suite.*

En ce qui concernait Mathias, le diagnostic médical de l'anémie ne laissait aucun doute. Même physiquement, Catherine présentait toutes les caractéristiques de la patiente en manque de fer et de globules rouges. Elle souffrait de graves carences qu'il fallait prendre en charge au plus vite, parce que son corps était en train de dépérir. Elle était comme une vieille Cadillac buvant ses dernières gouttes d'essence avant la panne.

— Nous allons devoir vous garder à l'hôpital pour des examens complémentaires.

Elle prit la nouvelle avec calme, comme si elle s'attendait à ce verdict.

— Vous allez me transfuser ?

— Oui, il y a plus qu'urgence, répliqua Mathias. Le problème, c'est votre groupe sanguin. J'attends un retour de la Banque nationale de sang de phénotype rare située à Créteil pour savoir s'ils disposent de réserves, ce qui est loin d'être sûr. Mademoiselle Moreau, êtes-vous consciente de la rareté de votre sang ?

— Il paraît que nous serions moins de quarante personnes au monde à avoir ce groupe, le RHnull. Je le sais depuis mes quatorze ans, lorsqu'on m'a opérée suite à une fracture ouverte. On m'a transfusée avec le sang d'une autre personne RHnull. Les poches provenaient de cette banque dont vous me parlez, je crois.

— Pas de don du sang récent ? Cela pourrait expliquer l'anémie et...

— Je ne donne pas mon sang.

— On ne vous a jamais conseillée en ce sens ? Vous le savez, votre sang est très précieux, c'est le sang le plus universel au monde. Seules les personnes comme vous peuvent sauver les vies d'autres individus au sang extrêmement rare.

— On m'a déjà sollicitée, bien sûr. Mais non, je ne donne pas mon sang.

Sa réponse était cinglante, incompréhensible, elle qui, plus jeune, avait pu être opérée en toute sécurité grâce à un généreux donateur anonyme. Le médecin la considéra avec désarroi. Il ne voulait pas la juger, elle avait sans doute ses raisons. Mais la première chose qu'elle avait demandée était de savoir si elle pouvait être transfusée. On aime recevoir, mais on n'aime pas donner.

— C'est dommage, confia-t-il. Votre propre don aurait pu vous servir pour une autotransfusion aujourd'hui. Espérons que quelqu'un d'autre aura, lui, estimé cela plus utile que vous et qu'il reste des poches à la Banque du sang rare. Sinon, la situation risque d'être compliquée.

*

La mère de Nathanaël l'avait toujours protégé comme une porcelaine fragile, dès le plus jeune âge. Il n'avait jamais eu le droit de courir dans la cour de récréation ni de faire du vélo ou du patin à roulettes. Il suffisait qu'il revienne à la maison avec un genou en sang – on se blesse toujours aux articulations quand on est gamin – pour que sa mère pique une crise et l'enferme dans sa chambre de longues journées. Ce liquide rouge au goût de cuivre, à l'odeur de métal tiède, la rendait folle. Nathanaël n'avait tout simplement pas le droit de se blesser. Perdre son sang était pour lui – et encore plus pour elle – synonyme de mort. Pourtant, c'était elle qui était partie la première. Décédée le jour de ses treize ans. Celui de Noël, aussi.

Trente ans plus tard, Nathanaël saignait encore de sa disparition.

Par la fenêtre de la salle blanche et aseptisée, les Alpes coiffées de neige resplendissaient, le lac Léman scintillait à leurs pieds. Nathanaël avait aujourd'hui quarante-trois ans et, comme à chaque Noël, il se rendait dans un établissement du sang ouvert en ce jour spécial. En Suisse, là où il habitait, il n'existait pas de banque de stockage pour ce si précieux liquide, alors il se déplaçait à ses frais, prêt à offrir généreusement un demi-litre de l'or rouge qui coulait dans ses veines. À cause de la gratuité du don, on ne pouvait même pas lui envoyer un taxi ni lui payer une nuit d'hôtel sur place.

Il n'y avait quasiment personne dans l'établissement. Les gens étaient tous chez eux, à offrir leurs cadeaux, à déjeuner en famille, à se réchauffer au coin de la cheminée. Nathanaël ferma les yeux et imagina la joie des enfants le nez dans leurs nouveaux jouets. Les rires, les éclats de vie lui manquaient tellement. Lui aurait juste son chat à caresser en rentrant ce soir.

Un infirmier arriva et le tira de ses pensées. Il entama une série de gestes précis en vue de la collecte. Nathanaël lui tendit son bras. Il avait l'habitude, il donnait son sang au moins huit fois par an dans divers pays d'Europe. C'était deux fois la limite autorisée en France mais, avec le changement de pays, on n'y voyait que du feu.

Une heure plus tard, après avoir avalé un sandwich qui lui redonna un peu de couleurs, il erra dans les rues vides et balayées par un vent glacial. Fatigué. Affaibli. La multiplication des dons au-delà du raisonnable l'épuisait.

Cette fois-là, il n'avait ni la force ni l'envie de rentrer chez lui. Il se retrouva alors à boire un verre au seul bar ouvert de Thonon. Whisky-glace, histoire de recharger les batteries. Personne ne traînait dans l'établissement, hormis la serveuse, une petite femme nerveuse et vive comme l'eau d'une cascade. Elle devait avoir la trentaine, peut-être trente-cinq. Son visage fin rayonna de lumière lorsqu'elle lui apporta son alcool. Elle resta immobile deux, trois secondes, à l'observer – elle le contemplait vraiment comme une antiquité romaine – puis lui sourit timidement.

— On est comme deux chats égarés, on dirait.

— Moi plus que vous. J'ai parcouru cent kilomètres pour venir ici. Je suis suisse.

Elle n'était pas spécialement belle mais dégageait un charme qui lui plaisait, pareille à ces pierres brutes qu'on trouve dans les montagnes et qui ne demandent qu'à être taillées. Ils nouèrent la conversation – difficile de faire autrement dans une grande pièce vide – et trinquèrent à leur rencontre.

— Joyeux Noël. Moi, c'est Lasthénie.

— Nathanaël.

— Et qu'est-ce qui vous vaut d'être ici, dans mon minable petit café, un soir de Noël ?

Il leva son verre.

— Je fête mon cinquantième litre.

— De whisky ?

— De sang. Je viens de donner ma centième poche à deux rues d'ici. Je fais ça depuis mes dix-huit ans à travers toute l'Europe. L'Angleterre, la Hollande, l'Italie, la France... Partout où il y a des congélateurs pour stocker les poches. Ça me coûte une fortune en déplacements, mais...

Il se réfugia sur son verre, baissa les yeux, les releva.

— C'est aussi mon anniversaire, aujourd'hui. Le 25 décembre.

Ils étaient comme deux étoiles qui s'attirent tellement qu'elles finissent par entrer en collision. En astronomie, on appelle cela une catastrophe. En amour, un coup de foudre.

— À votre anniversaire, à Noël, et à vos cinquante litres. Mais, éclairez ma lanterne : pourquoi tant voyager pour donner votre sang ?

— Parce qu'il est de type RHnull. Il ne possède aucun des cinquante-quatre antigènes du type rhésus, d'où son nom, rhésus null. On serait moins d'une personne sur deux cents millions à posséder ce type de sang. C'est difficile d'établir des statistiques, car il y a ceux qui ne se manifestent pas, malheureusement, ou ceux qui refusent de donner, ce qui est un vrai outrage à la vie quand on possède un sang si rare.

Elle le fixait avec intensité, immobile, subjuguée.

— Vous gardez ça pour vous, poursuivit Nathanaël, mais je sais qu'en France, je suis le seul donneur identifié. Et si je me déplace tant que ça, c'est parce qu'il est plus difficile de faire passer une poche de sang d'un pays à l'autre qu'une tonne de drogue. Et quand les gens ont besoin de sang, en général, ils ne peuvent pas attendre les formalités administratives.

Il versa une nouvelle rasade dans leurs deux verres.

— C'est ma tournée. Dites, en vivant si proche d'une maison du don, vous offrez vous aussi un peu de votre sang, j'espère ?

Elle porta ses deux mains autour de son verre, fixa le liquide ambré quelques secondes.

— Oui, oui, ça m'arrive de temps en temps. Mais mon sang est bien plus commun que le vôtre.

— Commun ou pas, vous faites un beau geste, vous contribuez à sauver des vies. Donner un peu de soi-même aux autres, c'est le plus important.

Ils discutèrent encore longtemps, jusqu'à ce que l'obscurité ensevelisse la ville. Dans ce petit troquet, les lois du temps et de l'espace n'existaient plus. Ils étaient là, rien qu'eux deux, et ils étaient bien. Lasthénie s'approcha de la fenêtre juste derrière eux et observa l'étoile la plus brillante dans le ciel.

— Notre rencontre, ce ne peut pas être un hasard. Vous croyez au destin, Nathanaël ?

*

Suite à sa transfusion et à une modification de son traitement, l'état de Catherine L. Moreau s'était amélioré. Son taux d'hémoglobine avait remonté. Durant son séjour à l'hôpital, les examens – gastroscopie, test Hemoccult sur selles, transit digestif et lavement baryté – n'avaient rien révélé d'anormal.

Mais trois semaines plus tard, elle était de retour en consultation, la peau aussi fine et transparente qu'un calque d'écolier. Pourtant, Catherine prenait scrupuleusement ses médicaments, l'infirmière à domicile pouvait en attester. Vu son état de faiblesse, le médecin décida de l'hospitaliser et de réaliser une nouvelle batterie d'examens encore plus coûteux et approfondis : colonoscopie, gastroscopie avec biopsie duodénale, scintigraphie, artériographie mésentérique supérieure et inférieure... Encore une fois, tous furent négatifs.

Compte tenu de la valeur dangereusement basse de l'hémoglobine et d'une absence de réserve en fer au niveau de la moelle osseuse, il lui fallait dans les plus brefs délais quatre unités de globules rouges. Heureusement, il en restait six à la Banque de sang rare. Mathias apprit que ces poches de RHnull n'avaient jamais servi, hormis pour une fracture ouverte de cette même patiente dix-huit ans plus tôt.

Après quelques jours d'hospitalisation, tous les voyants revinrent au vert, l'anémie régressait, et Catherine repartit chez elle en pleine forme, avec un traitement à titre d'entretien. En bon médecin universitaire, Mathias Legrand avait réalisé tous les examens et soins qu'il fallait, il n'avait commis aucune faute. Mais il était jeune, et il aurait sans doute dû essayer de pousser plus loin la compréhension de ce cas, et non juste poser des pansements sur une jambe de bois. Parce que, un mois plus tard, début décembre, Catherine revenait aux portes de son hôpital avec un taux d'hémoglobine qui allait nécessiter deux nouvelles poches d'or rouge.

Mathias Legrand aurait dû en parler à ses confrères, mais il n'en fit rien par fierté. Il assécha donc la Banque française du sang rare en RHnull. Il se renseigna sur les modalités de transfert de poches en provenance d'autres pays, en cas de future rechute de sa patiente, mais se heurta à des murs : plus personne ne lui fournirait ce précieux liquide pour un cas qu'il devait absolument s'efforcer de résoudre.

Ainsi, il explora le corps de Catherine de toutes les façons possibles, multipliant les nouveaux examens qui coûtèrent une fortune à l'hôpital. La jeune femme se laissait faire et ne se plaignait pas, malgré la fatigue et les contraintes.

Cette fois, Mathias se refusa à la laisser sortir de l'établissement lorsque l'hémoglobine remonta. Il ne pouvait se permettre une récidive et en fit un cas personnel : il voulait comprendre. En dehors des consultations, il passait donc tous les jours dans la chambre de Catherine, discutait avec elle, vérifiait les données consignées par les infirmiers. Alitée, sa patiente semblait aller de mieux en mieux, retrouvait le moral, les taux étaient bons. Mathias se surprit plusieurs fois à parler de choses très personnelles avec elle. Catherine avait cette faculté à vous pousser à vous confier.

Elle demanda qu'il reste un peu au réveillon de Noël. Mathias sacrifia donc une partie de la soirée avec sa femme pour le bien-être de sa patiente. Et parce qu'il se sentait bien à ses côtés. Il la quitta à 22 h 30.

Le jour de Noël, à 9 heures, ce qui devait arriver arriva. La chute de l'hémoglobine avait été si brutale durant la nuit que, par réflexe, l'infirmière vérifia qu'il n'y avait pas de sang dans le lit ni de coupure sur le corps de Catherine. Rien. Pas une goutte. La surface de sa peau fut scrutée avec attention. On ne décela aucune plaie, aucune trace d'aiguille.

Devant l'incompréhension de la situation, Mathias était anéanti et pris dans une spirale infernale. Il lui fallait deux nouvelles poches de sang de toute urgence. Il appela la Banque française de sang rare, au cas où le seul donneur de RHnull se serait manifesté depuis la dernière fois. Mais les coffres étaient toujours vides. En désespoir de cause, il demanda qu'on lui fournisse l'identité de ce généreux citoyen, qu'il pourrait essayer de convaincre de venir donner son sang de nouveau. On refusa : les voies de la bioéthique étaient impénétrables.

Aussi, en ce matin de 25 décembre, l'hématologue s'assit au chevet de sa patiente et se fit un devoir de lui dire la vérité.

— Je n'arrive plus à trouver de sang, mais j'ai lancé des demandes partout. Je ferai tout ce qui en mon pouvoir pour vous aider.

Catherine parvint à lui adresser un sourire.

— Il faut croire en la magie de Noël.

Visiblement, quelqu'un avait entendu les mots de Catherine, car, lorsque Mathias rentra chez lui, il trouva un e-mail anonyme dans sa messagerie :

Le donneur de RHnull que vous cherchez s'appelle Nathanaël Marquette, il vit en Suisse. Vous le trouverez sur les réseaux sociaux.

Un médecin qui veut vous aider.

Mathias n'en croyait pas ses yeux. Qui voulait l'aider ? Un confrère de l'hôpital ? Un employé de la Banque de sang rare qui avait entendu sa requête ? Il se connecta à Facebook et trouva en effet un individu nommé Nathanaël Marquette, en Suisse. Le profil était privé, alors il envoya un message en espérant que le mail anonyme disait vrai. En quelques lignes, il expliqua sa situation. C'était la première fois de sa vie qu'il agissait de la sorte mais, en ce jour de Noël, le jeune médecin était prêt à tout pour sauver sa patiente.

*

Les premières semaines furent merveilleuses. Nathanaël et Lasthénie vivaient une idylle parfaite. Elle au café la journée, lui qui l'attendait le soir, multipliant les allers-retours entre la France et la Suisse. Restaurants, soirées romantiques au bord du lac, week-ends en amoureux dans l'appartement de Nathanaël au cœur des montagnes. Après trois mois, il voulut qu'ils aillent donner leur sang en Italie et en profitent pour s'offrir quelques jours à Rome, mais Lasthénie resta clouée au lit à cause d'un mal de ventre. Il partit seul.

À son retour, le serpent de la discorde commença à se glisser dans le couple. Lasthénie se révéla d'une nature très jalouse, possessive, et lui reprocha chacune de ses absences – Nathanaël était chauffagiste et ne comptait pas ses heures. Et elle avait ce besoin permanent d'être au centre de l'attention et qu'on s'occupe d'elle. D'un autre côté, elle trouvait Nathanaël trop altruiste, trop naïf vis-à-vis du monde qui l'entourait. Que cherchait-il vraiment en arrosant l'Europe de son sang ? À sauver l'humanité ? À quoi bon s'user ainsi la santé ? Elle avait bien vu que chaque don l'affaiblissait davantage, qu'il mettait de plus en plus de temps à s'en remettre et que, s'il continuait comme ça, c'était lui qui aurait besoin d'une transfusion. Qui lui viendrait en aide s'il était en difficulté ? Personne. Lasthénie était sûre d'une chose : cette mission qu'il s'était confiée depuis ses dix-huit ans le détruisait à petit feu.

Nathanaël n'apprécia ni les propos ni le comportement de Lasthénie. Il décida de rompre. Elle le supplia, se battit pour recoller les morceaux, s'accrocha à lui de toutes ses forces, mais ils étaient devenus comme deux groupes sanguins incompatibles.

Dans les temps qui suivirent, la situation dégénéra au-delà de tout ce que Nathanaël aurait pu imaginer. Le calvaire commença par des coups de téléphone anonymes, jusqu'à ce qu'il change de numéro. Puis ce furent des e-mails de menaces, anonymes eux aussi, comme *On ne sait jamais ce qui pourrait vous arriver en traversant la rue* (elle le vouvoyait volontairement) ou *Vous allez comprendre le sens du mot souffrance*.

Quand arrivèrent les couches sales de bébé sur le pare-brise de sa voiture, il porta plainte, mais l'affaire n'alla pas bien loin : la police manquait de preuves, ne parvenait pas à retracer les e-mails ou les messages téléphoniques, et puis Lasthénie vivait de l'autre côté de la frontière, ce qui compliquait toute forme de procédure.

Les semaines suivantes, Nathanaël prit toute la mesure de la perversité de son ex-compagne : une parfaite calculatrice, planificatrice retorse, qui continuait à agir sans jamais se faire prendre. Un jour, il retrouvait les pneus de son utilitaire crevés. Un autre, c'était l'Interphone de son immeuble qui était dégradé, ou les poubelles qui étaient répandues devant son appartement. Jamais de témoins ni d'empreintes. Nathanaël prit vraiment peur le jour où il retrouva son chat mort dans le jardin à l'arrière de la résidence. La pauvre bête avait été empoisonnée.

Cette femme était folle, il se rendit compte qu'elle était prête à le détruire par tous les moyens. La prochaine fois, elle s'en prendrait à lui, c'était sûr.

Puisque la police ne faisait rien, il fonça vers Thonon pour régler ses comptes. Mais il découvrit que le café avait été remplacé par un magasin de chaussures, et que Lasthénie avait vendu son appartement. Elle avait disparu de la circulation.

Pourtant, le harcèlement se poursuivait, inlassablement. Alors, il décida lui aussi de déménager. Il se trouva un autre appartement à quatre-vingts kilomètres plus à l'est, sans révéler à quiconque où il partait habiter. Il stressa les premiers jours, mais n'eut plus jamais de nouvelles et put reprendre une vie normale, partagée entre son travail et ses coûteux voyages pour donner son sang.

Neuf mois après sa rupture, fatigué par l'aller-retour qu'il venait de faire en Hollande afin de réaliser un nouveau don, il recevait un message alarmant d'un certain

Mathias Legrand, hématologue français qui avait un besoin urgent de son sang.

On était le 26 décembre.

*

Le 27 décembre, Mathias était allongé dans un lit d'hôpital, une perfusion dans le bras. Le docteur Legrand le scrutait avec attention.

— Vous êtes très blanc. Êtes-vous certain d'aller bien ?

— Ne vous inquiétez pas, c'est toujours comme ça, mentit Nathanaël en fermant les yeux.

— On ne peut prélever que trois cents millilitres si vous voulez et...

— Non, prenez-en cinq cents.

La tête lui tournait mais il ne voulait rien laisser transparaître, et ne surtout pas parler de son voyage en Hollande. Pour la première fois depuis ses dix-huit ans, il voyait l'application directe de son don : il allait vraiment sauver une vie, celle d'une autre patiente RHnull. C'était réel, concret, et ça se jouait, là, maintenant. Aussi espérait-il que son corps tiendrait le coup, que son organisme se battrait pour régénérer ce litre de sang perdu en trois jours.

De son côté, Mathias s'était évidemment renseigné sur la possibilité du don. La loi française prévoyait un délai de soixante et un jours entre deux dons successifs et, d'après les données, la dernière fois que son patient avait donné son sang remontait à un an.

Une fois le sang pompé, Nathanaël engloutit sa collation. Ses mains tremblaient.

— Une poche ne suffit pas, n'est-ce pas, docteur ?

— Elle va nous aider à tenir, mais… non, il en manquera une pour que ma patiente s'en sorte.

— Dans ce cas, je reviendrai dans cinq jours, le 1er janvier, le temps de m'en remettre un peu. Et vous me prendrez les cinq cents autres millilitres manquants.

— Je ne peux pas faire une chose pareille.

— Si, vous pouvez. Vous enregistrez la poche de sang d'aujourd'hui comme vous le faites d'habitude et vous notifiez mon don. Par contre, vous ne le ferez pas la prochaine fois. Vous transfuserez les deux poches à votre patiente. Nous serons le 1er janvier, le personnel sera restreint. Personne n'ira vérifier dans le fichier si vous auriez dû disposer d'une ou de deux poches.

— Oui, mais vous ?

— Mon corps supportera, il a l'habitude.

Nathanaël lui serra le bras.

— Je l'ai déjà fait. Je tiendrai le choc. Cette patiente, elle en vaut vraiment la peine, docteur ?

À la façon dont Mathias Legrand pinça les lèvres, Nathanaël comprit qu'il y avait autre chose qu'une simple relation médecin-patient.

— Je suppose que oui… souffla Nathanaël en s'éloignant.

Il n'eut pas la force physique de rentrer chez lui. Il se trouva un hôtel à deux pas de l'hôpital et s'effondra sur le lit. Quant à Mathias, il se rendit au chevet de Catherine et lui apprit qu'il disposerait des deux poches d'ici cinq jours. Elle lui prit la main et le fixa avec ses yeux d'oiseau fragile.

— C'est bien, docteur. C'est bien, tout ce que vous faites pour moi.

— Je n'y suis pour rien. C'est ce généreux donateur qu'il faut remercier. Le destin est incroyable, car c'est aussi lui qui a fourni le sang lorsque vous avez été opérée de votre fracture à vos quatorze ans.

— Je pourrai le voir, vous croyez ?

— Je suis désolé. Mais il doit conserver l'anonymat.

Ils parlèrent longtemps. Lorsqu'il rentra chez lui auprès de sa femme, Mathias n'avait plus qu'un visage en tête. Il lui arrivait ce qui pouvait arriver de pire à un médecin : il était en train de tomber amoureux de sa patiente.

Et, bien sûr, cela le rendait aveugle.

*

Nathanaël n'avait pas encore récupéré lorsqu'il se présenta à l'hôpital pour le jour de l'an. Picotements dans les membres, fatigue, impression de se mouvoir au ralenti... Il avait bu beaucoup de jus de carottes pour se donner un bon teint, avalé un gros steak et but une grande quantité de lait.

Il se sentit flottant dès les premiers centilitres prélevés et eut la sensation que la vie le quittait par le petit tuyau transparent. Nathanaël aurait aimé être différent des autres, se faire prélever un litre et demi de sang en une semaine et surmonter l'épreuve... D'un autre côté, il y avait quelque chose d'agréable à se trouver dans cet état, avec l'impression fugace de voler au-dessus d'un grand champ de blé et de lentement s'éloigner vers la lumière.

Il puisa dans ses ultimes réserves pour se traîner en dehors de l'hôpital et regagner la banquette arrière de sa voiture, sur laquelle il s'effondra. Un visiteur donna l'alarme le lendemain en l'apercevant ainsi. Nathanaël se retrouva de nouveau sur un lit d'hôpital, perfusé de partout, anémié à son tour. Son corps usé n'arrivait plus à produire les globules rouges nécessaires à sa propre survie. Il allait lui falloir, dans les prochains jours, une transfusion pour relancer la machine.

Mais où trouver le précieux liquide ?

Quelques chambres plus loin, Catherine, transfusée la veille, se sentit pleine de vie et d'énergie, comme un vampire s'étant repu de sang. Ce ne fut pas le docteur Legrand qui vint la voir, mais Jacques Dutour, un remplaçant. Mathias Legrand avait été momentanément suspendu de ses fonctions pour deux raisons : la première, il avait fait de ce cas une affaire personnelle et n'avait pas suffisamment alerté l'hôpital quant à la gravité de la situation. La seconde, il avait fait se mordre la queue au serpent : il avait anémié un patient pour en sauver un autre.

À cette annonce, Dutour remarqua immédiatement le sourire incompréhensible sur les lèvres de Catherine et comprit alors que quelque chose clochait. Il ne la lâcha plus. Il scruta son dossier médical à fond, échangea longuement avec le médecin traitant, fit venir un psychologue qui mit en lumière l'enfance difficile de Catherine. Mère alcoolique qui la battait, père passif. Le corps médical avait souligné la rareté de son sang et encouragé le don dès ses dix-huit ans, mais la mère avait menacé sa fille : jamais elle ne donnerait une goutte de son sang si on ne la payait pas. Or, le don était gratuit en France.

Catherine révéla qu'elle avait été traumatisée par ses premières menstruations, car jamais ses parents ne lui avaient expliqué quoi que ce soit. Son rapport au sang était particulier. Très vite, le psychologue mit en évidence que la violence ressentie à l'égard de ses parents se retournait contre elle-même sous forme d'automutilation : se vider de son sang par des rituels de coupures lui permettait de se purifier. C'était aussi un moyen de provoquer la figure maternelle, de « donner » son sang malgré les interdictions.

La multiplication récente des visites médicales et des demandes d'examens témoignait d'une volonté d'être prise en charge et de défier les spécialistes, à défaut de défier sa mère décédée.

Le psychologue éprouva alors une certitude : Catherine devait volontairement se saigner pour provoquer l'anémie, et pour qu'on s'occupe d'elle. De nouveau, ils auscultèrent chaque centimètre carré de sa peau à la loupe. Rien. Le docteur Dutour, qui avait par le passé travaillé en toxicologie, tenta une dernière chose : il demanda à Catherine d'ouvrir la bouche et de soulever la langue. Certains toxicomanes se piquaient juste sous le muscle, à cet endroit particulièrement discret et irrigué en sang.

Lorsque Catherine se braqua et refusa, il sut.

Ils trouvèrent alors de multiples coupures. Catherine avoua qu'elle se saignait au-dessus des toilettes et tirait la chasse d'eau. Qu'elle n'y pouvait rien, que c'était plus fort qu'elle. Les médecins pensaient avoir percé son secret et lui colleraient d'ici deux jours un psychiatre sur le dos, mais ils étaient loin d'imaginer son véritable dessein.

Ce soir-là, elle s'arrangea pour garder le couteau de son plateau-repas et sortit discrètement. Elle se mit à parcourir les différents couloirs, jeta un œil dans chaque chambre et finit par trouver l'individu qu'elle cherchait. Elle pénétra dans la pièce et ferma derrière elle. Il dormait.

Elle s'agenouilla devant lui et le réveilla, positionnant le couteau sous sa gorge.

Les yeux de Nathanaël s'écarquillèrent.

Face à lui, Lasthénie. Catherine Lasthénie Moreau. Et le poison de sa voix glissa jusqu'à ses oreilles :

— C'est pour te retrouver que je me suis saignée. On dirait bien que tu t'es jeté dans la gueule du loup.

La Croisée des chemins

Parfois il l'emmenait dans la forêt, et ils marchaient tant que ses orteils gonflés se frottaient les uns aux autres à en arracher la fine couche de peau, que ses pieds saignaient dans ses chaussures, et il lui disait alors : « Dans cette direction non plus tu ne pourras pas t'enfuir, parce qu'au-delà de ces arbres, il y a d'autres arbres, et d'autres encore derrière, tant et tant qu'il te faudrait marcher une vie pour sortir d'ici. Tu essaieras, c'est sûr, et je ne t'en voudrai pas. C'est normal. Mais tu comprendras que je ne te mens pas. » Et il le portait sur le chemin du retour pour le soulager, serré contre lui, lui répétait qu'ils finiraient par être bien, à deux, qu'ils iraient pêcher la truite au printemps ou ramasseraient des baies, des myrtilles en été, tout ce que la nature leur offrirait de bon, et elle en avait des choses à offrir.

L'enfant posait des questions au fil des jours, entre ses pleurs, mais l'homme ne répondait pas, occupé à fendre du bois et chasser le gibier à l'arc, qu'il découpait, fumait et salait jusqu'aux dernières lueurs, comme si le temps le pressait, ce temps dilaté dont chaque heure semblait des siècles pour le petit. Puis il rentrait, sale, exténué, répétant que l'hiver tomberait rude et long, qu'il fallait être prévoyant, que la nature, et Dieu aussi, pouvaient être impitoyables et dans ces cas-là, quand il parlait de Dieu, et des saints et des anges et tout, il se remettait subitement à couper du bois, le dos tourné à leur cabane, pleurant face aux sapins qui, déjà, lustraient leurs épines pour les interminables mois à venir.

Le père du petit lui manquait mais il avait appris à dissimuler ses angoisses, à pleurer tout bas, la tête sous les draps, ou sans se cacher lorsque l'homme était parti à la chasse et qu'il l'enfermait dans sa chambre sans fenêtre. À chaque jour qui s'écoulait, – même monochromie, même silence, même vide abyssal que le précédent –, l'enfant glissait un grain de riz dans un petit sachet, de cette poignée volée dans le paquet de la réserve à nourriture. Et il les comptait, les décomptait, les jetait contre le mur comme s'il jouait aux billes, s'en servait comme des osselets, leur parlait même, à ces petits grains, affublant chacun d'un nom de copains de classe, un ami de colonie, et finalement un compagnon de prison.

Au cinquante-deuxième grain de riz, il trouva pour la première fois la porte de sa chambre entrouverte. D'abord, il n'osa pas la pousser et resta là, entre ses quatre murs, attendant que l'homme rentre de sa sortie matinale et vienne le chercher, comme d'habitude. Dans la pièce de vie le poêle à bois rougeoyait, la chaleur bienvenue déposait un film de buée sur les fenêtres et, à voir ce gris uniforme par la vitre, l'enfant comprit la raison de sa liberté : une épaisse croûte de neige étouffait la forêt, dure, froide, profonde, de celle qui brûle les poumons et transforme chaque pas en calvaire. C'était fini, il n'y aurait pas de quatrième tentative de fuite. Alors il retourna dans sa chambre et pleura toute la journée, et l'homme ne lui reprocha rien. « L'hiver est venu plus tôt que prévu. Ça va être dur pour la nourriture, mais on va y arriver. T'as connu la force de l'automne, mais tu verras, le printemps, comme c'est beau. Toutes ces couleurs, ces fleurs qui renaissent... » Et quand il parlait de ça, des couleurs, de la beauté des jours et des étoiles, des animaux et des plantes, l'enfant n'arrivait plus vraiment à le détester parce qu'il sentait que l'homme, à sa façon de le regarder, devait être aussi un père. Lorsque, une fois, il lui demanda : « Et l'été, c'est comment ? », l'adulte lui répondait abruptement qu'il ne devait plus jamais lui parler de ça, il détestait l'été, cette saison ne représentait que la mort des choses juste nées. Sur ces paroles il claqua la porte, et l'enfant ne lui parla plus jamais de l'été. Mais il y pensa tous les jours, et tous les jours il revit les yeux noirs de l'homme lorsque les mots avaient giclé de sa bouche telle une poignée de verre pilé.

Les semaines suivantes, il circulait librement dans la cabane, seul, s'interrogeait devant le tiroir que l'homme gardait toujours fermé à clé et qu'il ouvrait pourtant chaque jour, rajoutait du bois dans le poêle, remontait l'horloge, relisait *Moby Dick* et *Croc-Blanc*, dans cet ordre-là puis dans l'autre. Il pouvait même ouvrir la porte d'entrée et respirer le dehors. Ses pieds restaient sur le seuil, bien sûr, mais ses yeux notaient bien que les pas de l'homme s'enfonçaient toujours dans la même direction, vers la gauche de la cabane, là où il ne l'avait jamais emmené. Il se prit à rêver : et s'il existait une route, par là ?

Il referma dans un frisson et s'imagina retrouver son père. La première chose qu'ils feraient tous les deux serait d'aller manger un gros hamburger bien gras de chez Jenny, avec du ketchup, et du fromage qu'il saupoudrerait sur le pain chaud et grillé. Il n'y avait pas de meilleurs hamburgers que ceux de Jenny. L'enfant saliva, souleva son pull et remarqua combien il était maigre. Ses côtes ressemblaient à celles des squelettes de cerfs derrière la cabane, et il lui sembla que sa cicatrice, au niveau du rein droit, avait blanchi et rétréci.

Alors que faire ? Attendre les jours meilleurs ? C'était perdre davantage de forces. Fuir bientôt ? Avec ces températures, ces murs de neige ? Impensable. Et puis, l'homme était grand et fort, il lisait des livres sur la survie, il savait courir longtemps, se repérer dans l'espace rien qu'en observant la mousse des arbres. Mais lui, que connaissait-il de la forêt, de la nature qui s'était toujours résumée à un carré de verdure devant son hôpital où, depuis toutes ces années, trois fois par semaine avant sa greffe de rein, on lui avait purgé le sang avec des machines pour éviter qu'il ne meure ?

Une partie du stock de viande, pourtant bien salée, avait pourri dès la fin de l'automne sans que l'homme en comprenne la raison. « Il y a peut-être eu une bactérie ou une saleté de microbe. On peut rien faire contre ça. Mais ce qui compte, c'est que tu ne manqueras jamais de médicaments. Ton traitement est plus important que la viande. » Alors ils mangeaient des haricots rouges, blancs, verts, du maïs, du corned-beef et des saucisses en conserve à en vomir. Chaque fois qu'il avalait l'une de ses gélules, le garçon se demandait où l'homme avait eu toutes ces boîtes d'antirejets. Peut-être était-il médecin ? Chirurgien ? Peut-être avait-il braqué une pharmacie ? Une fois, seul, il empila les boîtes devant lui et se livra à un exercice de calcul. Il s'y prit à plusieurs reprises, et tous ses comptes le menaient au même résultat : après juin, il ne pourrait plus prendre son traitement.

Mais juin était loin, l'hiver sévissait, avec un ciel toujours plus lourd, et obscur, et un manteau de plomb qui cognait jusqu'au bas de la porte. Dehors la forêt se comprimait, les privait d'oxygène, les troncs rétrécissaient et se resserraient chaque jour davantage. Plus d'animaux, ni cerfs, oiseaux, sangliers, ni même écureuil, le même gris, en bas, en haut, au fond, sinistre sphère de vide, juste cette cabane, là où jamais personne ne viendrait, ni promeneur, ni sauveteur, ni police.

Le garçon ne tenait plus de ne pas savoir où l'homme se rendait chaque jour, durant près de deux heures, dans l'aube pâle et glacée. Alors, l'un de ces matins tous semblables, il le laissa devenir un point noir entre les troncs et, ses chaussures solidement lacées, emmitouflé dans ce blouson pile à sa taille – tous ces vêtements étrangers lui allaient au centimètre près –, il enfonça ses petits pas dans les grands. La neige craquait à son passage, des pics de douleur frappaient ses doigts gourds et noirs resserrés en poing, son nez gouttait, ses yeux pleuraient dans la buée et un tel froid le mordait qu'il ne trouva pas le courage de quitter ce chemin pour courir, n'importe où, pourvu qu'il fût loin de sa prison.

Là-bas, l'homme s'enfonçait à genoux dans la neige, le dos rond, les épaules agitées de soubresauts. L'enfant s'approcha encore, silencieux comme un chevreuil, niché derrière les troncs, et arriva la distance où il put voir la croix en bois plantée dans le sol, deux planches vaguement clouées sur lesquelles était gravé en grand : *Théo, 3 janv 2006 – 21 juin 2017*. Lorsque l'homme poussa un hurlement à déchirer le silence, le petit marcha à reculons et rebroussa chemin en courant, sans jamais se retourner. Il se demanda des jours durant si l'homme l'avait vu ou avait remarqué ses traces de pas. En tout cas, ils n'en parlèrent jamais. Ils ne parlaient jamais de rien, de toute façon.

Janvier, février… Dans ces quelques mètres carrés, l'homme piétinait de plus en plus, il savait qu'il devait parler au petit mais n'en trouvait jamais le courage et, quand l'enfant levait ses grands yeux interrogateurs vers lui, il enfilait sa grosse parka et s'enfonçait dans la forêt, là-bas, dans ce gris d'éruption volcanique, les poings serrés au fond des poches pour que brûle sa haine. Cet enfant, il allait bien finir par l'aimer. Il fallait qu'il l'aime. Et l'amour commençait peut-être par le fait de l'appeler par son prénom ? Alors, pour la première fois, il dit « Martin », même si ça lui dégoupillait une grenade au fond des tripes et que le tuer, s'il fallait en arriver jusque-là, n'en serait que plus pénible et difficile.

Et quand fondirent les stalactites accrochées aux rondins de chêne du porche et qu'un lourd soleil rouge s'arracha des entrailles du monde, des semaines plus tard, l'homme devint, de la bouche de l'enfant, Claude.

Dès les premières belles journées, les truites arc-en-ciel abondaient dans le torrent, leurs écailles dansaient avec la lumière, juste sous les mouches au bout des lignes, et les pins frissonnaient devant les montagnes coiffées des dernières neiges. Il sembla bien à Martin n'avoir jamais rien vu d'aussi beau, et il balayait sa canne comme Claude le lui avait appris, et il rit aux éclats quand la truite se tordit dans l'air et qu'il la ramena sur la berge pour l'assommer d'une pierre. Alors le grand le félicita, lui passa une main dans les cheveux avec un sourire et, quand le petit lui raconta qu'il n'avait jamais vécu ça à cause de ses dialyses, qu'il n'avait jamais marché dans une forêt, pêché ou allumé un feu avant d'avoir un nouveau rein, à l'hiver dernier, il vit Claude serrer la terre jusqu'à ce qu'une matière noire et épaisse filtre entre les jointures de ses doigts blanchis. Et il se leva, attrapa le gamin par la main, et le tira à travers la forêt, abandonnant les deux truites arc-en-ciel sur la berge, et il l'enferma dans sa chambre. Et, en pleurs quelque part à gauche de la cabane, il enfonça profondément ses ongles noirs de terre dans sa propre cicatrice, à droite du nombril, juste au niveau du rein.

On devait être un matin de mai, très tôt, lorsque Claude fit irruption dans la chambre de Martin et s'assit au bout du lit, l'air grave. Il manipulait la clé du tiroir, suspendue à la chaîne autour de son cou. « Ça fait dix mois, Martin, et je n'arrive pas à t'aimer. Enfin si, je t'aime bien, t'es peut-être un des meilleurs gamins que j'aie jamais rencontrés. Et j'en ai croisé, des gamins, j'étais professeur. J'enseignais la littérature dans un grand lycée de Lyon, je vivais dans une belle maison, j'étais bien... » Et il parla, longtemps, longtemps, et, pour la première fois, il évoqua son fils, comme ça, au détour d'un mot, sans appuyer le trait et sans en parler vraiment. Juste une présence fantomatique, un murmure sur ses lèvres, une ombre chinoise dans un décor de théâtre. Et quand ça arrivait, son visage s'illuminait, il était ailleurs, loin, si loin de ces murs en bois que Martin se demandait comment il en était venu à l'enlever, lui qui habitait une petite ville du Nord, fils d'ouvrier, ayant passé la majeure partie de sa vie à l'hôpital de Dunkerque, en attente d'un organe qui ne venait pas, un rein que son pauvre père aurait tant voulu lui donner, geste autorisé mais impossible pour cause d'incompatibilité HLA, ce truc compliqué qui faisait que vous pouviez disposer de tous les reins du monde et mourir quand même, parce que, pour schématiser, les cubes ne rentrent pas dans les sphères, c'est comme ça.

Et, quand Claude eut vidé son sac, Martin dit simplement : « Moi non plus, je n'arrive pas à t'aimer. » L'homme cligna lentement des yeux, sans animosité. « Je le savais. » Il se releva et se frotta les mains l'une contre l'autre. « Je vais aller faire un feu devant la cabane, on va griller des saucisses, elles seront meilleures. Puis on ira chasser cette après-midi, j'ai affûté les flèches et retendu la corde de l'arc. J'ai vu des biches ce matin, vers l'ouest. » « Claude ? – Quoi ? – Si tu ne m'aimes pas, pourquoi tu ne me laisses pas rentrer chez moi ? Pourquoi tu ne me laisses pas retrouver mon père ? » Claude écrasa sa main sur la poignée. Une grosse veine saillait désormais au milieu de son front, et ses yeux redevinrent aussi noirs que cette journée où ils avaient abandonné les truites au bord du torrent. « Parce qu'il a tué mon fils. »

Juin était arrivé, faisant monter la sève des pins, poussant d'une force sourde la vie vers le ciel, toujours plus haut, direction le soleil, les planètes, le bleu infini des profondeurs inexplorées. Les écureuils bondissaient de branche en branche, les cerfs bramaient, les truites jaillissaient dans les remous, grasses et pleines de cette force instinctive qui les poussait à combattre le courant. La lumière pleuvait si vive dehors que tout paraissait sombre dans la cabane, sans éclat, comme déjà mort. Claude s'efforçait de sourire, parlait à l'économie, juste des phrases rudimentaires, genre : « On mange », « Va te laver », ou « Je reviens dans deux heures ». Ils ne chassaient plus tous les deux, ne coupaient plus de bois et ne grillaient plus de viande. Ils ne riaient plus non plus. Leurs réserves de nourriture étaient presque à sec, Martin avait entamé sa dernière boîte d'antirejets et quand il demandait ce qui se passerait, après la dernière gélule, Claude répondait qu'il irait en ville faire le plein de tout.

Mais Martin savait que Claude mentait, qu'il s'éloignait progressivement de lui, comme un maître se détache de son chien ou ne le regarde plus jamais dans les yeux quand, dans les jours à venir, il sait qu'il va devoir l'abandonner. L'homme qui l'avait arraché à son père un peu plus de trois cents grains de riz plus tôt n'était plus que l'ombre de lui-même, si triste et perdu que, pour la toute première fois, il avait oublié de remettre la clé au bout de sa chaîne en or. Elle était là, juste derrière, enfoncée dans la serrure du tiroir. Et lorsque l'adulte disparut dans la forêt pour pleurer son fils, l'enfant alla ouvrir. De ses petits doigts tremblants, il tira un revolver, un paquet de photos ainsi qu'un calendrier, dont chaque case était cochée depuis le 22 juillet. Jusqu'à aujourd'hui, le 20 juin. La date du lendemain, le 21 juin, était entourée en rouge, avec une question écrite au milieu de la case : « Est-ce que je l'aime ? »

Martin remit le calendrier en place et s'intéressa à l'arme. Ce qu'il était lourd, le magnum de l'Inspecteur Harry. Il savait comment sortir le barillet de son axe – l'avantage de passer ses journées à regarder la télé. Lorsqu'il compta deux cartouches enfoncées dans des chambres adjacentes, il sut que, le lendemain, Claude l'entraînerait probablement dans les bois, devant la tombe de son fils, et l'abattrait d'une balle dans la tête avant de retourner l'arme contre lui. Les films racontaient ça aussi.

Martin savait trop bien ce qu'était la mort, frôlée si souvent sur son lit d'hôpital, et il ne voulait pas mourir, parce que tout n'était que froid, et solitude, et désolation. Pas maintenant qu'il avait un nouveau rein. Il devait vivre. Vivre pour son père, pour son donneur, pour les gens qui s'étaient battus pour lui.

Il posa le revolver sur la table et s'intéressa aux photos. Son cœur se serra fort lorsqu'il découvrit le visage de Théo. Non pas qu'il lui ressemblât, mais il était étreint par cette impression de l'avoir toujours connu. Était-ce parce que Claude en avait parlé, était-ce à cause de ces deux planches entrecroisées et plantées dans les ténèbres de la forêt, ou existait-il un lien plus fort ? L'avait-il connu par le passé ? S'étaient-ils déjà rencontrés ? Comment son père pouvait-il l'avoir tué ? Et pourquoi l'aurait-il fait ?

Martin n'y comprenait rien, il laissa ses larmes tomber, diluer et mélanger les couleurs du papier glacé. Théo était partout, sur chaque cliché, photographié de près, de loin, bras levés en signe de victoire, souriant au milieu d'un pont, sur son vélo, dans le cockpit d'une voiture de course. Même visage, même coupe de cheveux, même ciel bleu, comme si le temps s'était brutalement accéléré – ou arrêté – et qu'il avait fallu vivre la somme de plusieurs existences en une poignée de photos.

Comme lui. Exactement comme lui. Son père l'avait amené partout après la greffe. Onze années à rattraper, ça en faisait, des poignées de riz. Martin glissa une main sous son tee-shirt – ce même vêtement vert, flanqué d'une tête de buffle, que Théo portait sur la plupart des photos – et caressa sa cicatrice, celle derrière laquelle se lovait un nouveau rein. Son mouvement cessa à la vue de la dernière photo du paquet : Théo au bord d'une piscine, en maillot de bain, avec exactement la même cicatrice – même inclinaison, longueur identique – sur le flanc droit.

« À partir du moment où je t'ai appelé Martin, j'ai su que je n'aurais pas le courage de te tuer. » L'enfant leva brusquement la tête et pointa l'arme des deux mains. Claude se tenait dans l'embrasure de la porte, les bras ballants le long du corps. Son visage était creusé, sa barbe noire descendait jusqu'à son cou. « C'était pourtant ce que je m'étais juré de faire si je ne t'aimais pas comme mon fils. Mais je ne peux pas, Martin. Je ne peux pas... Je t'ai rendu la vie, comment pourrais-je te la reprendre ? »

Il leva son sweat. L'arme pesa des tonnes quand Martin découvrit la cicatrice. « Théo a grandi comme toi, dans les hôpitaux. Insuffisance rénale terminale, hémodialyse trois fois par semaine, tu connais ça. Tu l'aurais vu, si petit, branché à toutes ces machines. Sur la liste d'attente des reins, comme toi. Mais le rein ne vient pas. Tu te souviens sûrement 2011, une loi passe et offre la possibilité au parent de donner un rein à son enfant. On me fait des examens, mais... incompatibilité. Comme ton père avec toi. Nous à Lyon, vous à Dunkerque. Même souffrance, celle d'un père qui ne peut pas aider son fils et qui le regarde, chaque jour, mourir un peu plus... Qu'y a-t-il de pire que cette impuissance ? Puis l'appel de l'hôpital, en 2014. Tu sais lequel... » Oui, il savait. Martin se rappelait encore, ce lundi de décembre, quand le médecin était arrivé avec son père fou de joie, et qu'il lui avait annoncé qu'on avait un rein compatible pour lui. En contrepartie, son père devait fournir un rein au fils du donneur. Pour la première fois, Martin avait entendu parler de l'existence du don croisé. « J'étais compatible avec toi, ton père était compatible avec Théo. Vous aviez tous les deux besoin d'un rein, et on voulait tous les deux donner. C'est comme ça que nos destins, à tous les quatre, se sont retrouvés liés, sans qu'on se soit jamais rencontrés. » Il se laissa glisser contre le mur et, une fois assis, regroupa ses genoux contre son torse. « Théo est mort trois mois plus tard, suite à une complication qui l'a emporté de façon foudroyante. C'est toute ma vie qui a été anéantie. Je suis venu ici plus de six mois, seul avec la nature, à pleurer chaque jour sur ses cendres. J'ai pensé plusieurs fois à me tuer. Mais je suis retourné en ville, je me suis débrouillé pour briser l'anonymat et récupérer l'adresse du donneur de mon fils – facile, quand tu plantes ce que tu tiens en main sur la tempe de quelqu'un. Je voulais savoir comment tu allais. Je t'avoue que j'ai eu un choc quand j'ai vu que vous étiez noirs, mais après tout, pourquoi pas ? Les organes ne sont pas comme ceux qui les portent, ils se fichent des races, des sexes et des religions. Je vous ai suivis pendant des jours. J'ai vu votre joie, j'ai entendu vos rires. Vous aviez le bonheur grâce à moi et, moi, je n'avais plus rien à cause de lui. Alors, je t'ai emmené ici. Tu connais la suite... »

Martin n'arrivait plus à tenir le pistolet. S'il tirait sur cet homme, il tuait une partie de lui-même. « Tu vas rentrer chez toi, Martin. Tu vas rejoindre la croix de

Théo, il n'y a plus les pas dans la neige pour te guider mais un chemin prend naissance, pas loin sur la gauche de la cabane. La croix est située au croisement d'un autre chemin que tu suivras par la droite. Tu marcheras jusqu'à la route, à deux heures d'ici. Tu trouveras bien quelqu'un pour te prendre. Je te demande qu'une chose. Laisse-moi l'arme. S'il te plaît, laisse-la-moi. – Je ne peux pas faire ça. Je ne veux pas que tu meures. – C'est la meilleure solution. Je serai avec mon fils, c'est là qu'est ma place. Mais je serai aussi un peu avec toi. »

Lorsque Martin entendit la lointaine détonation, il ressentit une violente douleur dans le ventre. Il se tordit en deux de longues minutes et, quand le mal fut passé, il poursuivit sa route jusqu'à la croisée des chemins. Il déposa le paquet de grains de riz au pied de la croix, là où, quelque part dans les cendres étalées jadis par le père de son rein, avait existé le rein de son père.

UN DERNIER TOUR

L'homme pêchait sur sa barque quand la masse sombre était remontée à la surface du lac Besson avec la lenteur d'une bulle d'oxygène. Le visage aux trois quarts dévoré par les poissons était venu affleurer la surface, avec ses cavités oculaires vides, sa bouche grande ouverte remplie de vase. Le pêcheur avait hurlé.

Paul Mourier, de la police criminelle grenobloise, s'était branché sur l'affaire malgré son haleine chargée et sa jambe à moitié foutue : quatre mois plus tôt, en plein hiver, un incendie dans son appartement l'avait contraint à sauter du troisième étage. Outre son membre inférieur en miettes, sa tête avait lourdement tapé dans l'herbe. Paul souffrait encore d'une grave amnésie rétrograde. À quarante-cinq ans, il ne savait rien de son propre passé, si ce n'était un attrait particulier pour le whisky. Ses collègues n'en savaient pas beaucoup plus : Paul était arrivé sur Grenoble trois ans auparavant, seul, sans famille, et il n'avait jamais parlé de sa vie privée.

Tout ce que le flic avait pu sauver de l'incendie, c'était la photo d'un jeune homme, d'une vingtaine d'années, qu'il avait glissée au fond de sa poche avant le saut, ainsi que deux balles 9 mm Parabellum.

Il s'agissait de son fils, sans doute, sur le cliché : un individu anonyme qu'il ne reconnaissait pas, mais qui faisait battre son cœur, Paul le sentait. Mais pourquoi avait-il aussi emporté les deux balles de pistolet, alors que son habitat partait en flammes ? N'y avait-il pas plus important à sauver ?

Depuis l'accident, il n'était plus qu'un fantôme de flic, à moitié alcoolique – il avait dû s'endormir avec la clope au bec le jour de l'incendie, en avaient témoigné les trous sur ses vêtements –, solitaire comme un ours mais acharné. Sa mémoire du métier et son instinct de chasseur n'avaient pas été altérés par l'accident.

Le cadavre du lac était celui d'une femme qui devait avoir cinquante-cinq ans et, vu son état, elle avait dû passer l'hiver sous l'eau. Elle était nue, avec une corde serrée autour du cou. Les plongeurs avaient remonté une lourde pierre qui avait servi de lest. Tandis qu'on embarquait la victime pour l'institut médico-légal, Paul jeta un œil alentour : le lac était perché à deux mille mètres d'altitude, au cœur de l'Alpe d'Huez. L'assassin – s'il s'agissait bien d'un meurtre, ce qui était très probable – n'avait pas choisi l'endroit le plus facile pour se débarrasser de son encombrant colis. Pourquoi à cet endroit précis ? Qui était cette pauvre femme ?

Les techniciens de la police scientifique qui analysèrent la corde signalèrent qu'elle s'était rompue parce qu'elle avait été clairement entaillée par la lame d'un couteau. L'eau et l'érosion avaient provoqué la remontée du corps à la surface. Pour Paul, il paraissait évident que l'assassin avait voulu qu'on retrouve, un jour ou l'autre, le cadavre.

Mauvais signe. Le tueur avait un cerveau et l'enquête risquait donc d'être complexe.

L'autopsie eut lieu en pleine nuit. On était mi-juin, les températures défiaient l'imagination. Un 39 °C avait été relevé du côté de Bordeaux, et le sud de la France croulait sous un soleil de plomb. Aussi, Paul se sentait bien, au frais dans la salle de dissection, et il y serait bien resté des heures malgré l'odeur de chair putréfiée. Il aimait les lieux vides et silencieux. Le monde, les gens lui faisaient peur.

Les premiers examens révélèrent que la femme était morte environ neuf mois plus tôt, tuée par strangulation avant d'être immergée. Cela ramenait l'acte à l'automne, moment où la station de montagne reprenait son souffle et était moins fréquentée. La victime était brune, grande, avait dû être jolie. Pour l'heure, elle ne ressemblait plus qu'à une savonnette crasseuse, trouée et bouffée de partout par les poissons. Au moment où le médecin légiste fouillait les chairs démolies, il découvrit un petit tube métallique au fond du larynx. Il le sortit avec une pince et le posa délicatement sur la table en acier.

— C'est comme dans *Le Silence des agneaux*, fit-il. Dans le livre, le tueur laisse des indices aux enquêteurs, jusqu'à ce qu'ils finissent par le retrouver. On va peut-être dénicher une chrysalide de papillon, là-dedans.

Paul ne se souvenait plus de ce titre, il ne se rappelait plus rien puisque sa mémoire biographique, celle des souvenirs, était en miettes. Avait-il un jour été marié, père de famille ? Délicatement, le spécialiste dévissa le bouchon du tube. Il fit glisser dans sa paume de main un petit morceau de papier, qu'il déroula doucement. Dessus était inscrit : *1572*.

Paul avait le visage blême, le légiste le remarqua et demanda :

— Que se passe-t-il ?

— Cette capsule dans la gorge avec un message à l'intérieur… On a déjà fait ce genre de découvertes macabres, il y a un mois ou deux. Et ce n'était pas bien loin d'ici.

*

Paul ne s'était pas trompé.

À 3 heures du matin, il se tenait face au dossier ouvert d'un inconnu qu'on avait découvert à la fonte des glaces, dans les hautes montagnes du parc des Écrins. Le profil de la victime était complètement différent de celle d'aujourd'hui, du moins physiquement : une grande femme brune d'un côté, un petit homme blond à lunettes de l'autre. Mais il avait une cinquantaine d'années, lui aussi. Avec le réchauffement de l'air printanier, le corps nu avait lentement glissé vers la route, au sommet du col du Galibier, à la fin du mois d'avril. Un papier sur lequel était noté *21* avait été découvert au fond d'un petit tube coincé dans sa gorge.

Personne n'avait compris, à l'époque, mais aujourd'hui, ce *21* livrait ses secrets. 21, comme les 21 virages de l'Alpe d'Huez. Le tueur avait, à l'époque, annoncé la localisation de son prochain cadavre. Il jouait avec eux.

Paul réfléchit. Le Galibier, l'Alpe d'Huez à présent. Des noms qui résonnaient comme des sirènes dans sa tête. Ne s'agissait-il pas d'étapes mythiques du Tour de France ? Des endroits où les coureurs s'arrachaient les tripes, où d'autres abandonnaient, avalés par les pourcentages démoniaques des cols hors catégorie ? Le lieutenant de police tiqua, des flashes crépitaient sous son crâne. L'espace d'un instant, il se vit debout sur le bord de la route, à hurler, le poing brandi, tandis que des grappes colorées de coureurs luttaient contre la gravité, les mollets gorgés de sang.

Il se prit la tête entre les mains. Rarement, des fragments de mémoire revenaient, les médecins avaient expliqué qu'un jour, peut-être, il se souviendrait. Avait-il été un passionné du Tour ? Un simple spectateur tombé sur la route des cyclistes par hasard ? Ou alors... menait-il une enquête criminelle avant son accident ? Et s'il traquait déjà ce tueur ? De quand pouvait bien dater ce souvenir ?

Il chercha dans les archives des affaires criminelles, se renseigna auprès de ses collègues : non, il n'enquêtait sur rien en rapport avec le Tour de France, du moins officiellement. Il en revint à la découverte dans la gorge : 1572. Pouvait-il s'agir de l'année 1572 ? Peu probable.

D'un nombre en rapport avec la fameuse épreuve sportive, alors ?

Il lança une recherche sur Internet. L'Alpe d'Huez revenait au programme, par deux fois, pour le centenaire du Tour 2013. La course cycliste démarrait le 29 juin, soit dans moins de dix jours. À l'évidence, l'assassin avait voulu marquer le coup, frapper fort, faire peur. Assommer ce centième Tour de France avec une macabre histoire. Bientôt, la presse saurait. Et tout s'enflammerait.

Paul poursuivit ses recherches. La dernière fois où les deux cols avaient été au programme du Tour remontait à l'année 2011. Ce jour-là, les coureurs avaient dû affronter le Télégraphe, le Galibier et l'Alpe d'Huez. Une étape courte de cent dix kilomètres, mais d'une telle difficulté qu'elle avait fait de nombreux dégâts dans le peloton.

Le flic se focalisa sur le col du Télégraphe, qui partait de Saint-Michel-de-Maurienne. Un hors-catégorie, qui servait de rampe d'accès au Galibier. Presque 10 % de dénivelé à certains endroits, et une altitude de… 1 566 mètres. Pas bien loin du fameux 1572 trouvé dans la gorge d'une des victimes. Ça pouvait coller.

Paul rabaissa l'écran de son ordinateur portable, mit son pistolet dans son holster et disparut dans la nuit, sans prévenir les collègues. Il avait un altimètre dans la boîte à gants de sa voiture, dont il n'avait jamais trouvé l'utilité. L'un de ces objets de son passé devenus mystérieux et inutiles.

Jusqu'à aujourd'hui…

UN DERNIER TOUR

*

Paul avait roulé trois heures depuis Grenoble, accompagné par le lever du soleil. Il n'avait pas dormi mais se sentait affûté, débarrassé des ultimes vapeurs d'alcool. Était-il sur les traces d'un tueur en série commettant ses crimes en rapport avec le Tour de France ? Qu'est-ce que l'assassin cherchait à raconter ? Quel était son mobile ?

Paul arriva au sommet du col du Télégraphe avant 8 heures et descendit de son véhicule. La vallée était plongée dans la brume, les pointes des Alpes se tendaient vers le ciel, majestueuses. L'altimètre indiquait exactement 1 566 mètres devant le panneau du sommet. Manquaient 6 mètres pour atteindre les 1 572. Paul lorgna autour de lui et aperçut une grosse butte couverte d'arbres, derrière un restaurant relais. Il s'y dirigea, la gorge serrée.

Une fois engagé dans un petit sentier, il grimpa, la jambe traînante, jusqu'à ce que son appareil électronique indique 1 572 mètres, précisément. Il s'enfonça alors dans la forêt, tourna quelques minutes pour finir par dénicher un endroit où la végétation était moins dense. Un arbuste avait été arraché longtemps auparavant, son squelette de bois gisait au sol. Paul retourna chercher une pelle dans son coffre et se mit à creuser bien difficilement. Au bout de cinq minutes, l'arc de métal buta sur un crâne.

Une troisième victime reposait là, une jeune femme semblait-il, et son corps était beaucoup plus abîmé que les deux précédents. Son cadavre livré à l'eau de pluie, à l'humidité et aux animaux était quasiment à l'état de squelette, si bien que le petit tube métallique luisait dans la trachée, reposant presque contre le sommet de la colonne vertébrale.

Paul le ramassa avec délicatesse. Il outrepassait toutes les règles, les procédures de l'enquête criminelle, mais il avait le curieux sentiment que le tueur s'adressait à lui, personnellement. Que, quelque part au fond de sa mémoire, leur duel avait commencé bien avant la découverte du premier corps.

Il ouvrit le tube et pencha l'ouverture vers sa main ouverte. Trois petits pois, desséchés, couleur kaki, se regroupèrent au centre de sa paume.

Paul comprit immédiatement. Il tenait la prochaine étape de son horrible périple.

*

Le maillot à pois. Celui du meilleur grimpeur. C'était l'un de ces grands coureurs que l'assassin désignait probablement avec son ultime indice. Mais lequel ? Le porteur du maillot rouge et blanc de 2011 sur les Champs-Élysées était Samuel Sanchez, un Espagnol. Était-ce lui que le tueur visait ?

Enfermé dans sa voiture, Paul passait des coups de fil. Il avertit sa hiérarchie de la présence du cadavre au sommet du Télégraphe, et il réclama d'obtenir au plus tôt les noms et adresses des différents porteurs du maillot à pois sur le Tour de 2011.

Il prenait son petit déjeuner au relais quand la fameuse liste arriva sur son téléphone portable. Il y avait eu cinq porteurs du maillot à pois, cette année-là. Paul fit défiler les identités, à côté desquelles se trouvait une photo. Il manqua de recracher son petit déjeuner face au portrait de Rémy Van Hassen, vingt-sept ans, de nationalité belge.

C'était ce visage-là qu'il avait arraché des flammes, accompagné des balles de 9 mm. La seule et unique photo que Paul avait conservée de son passé. Le flic était complètement secoué, mais il ne laissa rien transparaître lorsque ses collègues débarquèrent.

Au soir de cette longue et horrible journée, le lieutenant de police avait récupéré l'adresse de Van Hassen et fonçait vers Liège, la photo et le pistolet sur le siège passager. Le coureur cycliste habitait une grande maison à la campagne. Paul frappa à la porte, qui s'ouvrit sur un visage tiré, gonflé, mangé par une barbe hirsute. Van Hassen avait l'air shooté, les yeux aussi rouges que des braises. À l'évidence, il n'était pas prêt à participer à la prochaine Grande Boucle.

— Qu'est-ce que vous voulez ?

Paul expliqua rapidement qu'il enquêtait sur des crimes de sang en rapport avec le Tour de France. Van Hassen laissa entrer cet homme traînant la patte, et partit s'installer sur un canapé. La pièce était décorée de trophées de toutes tailles, de photos en rapport avec les grandes courses cyclistes : Flèche wallonne, Paris-Roubaix, Bastogne-Liège, Tour d'Italie…

Le flic poussa sur la table la photo de l'homme qui avait été recraché par les neiges du Galibier, voilà quelques semaines. Le portrait était horrible à regarder, mais c'était tout ce dont Paul disposait.

— Vous le connaissez ?

Le coureur cycliste prit le cliché et l'observa. Ses yeux s'embuèrent immédiatement.

— C'est mon père ! C'est mon père, bon Dieu !

Il s'effondra. Paul considéra l'horrible photo, silencieux, puis se leva doucement, se dirigeant en boitillant vers des portraits dans des cadres. Il découvrit avec stupeur les visages des cadavres qu'il venait de découvrir quelques heures plus tôt. La mère à l'Alpe d'Huez, la sœur au Télégraphe, et… le père au Galibier, donc.

On avait massacré la famille de Rémy Van Hassen en l'épargnant, lui. On voulait le faire souffrir. Une histoire de vengeance… Paul plaqua ses deux mains sur son visage dans un souffle. Il songea aux deux balles qu'il avait embarquées avec la photo du Belge. Aux indices laissés par le tueur, dont l'unique but était de conduire les flics jusqu'ici. De les mener vers la vérité.

Paul fixa son interlocuteur, avant de s'approcher de lui et de s'asseoir tranquillement. Il glissa les deux balles dans le chargeur de son Glock. Ces seuls objets qu'il avait sauvés de l'incendie.

— Je suppose qu'il y en a une pour toi, et que l'autre est pour moi…

Van Hassen écarquilla les yeux. Il voulut se redresser, mais le flic l'en dissuada en pointant son arme en direction de sa poitrine.

— Mes collègues ne sont pas dupes, ils risquent de bientôt débarquer ici... Je m'appelle Paul Mourier, et je crois que c'est moi qui ai tué ta famille. Ta mère, ton père, ta sœur. Et je vais te tuer, toi, si tu ne me racontes pas précisément ce que tu as fait.

— Mourier... répéta-t-il. Seigneur, vous êtes son père.

Paul encaissa la révélation. Il avait un fils. Van Hassen se mit à pleurer.

— Ça s'est passé ici, dans une discothèque belge, il y a trois ans... Trois ans, merde ! Vous...

Paul renforça l'étreinte sur son arme, le contraignant à poursuivre. Alors Van Hassen se livra, d'un bloc :

— Il m'avait volontairement fait chuter dans la descente du mont Ventoux. Un coup d'épaule, comme ça. Personne n'a jamais rien vu, il n'y a jamais eu de preuves, mais moi, j'ai écopé d'une double fracture, j'ai failli tomber dans un ravin et y rester. J'ai perdu plus d'un an de compétition, à cause de lui. Quand je l'ai croisé à cette soirée, il avait pas mal picolé et avait commencé à se shooter à l'ecstasy. Il était complètement stone. C'est dehors que je l'ai attendu, avec suffisamment d'héroïne pour le tuer. Je l'ai emmené dans une ruelle, je l'ai piqué et j'ai abandonné la seringue dans sa main. On l'a retrouvé le lendemain matin, on a conclu à une overdose... Affaire close. Je croyais que jamais on me retrouverait. Comment ? Comment vous avez fait ?

Paul se leva, s'empara de la bouteille de whisky qui traînait juste devant lui et s'en servit un grand verre, qu'il but cul sec.

— Je n'en sais rien. Je sais juste que je suis là pour te tuer, et me flinguer après. C'est ce qui était prévu, depuis le début. Je ne devais plus rien avoir à perdre... Je ne sais même plus à quoi ressemble mon fils. Comment il s'appelait ?

Van Hassen ferma les yeux et baissa la tête, alors que Paul posait son verre.

— Jérémy... Il s'appelait Jérémy.

Paul sourit nerveusement.

— Et il était bon sur un vélo ?

— Le meilleur. Il racontait que vous étiez toujours là, quelque part au bord de la route, pour l'encourager. Ne faites pas ça, je vous en prie.

Paul soupira, les larmes aux yeux.

Deux coups firent s'envoler les quelques oiseaux posés sur la gouttière de la maison.

Seul le silence.

Origines

Le temps... Quelle étrange notion. À peine avez-vous lu cette phrase qu'elle appartient déjà au passé. Le présent – le moment exact où vous aviez découvert la phrase précédente – n'existe déjà plus, et le futur est ce que cette phrase était avant que vous ne la lisiez. Passé, présent, futur, réunis dans une simple phrase, wagons d'un train qui roule en sens unique, pense-t-on, un bolide qui fend l'inconnu sans jamais s'arrêter, depuis le point zéro, depuis l'origine, depuis le début du passé, vers une destination que nul ne connaît.

Sauf moi. Je connais l'ultime étape du temps. Je sais où il s'arrête, et dans quelle direction il repart.

Je m'appelle Marie Pasteur. Personne ne lira cette histoire, mais je vais quand même brièvement raconter ce qui s'est passé, tant que mes facultés intellectuelles me le permettent. Bientôt, je ne saurai plus écrire ni lire. Demain, ce crayon à papier entre mes mains ne sera plus qu'un vulgaire morceau de bois que je tiendrai, le poing serré en gribouillant, comme le ferait un enfant de cinq ans. Demain... Ou devrais-je plutôt dire *hier* ?

Une partie de ce récit n'a pas pu être vérifiée par mes propres yeux, mais je vous relate l'histoire telle qu'on me l'a racontée, et à la troisième personne, comme si vous lisiez un roman. J'en ai tellement lu aux êtres que j'aimais, des romans...

Tout est parti de ce premier jour du nouveau millénaire. Cette fameuse nuit où les feux d'artifice illuminaient le ciel, où tout le monde criait de joie, tandis que fanaient déjà les fleurs du temps. Une fraction de seconde qui a sonné, quelque part, le début de la fin de notre humanité.

C'était le jour où je suis morte, il y a si longtemps.

*

Ce jour-là, la clinique Heisenberg s'apprêtait à vivre un moment historique, à presque minuit, le 31 décembre 1999 : Marie Pasteur, la doyenne de l'humanité, allait s'éteindre. À 129 ans, 8 mois et 24 jours, la Française écrasait la concurrence puisque son successeur, un Chinois, était un petit jeune d'à peine 121 ans. De bon sang breton, Marie était née en même temps que Lénine, à l'époque où Dickens tirait sa révérence. Au soir de sa naissance, pour réchauffer son frêle corps de moineau, on la déposait au fond d'un four à pain encore tiède. Cette année-là vit aussi la toute première carte postale transportée par dirigeable.

Marie avait connu la famine, les épidémies de tuberculose et la terrible grippe espagnole de 1917. Elle avait traversé les deux guerres mondiales et parcouru le monde en long, en large. Une aventurière qui avait vécu en Sibérie, dans les Rocheuses et dans une forêt canadienne avec des loups, en complète autonomie, ivre de chasse et de pêche. Elle avait raccroché son sac à dos à 79 ans pour profiter de ses enfants, petits-enfants, sans oublier les plaisirs de la bonne chère. Trois mois avant de sombrer dans le coma, elle portait encore à ses lèvres un ballon de rouge. Depuis l'âge de 80 ans, celui où elle s'était mise à boire un verre de vin par jour, elle avait vidé plus de trois mille bouteilles de bordeaux.

Mais cette fois, c'était la fin. Marie était inerte depuis dix jours et une alerte sérieuse avait eu lieu vers 21 heures, le soir du réveillon. Son cœur s'était arrêté trois secondes, puis était reparti de lui-même, comme un vieux diesel. Marie continuait à se battre – son activité cérébrale en témoignait –, mais le médecin était persuadé qu'elle rejoindrait les étoiles en cette nuit très particulière du changement d'an, de siècle, de millénaire. L'an 2000.

Le cercle restreint de sa descendance était réuni autour d'elle. Sa longévité avait eu raison de ses deux enfants et cinq petits-enfants, décédés depuis longtemps, ainsi que du malheureux acquéreur à qui elle avait vendu sa maison en viager, trente ans plus tôt. Claire, une arrière-petite-fille de 40 ans tout de même, se tenait à son chevet avec son mari Raphaël.

Claire était de garde, ce soir-là, à la maternité, deux étages plus bas : elle mettait des bébés au monde. Elle avait toujours connu son ancêtre avec ce même visage creusé de rides blanches et profondes, à moitié sourde et aveugle, devenue incapable de se déplacer à 120 ans, de manger et de boire seule dans les derniers mois de sa vie. Des inconvénients qui ne l'avaient pas empêchée d'enterrer, ces neuf dernières années, la moitié des résidents de son EHPAD.

Claire s'interrogeait chaque fois qu'elle voyait l'état de son arrière-grand-mère. À quoi bon continuer à vivre dans de telles conditions ? Pourquoi Marie s'acharnait-elle à rester sur terre ? N'avait-elle pas assez vécu ? Pourquoi sa fille à Raphaël et elle, Ariane, 7 ans à peine, était-elle atteinte d'une leucémie en phase terminale, une saloperie qui l'emporterait d'ici quelques semaines, alors que la vieille femme couchée devant elle, respirant à peine, n'avait jamais croisé l'ombre d'une métastase ?

Aussi, on n'y croyait plus vraiment, au départ de Mam'Immortelle, comme on l'appelait affectueusement. On en venait même à se dire que Dieu avait arrêté de jouer aux dés et l'avait oubliée sur un coin de table de black-jack. Pourtant, et pour ainsi dire « enfin », son inépuisable cœur livra son ultime battement à 23 h 57. Sa poitrine s'affaissa, et l'encéphalogramme devint plat. C'était terminé.

Claire ne pleura pas vraiment, elle détacha juste respectueusement ses mains des doigts encore chauds de l'ancêtre. Une grande partie d'elle était triste, mais une autre était soulagée de ne plus avoir à payer sa part de la pension mensuelle pour l'EHPAD. C'est que Mam'Immortelle en avait entamé, des comptes en banque. Claire pourrait consacrer cet argent à Ariane, même si la petite, allongée dans une chambre de l'étage du dessous, ne sortirait plus jamais de cette clinique.

Pourquoi étions-nous si inégaux face à la mort ?

— Elle aurait voulu connaître le nouveau millénaire, dit le médecin. On n'est pas à cinq minutes près sur une vie aussi bien remplie. Nous allons encore attendre un peu. Si vous en êtes d'accord, je noterai 00 h 01 sur l'avis de décès. Elle aura ainsi chevauché trois siècles. C'est incroyable.

Ils patientèrent. Les aiguilles de l'horloge, au-dessus de la porte d'entrée, s'alignèrent sur le 12. Les heures digitales des différents appareils affichèrent toutes 00 : 00. Quelqu'un lâcha un timide « Bonne année quand même ».

C'est vrai, on était en l'an 2000... Tous l'avaient attendu, redouté, et maintenant, il était là, ce nouveau millénaire plein de promesses, qui pourtant ne changerait pas grand-chose à leurs existences, ni au destin tragique d'Ariane, ni à la mort de Marie. N'était-il pas qu'une croix sur une frise chronologique ? Une invention abstraite de l'homme pour marquer son infime passage sur terre ?

Soudain, le tracé de l'engin relié par des électrodes à la boîte crânienne manifesta d'intenses signes d'activité. L'orage électrique dura quatre ou cinq secondes, comme si le cerveau refusait d'abandonner le combat. Mais le faisceau bleuté retrouva sa rectitude d'horizon. Dans la chambre, les quelques personnes présentes semblaient figées dans le temps et respiraient à peine. Le médecin regardait autour de lui. Les moniteurs, les lampes…

— Qu'est-ce que c'était ? demanda Raphaël.

— C'est sûrement lié au passage à l'an 2000. Le fameux bug, vous savez. Peut-être que l'informatique ou l'électronique dans ces machines y a été sensible quelques secondes, mais tout semble rentré dans l'ordre.

Deux minutes après minuit, au moment où le Dr Barjavel s'approchait des appareils pour les débrancher, les signaux réapparurent. Les courbes liées à l'activité cérébrale reprirent forme. L'électrocardiogramme bipa. Diastole, systole, boum, boum, le cœur repartait à soixante pulsations par minute. Les lèvres d'une blancheur nacrée s'écartèrent à peine, et il y eut un *schhhtt* dû au passage de l'air dans la trachée. Aussi incroyable que cela pût paraître, les vieux poumons ventilaient.

Marie Pasteur n'ouvrit pas les yeux, mais, à en croire les appareils, elle était bien vivante. Les membres de sa famille se regardèrent, interloqués, pas vraiment joyeux, parce que, bon sang, même trépassée, l'ancêtre se raccrochait à la vie et allait prolonger leurs interminables allers-retours à l'hôpital, dans cette pièce qui sentait la mort, les produits, tout ce qu'ils détestaient et qui les renvoyait à leurs propres conditions de mortels.

Le médecin ne comprenait pas. Certes, il avait déjà croisé, une fois dans sa vie, ce genre de « résurrection » : une femme en hypothermie, dont les fonctions vitales s'étaient arrêtées durant sept minutes avant que le cœur reparte. Mais Marie Pasteur était au bout du rouleau. Ses reins et son foie ne fonctionnaient plus, son cerveau ressemblait à une éponge, les batteries avaient lâché, comment avait-elle pu revenir à la vie ?

Le Tatoo de Claire se mit à biper dans la poche de sa blouse. Un message lui demandait de descendre de toute urgence. Visiblement, il y avait un problème à la maternité.

*

Claire se précipita dans la chambre 22, occupée par l'une des jeunes mamans qu'elle avait accouchées et son nourrisson. Entre deux visites auprès de Mam'Immortelle, la sage-femme avait participé à la naissance du petit Damien une heure plus tôt. Un beau bébé né à terme, en pleine forme, l'un des derniers du millénaire précédent.

Il était cyanosé, couleur lilas, ses petites mains vers l'arrière. Une infirmière l'avait posé sur un lit à roulettes et lui massait la poitrine, tandis qu'un médecin sortait un défibrillateur portatif de sa sacoche. La mère, entre deux sanglots, expliquait que son enfant, alors qu'il était serré contre son sein, s'était subitement arrêté de téter et était devenu inerte.

— Vous n'aviez rien remarqué, Claire ? demanda le médecin.

— Non. Ce bébé était en parfaite santé. Mon arrière-grand-mère était en train de mourir en haut et…

Trois lettres résonnèrent dans sa tête. MSN. Mort subite du nourrisson : un coup de dé malencontreux de Dieu, et une petite vie qui sautait. Très vite, les décharges de volts cambrèrent le corps minuscule. Le bruit blanc de l'électricité, au moment où elle traverse la chair, avait toujours été insupportable à Claire. L'un des pires aspects de son métier.

On emmena l'enfant en salle de réanimation néonatale. Après quatre tentatives et une injection d'adrénaline, après de nombreux essais pour tenter de le ranimer, le médecin déclara le décès à 00 h 16. Aussi fort qu'elle le put, la mère hurla et vint se blottir dans les bras de Claire, qui ne quittait pas le moniteur cardiaque et cette abjecte ligne verte, avec l'espoir vain qu'un soubresaut se produirait. Elle repensa à la main blanche, marbrée de veines violacées de son inusable arrière-grand-mère, et au fond d'elle-même elle en voulait à Mam'Immortelle : n'avait-elle pas volé la vie de cet enfant en refusant de mourir ? Existait-il un subtil équilibre, une sorte de réservoir d'âmes qui se remplissait par le haut et se vidait par le bas ? À chaque vie, une mort ? Œil pour œil, dent pour dent ?

Prise dans le tourbillon, elle n'avait pas remarqué l'agitation dans le couloir, les regards de panique, les cris lointains, comme si la maternité brûlait de part en part. L'alerte provenait de la salle de travail. Deux femmes admises dans la soirée venaient de s'effondrer, tordues de douleur. « Mon bébé, mon bébé ! » s'écriaient-elles, les mains sur leurs ventres gonflés. On les emmena vite au bloc pour pratiquer des césariennes, on ouvrit. On sauva les mamans, mais leurs bébés étaient morts.

Plus tard, Claire, exténuée, s'attarda à la fenêtre du bout du couloir. Jamais elle n'avait vécu une nuit si dramatique. Loin dans la ville, des pétards claquaient, des feux d'artifice illuminaient encore le ciel et l'on pouvait même entendre le vacarme des klaxons dans les rues. Les gens fêtaient le passage au nouveau millénaire, ils étaient heureux, à des années-lumière d'imaginer le drame qui s'était joué entre les murs de la clinique.

Que s'était-il passé ? Pourquoi trois bébés étaient-ils morts en moins d'une heure ? Claire repartit au pas de course pour une nouvelle alerte. Dans la salle des couveuses, cette fois, une équipe se rassemblait autour d'un prématuré en difficulté, né trois heures plus tôt. Il mourut avec les palettes du défibrillateur collées sur son frêle torse jaunâtre.

Dans les couloirs, les bureaux, au téléphone, on s'affolait, on criait, on émettait des hypothèses, on cherchait à comprendre l'incompréhensible. On parlait d'intoxication, de produits médicaux nocifs qui s'en étaient pris aux enfants, d'une maladie infectieuse foudroyante, quelque chose dans le genre.

Tous comprirent rapidement qu'aucune de ces suppositions ne tenait la route quand ils descendirent aux urgences, encombrées de femmes enceintes couchées sur des brancards ou tenant à peine debout, sorties des ambulances, des SMUR, soutenues par leurs familles, arrivées de toute la ville, un sang noir et épais coulant le long de leurs cuisses.

*

— J'aimerais bien voir Gipsy, demanda la petite fille, allongée sur son lit médicalisé.

La vie, la maladie, la mort... Les mots tournaient en boucle dans la tête de Claire alors qu'elle regardait une chaîne d'informations, en ce 1er janvier, à 8 heures du matin. La vie : au premier étage de la clinique Heisenberg, vous naissiez. La maladie : au deuxième, celui de sa fille Ariane, vous n'étiez pas encore mort, mais plus tout à fait vivant. La mort : au troisième, celui de Mam'Immortelle, vous trépassiez. C'était là l'ordre naturel des choses.

— Tu sais bien que c'est impossible de ramener ton chien à l'hôpital, mon poussin, répliqua Raphaël. Tout à l'heure, je le filmerai, et je te montrerai la vidéo demain, quand je reviendrai te voir.

— Chut, fit Claire. Écoutez. Écoutez les informations...

La voix d'Ariane était à peine audible, les tendons vibraient sur son cou de moineau. Des dizaines de photos ornaient les murs de sa chambre. Celles d'une petite fille au sang malade qui, jadis, avait été blonde, des étincelles plein les yeux. Aujourd'hui, elle était perfusée de partout, n'avait plus la force de sortir de son lit, mais le même éclat continuait à briller dans son regard, telle une étoile qui refuse de s'éteindre.

À la télé, toutes les chaînes diffusaient la même information : dans la nuit du 31 décembre 1999 au 1er janvier 2000, des dizaines de milliers – peut-être même des centaines, le chiffre grossissait chaque minute – de femmes enceintes avaient perdu leur bébé, et cela partout dans le monde. Aucun continent, aucun pays, aucune race ni religion ne semblaient avoir été épargnés. De la même façon, des nouveau-nés de moins d'une journée, arrivés à terme ou prématurés, étaient décédés sans qu'aucun médecin soit, en l'état actuel des choses, capable d'en établir la cause. Les religieux parlaient déjà d'apocalypse, de jugement divin, de fin du monde ; le corps médical avançait l'hypothèse d'un virus ; les généticiens évoquaient une bombe biologique nichée au cœur même de l'ADN qui, pour une raison encore inconnue, se serait déclenchée au changement de millénaire.

Bref, tout au long de la matinée, les théories se succédèrent, toutes plus loufoques les unes que les autres. Ce fut aussi ce jour-là qu'un condamné à mort grilla sur la chaise électrique, au Texas, mais l'information passa complètement inaperçue.

Et pendant ce temps, des nourrissons continuaient à mourir, heure après heure. Un deuxième bébé que Claire avait mis au monde le 31 décembre, aux alentours de 18 heures, partit durant son sommeil, sans cri ni douleur.

Les jours suivants, d'autres informations capitales remontèrent des services et des cabinets de gynécologie du monde entier. On était incapable de gérer le flux des patients qui se présentaient : les fausses couches explosaient toutes les statistiques, quel que fût le stade de la grossesse. De futures mères mouraient, faute de n'avoir pu être prises en charge à temps. Les files d'attente s'étiraient jusqu'aux halls d'accueil des hôpitaux pour des avortements. Aucune maman ne voulait garder un fœtus mort dans son ventre.

Au cinquième jour, un appel fut lancé par les communautés scientifiques : existait-il quelqu'un, sur cette Terre, qui portait encore un enfant vivant dans son ventre ? Existait-il, dans un établissement quelconque de la planète, un village d'Afrique, une communauté mongole, un nourrisson né après le 1er janvier, et toujours en vie ?

Personne ne se manifesta.

*

— Tiens, regarde...

Claire observa l'écran d'ordinateur avec attention. Il montrait un film réalisé à partir d'un microscope électronique à balayage du centre de procréation médicalement assistée dans lequel son mari travaillait, dans l'aile gauche de la clinique Heisenberg.

— Regarde bien, fit Raphaël. Le film a été tourné ces derniers jours, et il a bien sûr été accéléré. C'est le moment de la fécondation. Tu vois, les spermatozoïdes arrivent vers l'ovule. Un seul réussit à passer. Celui-là, juste en bas.

— Jusque-là, rien d'anormal.

Raphaël ôta ses lunettes dans un soupir. Il était de dix ans plus jeune qu'elle – une différence d'âge qui avait toujours fait grincer des dents dans leur entourage –, mais déjà touché par une calvitie précoce. Il se frotta lourdement le visage et chaussa ses lunettes. Il n'avait quasiment pas dormi ces derniers temps, entre les nuits au chevet d'Ariane et les recherches pour tenter de comprendre l'hécatombe qui frappait les bébés. Il fixa de nouveau l'écran et le film en noir et blanc.

— Tu vois ? Au lieu de se diviser et de donner les premières cellules embryonnaires, l'œuf se résorbe, jusqu'à ne devenir qu'un point et finalement disparaître.

Claire resta sans voix.

— C'est peut-être… une bizarrerie génétique ?

— Non. Nous avons effectué des centaines d'essais, dans plusieurs centres répartis sur tout le territoire, avec du matériel provenant de différentes banques. Nous avons tenté toutes les combinaisons : sperme frais et ovocyte frais. Sperme congelé et ovocyte frais. Sperme frais et ovocyte congelé. Sperme et ovocyte congelés. Chaque fois, le même résultat : la fécondation continue à se faire, mais elle aboutit au néant. Toute procréation semble impossible. Si on n'y arrive pas dans les éprouvettes, il est fort probable que ce soit pareil dans la réalité.

— Tu veux dire qu'en l'état actuel des choses, plus aucune femme ne peut tomber enceinte ? Il ne peut plus y avoir de naissances ?

— Chez les êtres humains, Claire. Chez les êtres humains seulement. Les animaux et les plantes ne semblent pas affectés. Des chiots naissent, des graines continuent à germer. Pas plus tard qu'hier, dans un zoo australien, une femelle chimpanzé a donné naissance à un petit, et il est en parfaite santé. Mais ça fait maintenant dix jours qu'aucun être humain n'est né. Les maternités sont vides.

Claire observa ses deux mains ouvertes, qui avaient tant de fois donné la vie. Elle revoyait chaque petite tête empourprée et fripée sortir du nid, elle entendait encore le chuintement des poumons qui se déployaient, puis le tout premier cri. Dix jours qu'elle n'avait pas entendu cette vibration si caractéristique. Elle ramena son regard vers l'écran, où il n'y avait plus que l'absence, et n'osa imaginer ce que deviendrait le monde sans nouveau-nés.

— Pire, des nourrissons continuent à mourir de façon inexpliquée, poursuivit Raphaël. Et, aux dernières nouvelles, le fléau ne touche pas seulement ceux nés dans la nuit du 31, mais aussi avant. Regarde, regarde, j'ai noté ici. Ce gamin est venu au monde le 21 décembre, dans le sud de la France. Il est mort ce matin. Les avis de décès n'arrêtent pas de tomber. C'est sans fin.

Claire eut l'image insupportable d'une Faucheuse géante vêtue de noir, campée au milieu d'un champ, frappant à grands coups de faucille des nourrissons par milliers.

— J'ai une théorie, expliqua Raphaël. Un truc de fou qui donnerait un sens à ce qui est arrivé à ton arrière-grand-mère. Un machin incompréhensible qui relierait sa renaissance au décès inexpliqué de tous ces bébés.

Il cliqua sur un nouveau fichier.

— Il faut d'abord que tu voies cette série de photos. Tu vas vite comprendre. Il y a deux jours, j'ai sorti un embryon de son bain cryogénique. Il a été procréé en 1999 et avait exactement quarante-huit heures avant qu'il soit congelé. Je l'ai dévitrifié et placé dans l'incubateur pour le ramener à 37,2 °C, c'est-à-dire dans les conditions exactes de 1999. Puis j'ai commencé à enregistrer les images pour voir ce qui allait se passer.

Claire observa l'embryon, composé de quatre cellules entourées d'une enveloppe, ce qui correspondait bien à un embryon âgé de quarante-huit heures. Raphaël afficha la photo suivante.

— Le même embryon, douze heures plus tard...

Si l'enveloppe était toujours présente, le nombre de cellules avait été divisé par deux.

— Et le voici, après vingt-quatre heures.

Il ne restait plus qu'une grosse cellule occupant la totalité de la zone pellucide : c'était le stade zygote, correspondant à un ovule fraîchement fécondé. Claire n'en croyait pas ses yeux. L'œuf ne se divisait pas au fil du temps qui passait. Il semblait, au contraire, revenir aux origines de sa création.

Raphaël enchaîna les photos. Comme pour le film précédent, la taille de l'ovocyte se mettait à diminuer, jusqu'à se résorber complètement, au bout de quarante-neuf heures. Claire s'effondra sur sa chaise.

— Ce n'est pas possible.

Son mari prit une feuille blanche, et y traça une flèche horizontale pointant vers la droite. Il nota à gauche : *1er janvier 2000, minuit*, et à l'extrémité : *Temps*. Il prit une balle antistress et la lâcha devant lui.

— Ça, c'est le temps tel que nous le mesurons. Je lâche la balle, elle tombe en une seconde. Je peux quantifier la durée de sa chute. Les horloges continuent à avancer et à afficher l'heure exacte, parce qu'elles sont faites de ressorts ou de quartz qui pulsent à des fréquences bien précises. Le temps que nous mesurons va dans le sens de la flèche que j'ai tracée sur cette feuille. Le temps perçu par l'homme est resté tel que nous l'avons créé, tel que nous l'imaginons. Demain sera dans vingt-quatre heures. Dans dix ans, nous serons en 2010. Mais…

Il traça une autre flèche vers la gauche, à partir de la date du 1er janvier 2000.

— Imagine que ça, c'est devenu notre temps biologique, à nous, les hommes. Une horloge interne qui ne suit plus la première flèche, mais qui s'est inversée au passage exact à l'an 2000. Il a fallu quarante-huit heures pour que cet embryon se forme en 1999. Aujourd'hui, alors que le temps que nous mesurons continue à s'écouler, alors que cet embryon aurait dû poursuivre sa division et vieillir, il parcourt le sens inverse. Il rajeunit, Claire ! D'œuf, il redevient ovocyte, dans les mêmes délais, avec les mêmes étapes.

Raphaël s'était levé et parcourait désormais la pièce comme un lion en cage.

— Te rends-tu compte de ce qui est peut-être en train de se passer ?

Non, Claire ne se rendait pas compte, non, elle ne comprenait pas ou, plutôt, ne voulait pas comprendre. Tout était beaucoup trop démentiel, et l'image de ces bébés qui mouraient, de ces mères qui hurlaient et de ce que son mari suggérait maintenant lui donna le vertige.

Raphaël répondit au téléphone, écouta, raccrocha et lâcha d'une voix partagée entre crainte et excitation.
— Ton arrière-grand-mère est sortie du coma.

*

Au quinzième jour, la petite Ariane fut capable de remarcher. La première chose qu'elle fit fut d'aller voir son arrière-arrière-grand-mère, tout en traînant son porte-cathéter derrière elle. Mam'Immortelle trouva la force de serrer sa petite main dans la sienne et se rendormit.

Au vingt-troisième jour, l'enfant était rentrée chez elle, dans une maison de campagne aux collines tapissées de neige. Claire et Raphaël faisaient tout pour la préserver du chaos qui régnait dans les villes du monde entier. Le temps des explications viendrait plus tard. Elle joua avec son vieux chien, qui peinait à respirer et se déplacer, mais qui faisait tous les efforts du monde pour satisfaire sa jeune maîtresse.

— Pourquoi Gipsy il ne guérit pas comme moi, maman ? C'est tellement injuste.

— Ce qui était injuste, c'était que toi, tu meures si jeune. Gipsy a eu une belle vie. Tu sais qu'il est aussi vieux que Mam'Immortelle, en âge de chien ?

Ariane fêta son anniversaire une semaine plus tard. Claire et Raphaël avaient hésité quant au nombre de bougies à disposer sur le gâteau. Pour ne pas perturber la petite, ils en avaient mis huit, mais ils savaient tous deux qu'Ariane n'avait pas vraiment cet âge. Elle ne grandirait plus, et vu ce qui se passait, elle allait rajeunir. Mais de quelle façon ? Changerait-elle physiquement ? Intellectuellement ? Garderait-elle tous ses souvenirs ? Tomberait-elle encore malade ? À ce stade, bien malin eût été celui capable de prédire quoi que ce soit.

Claire passa des journées dans la salle des couveuses, un endroit devenu lugubre et qui la répugnait. Mais elle voulait voir de ses propres yeux. Elle dressa des tableaux de statistiques, fit des calculs, prit des mesures précises pour constater que, chaque jour, les bébés perdaient des centimètres, maigrissaient, buvaient de moins en moins de lait. Comme pour l'embryon décongelé, ils rajeunissaient et, invariablement, finissaient par mourir après avoir atteint l'âge zéro. Un enfant né vingt jours avant l'an 2000 mourait vingt jours après l'an 2000, redevenu tel qu'il était au moment de sortir du ventre maternel. Les autopsies montraient des poumons rétractés, comme des sacs vidés d'air. Pour enrayer le processus, on avait essayé la respiration artificielle, en vain.

À l'inverse, en palliatif, l'étage de Marie, plus aucun décès n'avait été signalé depuis le nouvel an. Les mourants revenaient peu à peu à la vie, les organes se remettaient à fonctionner, des patients pour lesquels on avait perdu tout espoir de rémission sortaient du coma. À Lourdes, les miracles explosaient. Des malades quittaient leur fauteuil, les incurables guérissaient. On bénissait Dieu.

Un jour – au lendemain de la mort du chien Gipsy –, un jeune couple amena, consciemment et volontairement, son bébé à la maternité de la clinique Heisenberg.

Claire était là pour les accueillir. La femme, en pleurs, lui posa dans les bras son bébé emmitouflé dans une couverture.

— Faites quelque chose pour lui, je vous en prie. Il n'arrive presque plus à respirer. Il faut que vous l'accompagniez dans ses derniers instants. On ne peut pas le regarder mourir comme ça. Pitié…

Et c'est ainsi qu'au bout du premier mois, cette maternité, ainsi que toutes les maternités du monde, se transforma en établissement de soins palliatifs pour bébés.

*

Pendant que Claire voyait les vieux renaître et les bébés mourir, Raphaël travaillait d'arrache-pied avec les communautés scientifiques de toutes les branches, pour tenter de comprendre et d'analyser la situation. Le monde connaissait un bouleversement inédit : un phénomène inexpliqué, survenu le jour du passage à l'an 2000, avait inversé le temps biologique de l'humanité tout entière. On rajeunissait au même rythme que l'on vieillissait avant.

Les classes politiques et les systèmes économiques tremblaient. Les cours des géants de l'industrie pharmaceutique s'effondraient. Les entreprises traditionnelles – métallurgie, bâtiment, automobile – avaient perdu la moitié de leur valeur en Bourse : si l'humanité cessait de grossir, pourquoi produire ? Pour qui ? L'Inde venait de repasser sous le milliard d'habitants. La Chine suivrait d'ici quelques mois. Des statisticiens estimaient que, si rien ne changeait, la population mondiale aurait diminué du tiers en 2020. De la moitié en 2030. Les projets de grande envergure, comme la sortie du nucléaire ou la lutte contre le réchauffement climatique, furent mis de côté. Au fil de la décroissance de la population, nombre de problèmes allaient se régler d'eux-mêmes. C'était toujours ça de pris.

Paradoxalement, les gens continuaient à aller au bureau, les amoureux se mariaient, les avions et les trains transportaient la population d'un point A à un point B. Le temps s'écoulait de la même façon. On se levait le matin, on se couchait le soir, on mangeait à heure fixe. Au jour le jour, on pouvait aussi bien rajeunir que vieillir, ça ne changeait strictement rien. La grande majorité de la population laissait aux penseurs, aux scientifiques et aux intellectuels le soin de résoudre le problème.

Hormis les nourrissons arrivés en fin de vie, très peu de personnes mouraient d'infarctus ou d'un quelconque cancer, puisque les maladies n'avaient aucune raison de se déclarer dans un organisme qui rajeunissait. Les entreprises funéraires furent les premières à s'adapter en changeant la taille de leurs cercueils. On abandonna les maisons de retraite, sans les recycler en quoi que ce soit. Puisque le nombre de neurones diminuait aux alentours des 18 ans – les cerveaux perdant du volume –, on ne pouvait apprendre aux étudiants ou aux enfants rien qu'ils ne connaissaient déjà. On ferma donc la dernière école au début de l'année 2001, pour permettre aux parents de passer plus de temps avec leur progéniture.

Si les jeunes parents étaient les plus à plaindre – ils connaissaient la date de mort de leurs petits, ils n'auraient jamais la chance de les voir grandir et, au contraire, les voyaient régresser... –, les seniors eux, s'éclataient. Ils se remettaient à sortir, à courir, à faire l'amour. Les Alzheimer retrouvaient la mémoire. Plus besoin de crèmes rajeunissantes, de chirurgie esthétique, chaque jour était un bonheur à vivre. Les rhumatismes, l'arthrose, les douleurs s'estompaient. Les vieux avaient vécu une vie dans un sens, ils allaient en vivre une nouvelle dans l'autre, profitant de tout ce qu'ils avaient pu manquer. Devaient-ils retravailler ? À partir de quel âge ? Et jusqu'à quel âge ? D'ailleurs, comment définir l'âge ? Fallait-il reprogrammer tous les ordinateurs, les logiciels ?

Tant et tant de réformes devaient être menées, au niveau des retraites, de la Sécurité sociale, du Code du travail, même de l'Église... L'humanité tremblait. L'anarchie s'installait dans certains pays. Les gens, dont les situations se dégradaient faute de solution, devenaient violents.

Aussi Claire présageait-elle le chaos dans les mois ou années à venir. Ce monde régi par de nouvelles règles, peut-être liées à l'univers, aux mathématiques, ou quelque chose qui échappait complètement à leurs conditions de simples humains, ne pouvait être apprivoisé sur le temps d'une vie. Elle et sa petite famille ne pouvaient continuer à vivre ainsi, dans leur maison, en ayant peur du lendemain. Il fallait trouver une solution.

Un jour, elle observa longuement son arrière-grand-mère, assise dans son fauteuil roulant face à la fenêtre. Mam'Immortelle, qui se remettait à regarder l'horizon avec une lueur dans les yeux, tripotant d'une main le petit globe terrestre en or qu'elle portait au bout d'une chaîne autour du cou, caressant les cheveux de son arrière-arrière-petite-fille de l'autre. Ariane n'avait plus que six ans à vivre, avant que sa jeunesse l'emporte. Il fallait que ces années-là soient belles et heureuses.

Changer de vie, de mode de fonctionnement, de manière de penser, c'était la seule solution valable pour survivre à la nouvelle règle du temps. Alors elle eut une idée. Elle en parla à Raphaël.

— Nous avons pris soin de mon arrière-grand-mère, pendant des années, nous l'avons amenée aussi loin que nous avons pu, avec tous les sacrifices que cela impliquait. Viendra le moment où ce sera à elle de s'occuper de nous, de nous nourrir, nous protéger, nous accompagner jusqu'à notre dernier souffle, quand nous serons trop petits pour le faire nous-mêmes.

Raphaël n'arrivait pas à s'imaginer un jour âgé de 20, puis 10, puis 5 ans. Rajeunir était-il, finalement, pire que vieillir ? Que se passait-il dans la tête de ces bébés redevenus incapables de s'exprimer ? Avaient-ils conscience de ce qui leur arrivait ? Sombraient-ils dans l'ignorance ? Toutes ces questions lui donnaient le tournis.

— Marie était la doyenne de l'humanité, dit-il, et elle le restera, quoi qu'il arrive. Si rien ne change, elle sera le dernier être humain vivant sur cette Terre. L'ultime représentante de notre espèce. Que se passera-t-il quand elle sera trop petite pour s'occuper d'elle-même ? Qui l'accompagnera jusqu'au bout, elle ?

Il réfléchit, observant la vieille dame.

— Il faudrait peut-être que je trouve une arme. Un pistolet. On pourrait l'utiliser, si tout cela devenait insupportable.

— Les armes n'ont jamais rien résolu. J'ai une idée...

Six mois plus tard, bien renseignée, et le compte en banque presque à sec, la famille partait vivre dans un chalet à énergie solaire, au bord d'un grand lac de l'Ouest canadien, entre forêt et montagnes, aux côtés d'une communauté de survivalistes. Un coin de paradis où, soixante-dix ans plus tôt, Mam'Immortelle avait passé une partie de sa vie d'aventurière en compagnie des loups, à des centaines de kilomètres de la première ville.

*

Ariane mourut à la fin de l'année 2007, sans souffrance, pas plus grande qu'une main ouverte. Dans cet ultime moment, Claire se rappela à quel point sa fille avait été petite et frêle à sa naissance. Elle pleura d'un mélange de joie et de tristesse, les souvenirs heureux de la maternité se mélangeant à la réalité de la mort programmée.

Raphaël fabriqua une minuscule boîte en bois, creusa un trou à l'arrière du chalet pour y déposer le cercueil. Les trente-deux membres de leur communauté assistèrent aux funérailles. Mam'Immortelle se tenait debout, appuyée sur une canne, à côté de son arrière-petite-fille. Ariane était le troisième bébé à les quitter.

La vie de la petite avait été formidable durant ces sept années au milieu de la nature. Ses parents l'avaient accompagnée à chaque étape de sa régression, profitant d'elle à tout instant, se remémorant les instants joyeux lorsqu'ils avaient été jeunes parents – ils le redevenaient, d'ailleurs, par la force des choses. Ils avaient continué à lui lire des histoires quand elle n'avait plus été capable de le faire elle-même. *Le Petit Prince* restait son conte préféré.

Même si la petite ne savait plus parler ni marcher, ils avaient deviné, dans ses grands yeux bleus, qu'elle n'avait pas tout oublié. Elle avait souri jusqu'au bout, avait regardé son père, sa mère, avant que ses paupières se baissent et que son monde se résume à l'obscurité des premiers jours de vie. Un monde de sons et d'odeurs que les parents s'efforcèrent de rendre agréable en murmurant des chansons douces et en garnissant le landau en bois de fleurs sauvages. Ce fut une belle fin de vie, où il n'y eut ni douleur ni désespoir. La mort d'Ariane ne rendait pas triste.

La communauté ignorait ce que devenait le monde, elle ne voulait pas le savoir. Peut-être les hommes s'entretuaient-ils, loin d'ici. Peut-être les magasins étaient-ils pillés, peut-être les voitures et les maisons étaient-elles brûlées. La vie, dans le camp, n'était certes pas facile : les hivers se succédaient, rigoureux, la nourriture se faisait parfois rare, mais cette vie-là était saine et cohérente. Certes, le temps biologique s'était inversé, mais chacun allait de l'avant, sans peur du lendemain.

Par ses récits, son expérience, Mam'Immortelle leur enseigna l'art de la survie. Ils chassaient, pêchaient, cueillaient. Les seules traces de la civilisation qui restaient au camp étaient quelques outils, ustensiles de cuisine, les stocks de lait en poudre apportés par chacun lors de l'installation, beaucoup de livres, de cahiers, de crayons pour écrire, dessiner, et une montre mécanique à calendrier perpétuel qu'ils remontaient chaque jour et dont ils prenaient le plus grand soin.

Au fil des années, la meute de loups qui vivait dans la forêt s'était rapprochée. Des louveteaux avaient succédé aux vieux mâles, puis avaient eux-mêmes grandi, jusqu'à devenir parents, et ainsi de suite. Le clan des hommes faisait désormais partie de leur monde. De temps à autre, Raphaël abandonnait de la nourriture à celui qu'il surnommait Gris-Nez, le plus téméraire de la meute qui, à plusieurs reprises, s'était approché du camp.

Avec d'autres jeunes de la communauté, l'ancien biologiste se sentait en communion avec les animaux, la nature. Sa vie d'antan, cette course perpétuelle après les aiguilles de l'horloge, lui paraissait bien futile. Tant de temps perdu à vouloir en gagner, tant de stress pour un train manqué, de colère pour un retard. Ici, ils appréciaient les graines qui germaient, les branches qui bourgeonnaient et la lente respiration des arbres. Le temps avait la saveur d'un sucre qu'on laisserait fondre doucement sous la langue.

Jour après jour, leur groupe d'aventuriers s'enfonçait dans la forêt, sur le territoire de la meute. Il fallait que la présence de ces humains-là se greffe dans l'ADN des générations de loups. Qu'homme et animal ne fassent plus qu'un.

Raphaël aima Claire aussi longtemps qu'il put. Les souvenirs de leur vie, d'Ariane, leurs sourires, tout lui resta en tête quand il franchit l'adolescence en sens inverse. Mais, plus il se rapprochait de l'enfance, plus il sentait sa mémoire défaillir. Pourtant, il récitait quotidiennement les noms des départements, des montagnes, les tables de multiplication. Malgré tous ses efforts, il oublia la table de 9 à l'âge de 8 ans, puis fut incapable de l'apprendre. Plus tard, il ne sut plus ce qu'était une multiplication. Puis il oublia tout le reste. Il fut triste quand il ne vit plus Gris-Nez et demanda, un jour, pourquoi la lune flottait dans le ciel.

Claire avait 11 ans quand son mari ne fut plus capable de tourner les pages jaunies des vieux livres qu'il avait lus à Ariane. Le dernier mot qu'il prononça distinctement fut « Claire », avant d'émettre des sonorités qui, au fil des mois, se transformèrent en cris aigus.

Mam'Immortelle s'occupa de ses derniers jours de vie. Elle avait 100 ans quand il mourut.

*

Ainsi se termine mon résumé de l'humanité. Demain, je pourrais encore écrire, sans doute après-demain aussi, mais je préfère m'arrêter sur ces quelques pages. Il y a une semaine, j'ai oublié l'une des sept couleurs de l'arc-en-ciel, que je me répétais pourtant chaque jour. Depuis, impossible de me la rappeler, il n'y a jamais d'arc-en-ciel, ici. L'oubli, la perte de certaines capacités va progressivement ronger mon cerveau, au fur et à mesure que sa taille diminuera.

Alors oui, mieux vaut s'arrêter là.

Je fête aujourd'hui mes 12 ans, et ça fera bientôt soixante-dix ans que je suis seule. Le dernier membre de la communauté dont je me suis occupée s'appelait Vivian, il était américain. Il avait 60 ans au passage à l'an 2000. Il a vécu deux belles vies bien remplies.

Vert-de-Gris, descendant lointain de Gris-Nez, renifle la longue chevelure brune et nouée qui descend jusqu'à mes reins. Je le repousse et grogne un peu pour lui intimer de me laisser tranquille. Sa mère guette, au bord du lac. Elle serre dans sa gueule un petit glouton mort, que nous allons nous partager. Les loups vont s'occuper de moi quand je ne pourrai plus le faire moi-même. Ils me nourriront, me réchaufferont, m'accompagneront jusqu'au bout. L'homme est un loup pour l'homme, disait je ne sais plus quel philosophe. J'ignore ce que je suis vraiment, mais je ne pense pas être homme, ni loup. Je suis juste un point dans le temps et dans l'espace.

Que va devenir notre planète sans nous ? Y aura-t-il un jour d'autres êtres humains, descendants de je ne sais quel chimpanzé ? Notre espèce mérite-t-elle de renaître de ses cendres ? Je ne sais pas. Ce que je sais, par contre, c'est que la Terre est heureuse. Il y fait bon vivre. Ce sont les oiseaux, les plantes, les arbres et les loups qui me le chuchotent à l'oreille chaque jour.

Marie Pasteur. 8 avril 2117.

Le Grand Voyage

Une carabine Remington Dakota dans les mains, Peter Anderson s'était réfugié au fond de son salon, au cœur du Maine, États-Unis. La première grande ville, Old Town, se situait à une cinquantaine de kilomètres. Sa femme s'y était rendue la veille pour y acheter diverses variétés de légumes. Les Anderson ne mangeaient jamais les produits du supermarché.

Le couple ne lisait pas la presse, n'écoutait pas la radio et n'avait pas la télé. Peter aimait le Maine pour ses grands espaces et la faune foisonnante qu'il pouvait photographier. Immortaliser les animaux et les monuments célèbres à travers le monde était son principal centre d'intérêt. Il ne savait pas pourquoi, c'était comme ça, et c'était plutôt envahissant. En général, il se payait un voyage par an pour assouvir sa passion. Cette année, il avait choisi Paris.

À la lueur d'une ampoule, son regard s'attarda sur la photo d'un oiseau, un bouvreuil pivoine, une espèce qui aimait se joindre à des groupes pour migrer. Le torse et la gorge du volatile tiraient sur un beau rouge nuancé de rose. Les yeux injectés de sang, Peter Anderson explosa le cliché d'un tir qui résonna jusque dans les champs et fit décoller les merles de son jardin. Les portes de sa demeure étaient verrouillées, les volets clos. Sa femme et ses deux enfants gisaient à ses pieds, recroquevillés comme des feuilles de chêne brûlées. Dans une grande inspiration, Anderson retourna le fusil contre lui, ouvrit la bouche et tira.

15 jours plus tôt

Gilda faillit manquer le départ du paquebot.

Une montée d'adrénaline qui décuplait son plaisir de partir en vacances. Son fils Jérémy d'un côté, son sac à roulettes de l'autre, elle remonta le quai à grands pas. Le bateau bleu et blanc n'en finissait plus, étiré sur plus de deux cents mètres. Avec cette chaleur étouffante, la jeune femme, malgré sa tenue légère, sentait la sueur lui rouler dans le dos. Elle grimpa avec les derniers passagers, puis la passerelle se leva. En ce mois de juillet, le navire avait fait le plein, laissant penser qu'une ville tout entière naviguait. Des ponts saturés de voyageurs, des enfants qui piaillaient et couraient, des coursives pleines à craquer.

Gilda s'était payé un rêve, mais le rêve avait un sacré inconvénient : celui de voyager dans cette toute nouvelle formule d'une compagnie récente, le *low low cost*. Cabines à quatre couchettes situées dans les profondeurs du bateau, peu d'intimité, toilettes et douches communes, mais la fierté de montrer à Jérémy qu'elle aussi, avec son salaire de « pauvre fonctionnaire méprisante », pouvait lui offrir de beaux voyages. Et puis, ils profiteraient de tous les divertissements du bateau, de la piscine aux salles de spectacle, sans qu'il soit gravé sur leur front « ces gens-là n'ont pas de fric ».

Un type d'une quarantaine d'années et une jeune nana, à peine vingt ans, étaient déjà installés dans la cabine. L'une en bas à gauche, l'autre en bas à droite, avec belle vue sur la fille bronzée, ordinateur portable sur les genoux.

Les présentations furent brèves, juste un bonjour souriant, pas besoin de s'étaler pour le moment. Jérémy s'amusa à monter et descendre de l'échelle menant à son lit. Gilda posa son bagage dans l'espace aménagé au bout de sa couchette, étala quelques jouets pour Jérémy et regarda Gênes rapetisser depuis les grands hublots du couloir, situés à une dizaine de mètres au-dessus du niveau de la mer.

Au revoir, à dans douze jours si tout va bien.

Avec Jérémy, elle explora d'abord leur environnement. Les cabines, toutes occupées, se succédaient par groupe de huit, suivi des toilettes, puis d'une porte coupe-feu avec hublot et numéro en gros – la leur portait le numéro 2 –, et ça recommençait. L'agencement rappelait celui d'un train couchettes avec, en guise de rails, la mer.

Elle franchit le tronçon numéro 1, remonta à la surface, visita, rêva au milieu des gens friqués, dîna d'un petit quelque chose à la cafétéria *low cost* et se perdit plusieurs fois avant de revenir dans leur fond de cale sans charme.

Un gros bonhomme tapait sur la porte des toilettes de la section numéro 3. Sandwich à la main, il avait des airs d'Hitchcock et, apparemment, la vessie méchamment chargée. La porte était verrouillée sans personne à l'intérieur, raconta-t-il (ou, plutôt, gueula-t-il) au personnel navigant – le PN – qui arrivait pour s'occuper de leur « confort ». Ce dernier était sceptique : il avait lui-même déverrouillé toutes les portes, une heure avant le départ du paquebot.

En fait, après examen, il se trouva qu'elle n'était pas fermée à clé. Quelqu'un avait bloqué l'ouverture avec une petite cale en métal judicieusement placée au ras du sol. Le PN parvint à ouvrir et fut surpris de voir un bouquet de plumes exploser devant son nez. Un petit oiseau se débattait dans l'espace réduit et frappait contre les parois. Les voyageurs à proximité observaient le triste spectacle, certains grimaçaient devant la détresse de l'animal. Après plusieurs tentatives, l'homme en uniforme bleu marine crut attraper le volatile épuisé, mais ce dernier lui échappa encore et alla dans le couloir se fracasser contre un hublot. Une femme poussa un cri, un enfant à la belle chevelure rousse prit l'oiseau entre ses mains et le caressa affectueusement. Gilda ne s'enquit pas du sort du volatile qui ressemblait à un rouge-gorge. Elle appela Jérémy qui ramassait une plume.

— T'as vu comme elle est jolie ? Je pourrais la mettre derrière ma casquette.

— Oui, mon chéri. Allez, viens, je me change et on va voir le beau spectacle de magie tout là-haut. Tu sais que demain matin on arrive à Barcelone ?

Ils passèrent la porte coupe-feu et retournèrent vers leur cabine. Le gros homme se plaignait encore car les robinets du lavabo ne fonctionnaient pas. Malgré tout, il se cloîtra et cria tout son soûl à cause des déjections et des plumes d'oiseau, au lieu de se demander comment un tel animal s'était retrouvé enfermé au fond d'un paquebot, dans des toilettes dont la porte avait été bloquée par une cale.

Le changement de rythme du bateau réveilla Gilda. Un ralentissement qui brisait le roucoulement sourd et lointain des moteurs.

Elle ouvrit les yeux sans bouger. La climatisation tournait au ralenti, l'odeur du sommeil flottait partout, mélange amer de sueur et d'intimité. C'était ce qui la dérangeait le plus dans ce genre d'endroit, cette promiscuité avec des inconnus, ce viol des nuits de chacun, ces fluides corporels qu'on déversait sur les draps dont d'autres s'étaient enveloppés.

Le voyageur du dessous ronflait, il avait pas mal bu de vin rouge, histoire de rendre le trajet plus agréable. Quant à Jérémy, il avait voulu dormir avec sa mère et s'était blotti contre elle, plongé dans un profond sommeil d'enfant.

Autour, il faisait noir. La jeune femme déclencha la veilleuse de sa montre, il était seulement 3 h 05 du matin. L'arrivée était prévue quatre heures plus tard, dans le port de Barcelone.

Après une ou deux minutes, le navire finit par s'arrêter, le silence fut complet. Personne, dans leur cabine, n'avait émergé. L'immobilisation du *Blue Liberty* s'était faite avec une douceur extrême.

Gilda soupira, le regard rivé au plafond. Elle espérait juste que cet arrêt en pleine mer ne s'éterniserait pas. Elle avait prévu une grosse journée dans la ville espagnole, avec de nombreuses activités planifiées à l'heure près. Elle allait se rendormir quand des bruits résonnèrent dans le couloir. Des gens qui discutaient à voix haute. La fille d'en bas finit, elle aussi, par se réveiller. Gilda ne lui avait quasiment pas parlé, mais elle savait que la blonde aux gros écouteurs sur les oreilles et aux jambes de gazelle s'appelait Mélanie, qu'elle était étudiante en géologie et rêvait d'aller en Sicile, le clou de leur croisière. Quant à l'autre passager, on ne savait rien de lui. Il était rentré un peu ivre, puis s'était couché, en tee-shirt et caleçon, son costume maladroitement plié au pied de son lit.

Mélanie alluma sa veilleuse et constata que Gilda regardait par le hublot, à genoux sur son matelas.

— On est arrêtés au milieu de nulle part, c'est ça ? demanda-t-elle.

— Je crois, oui. On est encore à quatre bonnes heures de notre destination finale.

La jeune retrouva sa position allongée, tandis que Gilda se levait sans faire de bruit. Elle enfila son short, puis ses sandales et sortit à pas feutrés. Quitte à être réveillée, autant en profiter pour aller se soulager aux toilettes.

Apparemment, elle n'était pas la seule à avoir eu cette idée. Dans le couloir doucement éclairé, une queue s'étirait devant la porte, au bout de leur tronçon : des hommes et des femmes aux chevelures aplaties ou explosées, les yeux fuyant la lumière.

— En tout cas, ce n'est pas une panne de courant, fit l'un d'entre eux. Vous vous rappelez, ce bateau privé d'électricité ? Pas d'eau, pas de lumière, rien. Ça a dû être l'enfer. Les autorités ont dû remorquer le paquebot et...

— Oui, on se rappelle, mais ce n'est pas la peine d'en rajouter, répliqua quelqu'un. C'est peut-être normal, ce qui arrive. Le bateau va repartir.

Gilda bâilla et décida de rebrousser chemin. Elle avait la bouche pâteuse et aucune envie de faire la queue. Elle considéra le hublot, face à sa cabine, puis plaqua les mains sur la vitre. Son esprit vagabondait, elle pensa curieusement au *Titanic*. Ça avait dû commencer de cette façon aussi pour les passagers. Des doutes, des interrogations, avant que le navire se mette à sombrer lentement.

— Ça ne sent pas bon du tout, cet arrêt.

Gilda se retourna. L'individu qui avait parlé se tenait aux portes de la cabine située juste à côté de la sienne. Un brun d'une trentaine d'années, assez grand, plutôt bien fichu. Il n'avait pas l'air d'avoir dormi, vu sa coiffure impeccable.

— Qu'est-ce qui vous fait penser une chose pareille ? demanda Gilda.

— Ils ont normalement un réseau satellite hors de prix pour les portables. Jetez un œil à votre téléphone, et vous verrez que vous n'avez plus de réseau.

— Et à quoi vous pensez ?

Comme Gilda, le voyageur plaqua ses mains contre le hublot pour regarder à l'extérieur, puis se les frotta avec du gel antibactérien. Il en gardait un flacon au fond de sa poche. Une vague odeur d'alcool se répandit.

— À rien de bien précis. Mais tout à l'heure, ce membre d'équipage qui s'occupe de notre voyage a fait plusieurs allers-retours dans le couloir. Je crois qu'il est entré dans toutes les cabines, les unes après les autres. Quand il a vu que je ne dormais pas, il m'a sorti une excuse bidon, il prétendait vérifier la climatisation. Mais j'ai l'impression qu'il cherchait quelque chose, on ne vérifie pas la clim à 3 heures du matin.

— Je n'ai rien entendu.

— Moi si. Je suis insomniaque.

Sur ces mots, il retourna dans sa cabine et referma la porte derrière lui. La gazelle Mélanie sortit à ce moment-là, ayant apparemment tout entendu.

— Beau mec, mais un peu parano, on dirait. Je l'ai vu tout à l'heure, il est toujours en train de se désinfecter les mains avec son gel.

— On est tous comme lui, de nos jours, vu les saloperies qui traînent.

— Il est seul dans sa cabine ?

— Place *single*, répliqua Gilda. C'est le *low low cost* de luxe, si tu veux.

— Seul dans une cabine ou pas, on a quand même l'impression d'être comme des rats dans les soutes d'un navire. Le *low cost*, c'est l'idéal pour le porte-monnaie, mais bon, côté confort et esthétique, on a vu mieux.

Mélanie s'éloigna en direction des toilettes, tandis que Gilda s'interrogeait encore sur cette histoire de réseau téléphonique coupé. Alors qu'elle s'apprêtait à regagner son lit, elle remarqua l'absence du petit marteau brise-vitre, juste à côté de l'un des grands hublots. Intriguée, elle remonta le couloir de leur tronçon.

Tous les marteaux avaient disparu. Pourtant, Gilda avait une certitude : ils étaient bien en place dans leurs boîtiers rouges lorsqu'elle avait embarqué.

Le tronçon numéro 2 comprenait quatre cabines de quatre lits, deux de deux lits et deux d'un lit, ce qui donnait une capacité maximale de vingt-deux personnes. La moitié devait être à présent réveillée. Mélange de familles, de célibataires, d'hommes, de femmes, d'enfants avec un point commun : du rêve pour pas cher.

Le bateau était maintenant arrêté depuis plus d'une demi-heure, les gens s'impatientaient, d'autant plus que le personnel avait disparu et ne donnait aucune nouvelle. Et le manque d'informations avait le don d'énerver même les plus calmes.

Gilda était retournée à sa place, elle commençait à s'inquiéter du retard que prendrait le bateau au final et ne parvenait pas à retrouver le sommeil. Vu l'agitation croissante, le passager du bas avait enfin émergé. Après s'être mis au courant de la situation, il se chaussa rapidement et, de retour d'une excursion dans le couloir, revint avec le scoop de l'année :

— Il se passe quelque chose de pas normal.
— Sans déconner, répliqua Mélanie. Du genre ?
— Un passager a voulu aller se renseigner dans le tronçon numéro 1. On n'arrive plus à ouvrir les portes coupe-feu. Ni pour aller vers le 1, ni pour aller vers le 3.
— La nuit, c'est peut-être pour prévenir les vols, ou éviter qu'on se promène n'importe où dans le bateau ?
— Non, le PN a volontairement isolé notre tronçon. Et ça a l'air d'être le cas pour les deux tronçons voisins. À travers les hublots des portes coupe-feu, on voit que les gens ne peuvent pas sortir non plus de l'autre côté.

L'homme se vêtit rapidement. Il renfila son costume de la veille, se cognant deux ou trois fois sur le rebord du lit de Gilda, ce qui faillit réveiller Jérémy.

— Vous pourriez faire attention.
— Vous croyez que c'est ma faute, peut-être ? Vous avez vu ma taille ? J'ai l'impression d'être dans une boîte à sardines.

C'était vrai qu'il en imposait. Il avait aussi l'haleine chargée de ses écarts de la veille. Il finit par sortir, faisant un bruit d'enfer. Mélanie se leva et ferma la porte qu'il avait laissée ouverte.

Gilda caressa les cheveux de Jérémy, ses beaux cheveux fins, très délicatement. Elle aimait faire ça. Tant qu'ils étaient tous les deux, peu importait ce qui se passait alentour. La jeune femme songea aux événements de ces dernières minutes. L'histoire des marteaux brise-vitre disparus la laissait dubitative. De quoi avait-on peur ? Qu'ils sautent par les hublots et se retrouvent à barboter au beau milieu de la mer ?

Quelque part dans le couloir, un bébé se mit à pleurer, mais ça ne dura pas longtemps. Un parent avait dû l'apaiser en lui apportant son biberon nocturne. Gilda sourit, elle avait aimé cette période de la petite enfance de Jérémy. Leurs peaux douces, à elle et lui, collées à longueur de journée. Tout allait si vite ! Bientôt, il serait grand, puis il irait au collège, au lycée. Elle le verrait de moins en moins, et un jour, il partirait.

Elle était plongée dans ses pensées lorsqu'un haut-parleur situé au milieu de leur tronçon grésilla enfin.

« *Ici votre personnel navigant. Notre navire est immobilisé en pleine mer. Un petit problème technique nous contraint à un arrêt à durée indéterminée, arrêt qui a entraîné un dysfonctionnement pneumatique bloquant l'ouverture des portes coupe-feu entre vos différents tronçons.* »

Le PN eut une hésitation puis ajouta :

« *Tout sera très vite rentré dans l'ordre. Je vous conseille de rester calmes, de regagner votre cabine et de profiter de quelques heures de sommeil supplémentaires avant votre belle journée sous le soleil espagnol. Je vous tiendrai informés dès que possible de l'évolution de la situation.* »

Il y eut un bruit de micro, puis plus rien. Mélanie s'était redressée. Une sacrée belle plante, celle-là, qui devait faire tourner la tête des mâles. Elle enfila un sweat par-dessus son maillot de corps moulant et passa une main dans ses longs cheveux blonds.

— Merde, c'est quoi cette histoire de pneumatique ?
On aurait dit que sa voix tremblait.

Gilda fixa les ténèbres par leur hublot. Cette infinie noirceur qui enveloppait leur paquebot perdu au milieu de nulle part. Elle frissonna et lâcha alors, avec gravité :

— Ce n'était pas juste une impression. Ce type avait vraiment la frousse.

Une heure d'immobilisation. Et ils n'avaient eu aucune nouvelle information.

Un attroupement se tenait devant la porte qui séparait leur tronçon du tronçon numéro 1. À travers le hublot, un homme – en l'occurrence Alain, le passager de la cabine de Gilda – observait l'autre côté et relatait ce qu'il voyait : le PN, discutant ardemment avec un groupe de voyageurs tout au fond du couloir.

— Ça a l'air de mal tourner, fit-il en plissant les yeux. Un homme qui ressemble trait pour trait à Hitchcock prend notre PN à partie. Il le plaque contre une porte, et il n'a pas l'air franchement catholique.

— C'est normal, fit une voix derrière. Ce fichu PN n'a qu'à dire ce qui se passe.

Alain sentit une bousculade dans son dos. Parmi les sept ou huit personnes agglutinées, chacune voulait assister au spectacle. Gilda restait en retrait, face à l'individu qui se passait du gel antibactérien sur les mains. Seul dans sa cabine, il se leva, la fixa sans sourire et ferma la porte. À l'autre extrémité du tronçon, dans le numéro 3, des visages se collaient à la petite vitre circulaire de la porte. Chaque tronçon observait probablement le précédent, d'un bout à l'autre du couloir. Mélanie, à ses côtés, le regard rivé sur son reflet émergeant du fond noir d'un des hublots extérieurs, triturait une cigarette.

— Tout ça, ça me fiche la frousse. Il peut se passer n'importe quoi, sur ce bateau. Il est tellement immense…

— On va bientôt repartir, j'en suis certaine, répliqua Gilda.

— Il vaudrait mieux. J'aimerais bien remonter sur le pont, je commence à avoir une sérieuse envie de fumer. Et sans ma clope, tu sais…

Un autre homme, d'une cinquantaine d'années, avait pris la place d'Alain et commentait ce qu'il voyait.

— Et voilà que ce type, là, Hitchcock, s'attaque à la porte qui ouvre sur l'escalier donnant accès aux étages supérieurs. Deux individus l'ont rejoint, des jeunes assez virulents. Ils y vont aux pieds et aux poings. Mais leurs coups ne servent à rien. C'est inviolable, ces portes-là.

Il observa encore une minute ou deux sans laisser sa place.

— Dites-nous ce qui se passe ou dégagez, bon sang ! fit une voix derrière lui.

Il se retourna, fébrile. Son visage avait blanchi.

— Les trois types n'ont pas réussi à défoncer la porte coupe-feu. Ils étaient surexcités, pire que des hyènes. L'un d'eux a donné une claque au PN. Un petit coup bref, comme ça, parti de nulle part.

Il mima le geste.

— Et puis ils l'ont entraîné dans une cabine et ont refermé la porte derrière eux.

Il y eut une clameur. Des voix s'élevèrent, du genre : « Il n'y a donc pas de police, dans ces bateaux ? » ou : « Les autres passagers ne disent rien ? »

Non, personne ne disait rien. Aussi étonnant que cela puisse paraître, le couloir du tronçon numéro 1 venait de se vider. Les voyageurs étaient sagement retournés dans leur cabine.

Les hommes forts du tronçon de Gilda essayèrent de forcer la porte, en vain. L'individu qui avait assisté à la scène de la claque se recula finalement de son poste d'observation.

— Je crois qu'on est tous fatigués, fit-il. On devrait se calmer et retourner, nous aussi, nous coucher. Le bateau va bientôt repartir, tout va bien se passer.

La plupart acquiescèrent. Mais une dame s'interposa. Elle fit d'Alain, qui était l'un des plus grands et costauds, son bouc émissaire.

— Tout ça me dégoûte ! Grande gueule, mais pas fichu d'agir ! C'est à cause de types comme vous que des petits branleurs peuvent tranquillement violer les femmes dans les lieux publics.

Alain la foudroya du regard.

— Et pourquoi vous n'allez pas dire ça à ceux de l'autre côté ?

— Parce que je suis là, avec vous.

— Et qu'est-ce que vous suggérez ?

— On casse le hublot. On pourra au moins essayer de comprendre ce qui se trame.

Échange de regards. Un voyageur d'une cinquantaine d'années haussa les épaules et retourna dans sa cabine en claquant la porte. Les autres jugèrent l'idée intéressante, mais pas un ne voulait prendre la responsabilité de briser une vitre, craignant d'avoir des soucis avec la compagnie maritime.

Clope en main, Mélanie n'en pouvait plus. Ça papotait, hurlait, et les choses n'avançaient pas. Elle réapparut avec un roller.

— J'ai toujours rêvé de faire ça. Poussez-vous, au lieu de jacasser.

Elle frappa en plein milieu du hublot, qui vola en éclats.

Des deux côtés de la porte, les passagers qui y étaient retournés sortirent de leur cabine. La tension monta, les voyageurs cherchaient à comprendre, posaient des questions auxquelles personne n'avait de réponses. Le type aux airs d'Hitchcock réapparut, suivi d'un de ses compères. Les gens s'écartèrent à leur passage. Très vite, le gros vint au contact. Alain prit les devants et s'improvisa interlocuteur privilégié.

— Que se passe-t-il ?

Le bonhomme au crâne presque chauve et au double menton du tronçon 1 suait à grosses gouttes et n'était pas franchement à l'aise. Il postillonnait méchamment.

— Il se passe qu'un quart d'heure avant l'immobilisation du paquebot, notre cher personnel naviguant a eu l'ordre du commandant de déclencher la fermeture de toutes les portes coupe-feu. Ensuite, il a annoncé au micro ce message que lui avait dicté son responsable quelques minutes plus tôt.

De part et d'autre, les oreilles se tendaient. L'information se répandait de bouche en bouche, comme une vague déferlante. Soudain, un autre bris de vitre résonna. C'étaient ceux du tronçon numéro 3 qui venaient aux nouvelles. À l'évidence, l'opération cassage de hublot allait se propager de section en section.

Alain revint vers son interlocuteur.

— Vous voulez dire que ces portes fermées ne sont pas dues à une panne pneumatique ?

— Non. Et pendant qu'il faisait son petit discours, notre PN s'est retrouvé lui-même piégé avec nous : quelqu'un a fermé la dernière porte, l'empêchant de sortir d'ici.

— Ça n'a aucun sens. Qu'est-ce qu'il sait d'autre, le PN ?

— Pas beaucoup plus apparemment, si ce n'est qu'à un moment le commandant lui a parlé d'oiseaux.

— Des oiseaux ?

Derrière le gros type, le membre d'équipage réapparut dans le couloir, un mouchoir sur le nez. Il saignait légèrement mais semblait entier.

— Des oiseaux, ouais. Il a demandé à tout son équipage de parcourir l'ensemble des cabines pour voir s'il n'y avait pas de traces d'oiseaux, ou de cages parmi les bagages des passagers. Chacun avait pour consigne de rester extrêmement discret, et de prendre pour prétexte de vérifier la climatisation.

Comme tout le monde, Gilda écoutait avec attention.

— Un dernier truc, fit le type en s'épongeant le front. Le PN a planqué tous les marteaux brise-vitre dans une petite cabine de service, située juste avant la porte. Tout ça pour éviter qu'on casse les hublots. Ordre du commandant, encore une fois. Mais bon sang, pourquoi on irait casser ces fichus hublots, sachant qu'on est au milieu de nulle part ? En tout cas, d'après le PN, le commandant avait l'air d'avoir le trouillomètre à zéro, avec cette obsession : personne ne devait tenter de quitter le navire. Comme si on allait se tirer à la nage ! Ou alors, comme s'il y avait quelque chose d'horrible, là-dehors, dans cette nuit noire.

Le bébé se mit à pleurer, derrière Gilda. Le père le berça d'un geste expert et lui planta une tétine dans la bouche. Quant à Jérémy, il apparut pieds nus au bord de sa cabine et appela sa mère. La jeune femme se précipita, s'accroupit et le serra contre elle.

— On est arrivés ? demanda le gamin, les yeux ensommeillés.

Gilda parvint à lui adresser un sourire rassurant. Elle leva finalement un visage grave vers ces gens qui, comme elle, comprenaient que, à cet instant précis, la situation n'était pas près de s'améliorer.

— Bientôt, Jérémy. Bientôt.

Deux heures trente d'immobilisation. L'agitation et l'indignation augmentaient. Si rien ne se passait dans l'heure à venir, de plus en plus de voyageurs menaçaient de casser les vitres des hublots qui donnaient sur l'extérieur et de tenter, d'une façon ou d'une autre, de sortir d'ici.

Le bébé s'était remis à hurler, et, cette fois, ni le père ni la mère ne trouvèrent le moyen de le calmer. Il refusait la tétine, même le biberon, sa petite poitrine se gonflait et se vidait comme un ballon. Les parents eux-mêmes s'interrogeaient, c'était l'heure de son repas et, jusqu'à présent, l'enfant avait toujours répondu à l'appel du lait en poudre.

— Faites-le taire ! gueula quelqu'un. On est en vacances, on ne fait pas une croisière pour entendre un gosse brailler ! C'est déjà suffisamment difficile comme ça !

Dans la section 1, le passager qui ressemblait à Hitchcock, après avoir pris les clés des mains du PN, venait de s'introduire dans l'espace où le chef de bord avait stocké les marteaux et passait ses annonces. Sa voix résonna dans tout le couloir. Hormis les pleurs du bébé, le silence complet se fit. Chacun s'immobilisa, comme s'il s'apprêtait à entendre la parole du Seigneur.

— Ici Jacques Lefait, je suis un passager du premier tronçon. Vous ne l'ignorez pas : nous sommes tous piégés et il est impossible de remonter vers les niveaux supérieurs. Notre personnel navigant est enfermé avec nous, bloqué à son tour par plus malin que lui. Apparemment, laissez-moi rire, nous ne devons pas « sortir » du bateau en passant par les hublots.

Le gros homme se frotta le nez du dos de la main. Sa narine gauche saignait un peu.

— Le PN a reçu l'ordre de nous isoler les uns des autres en déclenchant la fermeture des portes coupe-feu, et de mentir quant à la cause de l'arrêt du navire. Il n'y a pas de panne. C'est un mensonge. Nous ne pouvons pas avoir de contact avec l'extérieur, les communications téléphoniques sont coupées, est-ce juste une coïncidence ?

Dans la petite cabine de service, une radio permettait de s'adresser au commandant de bord. Le PN établit la liaison, sous la pression des passagers. Lefait approcha sa bouche de la radio, tout en continuant à parler dans le micro.

— Je m'adresse au commandant, à présent, je sais que vous m'entendez. À 6 heures précises, si nous n'avons pas de nouvelles, quelques passagers de mon tronçon briseront les hublots et, soyez-en certains, trouveront une solution pour ficher le camp d'ici. Il y a plus de mille cinq cents passagers dans le bateau. Que cherchez-vous à créer ? Un mouvement de panique général ? J'invite tous ceux qui veulent comprendre pourquoi on se moque de nous à faire de même. Alors répondez !

La radio grésilla, mais aucune réponse ne vint. Lefait s'adressa de nouveau aux passagers de son tronçon.

— Silence, évidemment. Dans ce cas, je vous donne rendez-vous, à tous, dans une heure. Vous casserez toutes les vitres.

Il raccrocha et sortit un mouchoir pour éponger sa narine.

Dans le tronçon de Gilda, suite à l'annonce, une femme, plutôt calme jusqu'à présent, piqua une crise. Elle hurla qu'elle voulait sortir, qu'elle n'arrivait plus à respirer. De drôles de gargouillis sortaient de sa bouche. Elle se précipita sur une fenêtre et cogna avec ses poings comme une folle, avant de tomber dans le couloir, presque inconsciente. Gilda eut alors l'image de l'oiseau qui, pris de panique, était venu s'écraser contre une paroi : la passagère réagissait de la même façon. La jeune femme accourut, mais Alain la repoussa avec douceur et prit la victime en charge. Il la fit allonger et boire. Il passa la main devant une grille de ventilation.

— Vous savez depuis quand la climatisation est arrêtée ? demanda-t-il aux autres voyageurs de la section.

— Au moins une demi-heure, répliqua un vieux monsieur. La fraîcheur a tenu quelque temps, mais maintenant, il commence à faire très chaud... Au fait, j'ai eu l'impression de voir des lumières tout à l'heure, par mon hublot. Comme des clignotements. C'était assez bref, ça a fini par disparaître, mais je les ai vus.

Alain épongea le front de la femme avec une serviette.

— Des clignotements qui pourraient provenir d'un autre bateau ?

— Un autre bateau, oui. Quoi d'autre ?

La crise passa après une poignée de minutes, la dame retrouva ses esprits. Elle ne comprenait pas ce qui s'était passé, elle avait paniqué et avait eu l'impression de manquer d'air.

Alain suait énormément, la chaleur pesait, l'oxygène ne circulait plus. De plus en plus de personnes risquaient d'être prises de malaise. Lorsqu'il revint dans sa cabine, il s'assit sur le rebord de son lit, se frottant le menton.

— C'est très curieux. Le commandant ne veut pas qu'on brise les hublots, et il coupe la climatisation, si bien qu'on va finir par tous crever de chaud. C'est paradoxal, vous ne trouvez pas ?

Gilda se tenait face à lui, à la place de Mélanie qui allumait sa clope dans le couloir. Il y eut quelques échanges virulents avec d'autres passagers, mais la jeune femme les envoya promener et partit souffler sa fumée dans un coin.

— Plutôt paradoxal, en effet, répondit Gilda. Peut-être est-ce une vraie panne, cette fois ?

— Ça m'étonnerait.

— Vous avez plutôt bien réagi avec la femme qui est tombée dans les pommes. Vous êtes médecin ?

— J'ai fait des études de médecine, j'ai de bons restes. Je suis chercheur en biopharmaceutique.

— Et ça consiste en quoi, exactement, chercheur en biomachin ?

— Gagner très peu d'argent et s'amuser avec un tas de molécules dont je vous tairai les noms.

Il n'en dit pas davantage. Ses yeux se remirent à fixer avec inquiétude la grille de ventilation. Il demeura quelques secondes sans bouger, en pleine réflexion. Son visage se ferma soudain, sa poitrine se souleva comme si, lui aussi, n'arrivait plus à respirer. Il pâlit.

— Quelque chose ne va pas ? demanda Gilda.

— Cette histoire d'oiseaux dont a parlé le commandant, ça vous dit quelque chose ?

— J'ai vu un oiseau, oui, juste après le départ du bateau, dans la section numéro 3, je crois. Il ressemblait à un rouge-gorge, avec une belle couleur rouge rosé jusqu'à la poitrine. Il était coincé dans les toilettes.

Alain se pencha un peu plus vers l'avant, le visage grave.

— Coincé dans les toilettes ? Comment ?

— Une petite cale bloquait la porte. C'est Lefait, notre agitateur, qui a d'ailleurs averti le PN.

Alain se leva et se dirigea vers la fenêtre de la cabine, le dos courbé.

— Celui qui a déposé l'oiseau voulait donc qu'il soit découvert après le départ du paquebot, alors que tout le monde avait embarqué. Pourquoi ici, dans les profondeurs du bateau ? Pour éviter que le volatile s'échappe trop facilement ?

Gilda jeta un coup d'œil à Jérémy. Il était installé sur le lit du dessus et jouait avec des voitures.

— Qu'est-ce que vous cherchez à dire ?

— Que s'est-il passé ensuite avec l'oiseau ?

— Le PN avait réussi à l'attraper mais il l'a laissé s'échapper par mégarde. Le volatile a alors traversé le tronçon avant de s'écraser contre une vitre. Il a fini dans les mains d'un enfant et n'a apparemment pas survécu.

Alain ferma la porte de leur cabine.

— Éteignez les veilleuses du haut !

Il s'occupa de celles du bas. Gilda expliqua à Jérémy qu'il allait être plongé dans le noir, mais que ça ne durerait pas longtemps. Elle appuya sur le bouton, la cabine bascula dans l'obscurité. Alain se plaqua contre la vitre du hublot.

— Faites comme moi. On regarde et on attend.

Gilda l'imita.

— On attend quoi ? Il fait complètement noir dehors, on est au milieu de la mer.

— L'autre passager a parlé de clignotements... Laissez vos pupilles s'habituer à l'obscurité. Il ne fait pas tout à fait noir, le bateau émet de la lumière et éclaire un peu l'extérieur.

La jeune femme ne comprenait pas où il voulait en venir. Dans le tronçon 1, Lefait continuait à crier dans le micro. Il en profitait pour déverser toute sa haine et sa révolte.

— Qu'on fasse taire ce type, grogna Gilda. Il y a des enfants dans ce bateau, bon sang.

Elle reprit calmement son rôle d'observatrice. D'un coup, la voix d'Alain :

— Là-bas, à une vingtaine de mètres, sur la gauche !

Gilda tourna les yeux. Une forme d'une longueur interminable se déplaçait doucement. Elle finit par disparaître dans les ténèbres.

— C'était...

— Un navire, fit Alain, le ton grave. Un énorme navire.

— Des secours ?

— Qui se déplaceraient tous feux éteints ? Non, non.

Gilda frissonna, et les pires scénarios se mirent à défiler dans sa tête. Et s'ils avaient été victimes d'une sorte d'enlèvement géant ? Genre acte de piratage à grande échelle, comme en Somalie ? Elle pensa aussi à un attentat : quelqu'un allait faire exploser l'ensemble du paquebot. Elle tenta de ne pas céder à la panique, Alain se trompait sans doute : il devait s'agir de secours qui naviguaient au radar, tout simplement.

Après quelques secondes, une autre forme se découpa à travers l'infime rayonnement de lumière, donnant l'impression d'ombres chinoises. Gilda vit soudain une petite lueur briller, un peu en hauteur, comme une lampe qu'on allume et éteint aussitôt. Cela ne dura qu'une fraction de seconde et, pourtant, la jeune femme eut le temps d'apercevoir des silhouettes qui se déplaçaient rapidement sur le pont du bateau. Puis, plus haut encore, apparurent de longues formes ciselées, alignées comme les doigts d'une main, avec, juste au-dessus, une grosse coupole en rotation.

Gilda se recula, une main devant la bouche.

— Un navire de guerre, murmura-t-elle. Bordel, il y a un navire de guerre, là-dehors.

À ce moment précis, une voix de femme résonna comme un coup de clairon :

— Un médecin, vite ! Est-ce qu'il y a un médecin quelque part ?

Alain sortit précipitamment. Gilda ralluma les veilleuses et prit Jérémy dans ses bras. Elle tira le rideau devant le hublot, comme pour se protéger de l'extérieur. Qu'est-ce qui pouvait bien se tramer ? Pourquoi la présence de l'armée ? Cela faisait bientôt trois heures que le bateau était arrêté. Tous les voyageurs auraient dû bientôt débarquer et se répandre dans les rues de Barcelone. Elle embrassa son petit sur le front, pleine de tendresse.

— À partir de maintenant, on reste à deux mon poussin. Quoi qu'il arrive.

Devant le chaos qui régnait désormais dans le couloir, elle décida de ne pas empirer la situation en dénonçant ces présences fantomatiques : bientôt, le jour se lèverait, et chacun aurait l'occasion de voir par lui-même, de toute façon. Elle s'engagea dans le couloir et se fraya un chemin parmi les passagers attirés par les appels au secours. Le bébé continuait à hurler, vrillant les tympans. Il faisait une chaleur intolérable, l'odeur de sueur devenait difficile à supporter. Alain était parti vers la droite, car l'appel venait du tronçon numéro 3. Le visage d'une femme d'environ quarante ans apparut derrière le hublot.

— Dites-moi ce qui se passe, fit Alain, posté à un mètre de la porte.

Il semblait sur ses gardes.

— Vous êtes médecin ? demanda la femme.

— Oui.

— C'est un enfant logé dans la première cabine, tout là-bas. Il a commencé à vomir il y a environ dix minutes. La fièvre est montée très vite, je n'ai jamais vu ça. On a récupéré un thermomètre, il indique 40,3 °C. Personne n'a de médicaments pour faire baisser la température.

Alain avait la chemise trempée, tout comme les cheveux sur sa nuque.

— A-t-il d'autres symptômes ? Est-ce qu'il tousse ? Des éruptions cutanées, des rougeurs ?

— Il a un peu saigné du nez, cinq minutes avant de vomir.

Le chercheur en biopharmaceutique se figea quelques secondes. Depuis un moment, un horrible scénario se dessinait dans sa tête, et se concrétisait franchement. L'oiseau enfermé, la climatisation coupée, les militaires qui avaient ordonné, sans doute, l'immobilisation du paquebot… Ça pouvait coïncider. Il sentit comme une vague en lui, si bien qu'il eut l'impression que ses jambes allaient lâcher. Il dut se retenir à la porte pour ne pas tomber. La voix pressante le ramena à la réalité.

— … il faut faire ?

Alain était fébrile, livide. Il eut du mal à parler.

— Il faut le déshabiller. Et aussi le refroidir, mettre un linge humide sur son front.

Il se retourna et s'adressa au père dont le fils hurlait.

— Vous avez de l'Advil ?

L'autre acquiesça et courut en chercher. Pendant ce temps, Alain retourna dans sa cabine. Il ouvrit une valise et en sortit des gants en latex qu'il enfila.

Le père revint avec une petite bouteille brune. Alain la récupéra et reprit sa place près du hublot. Son regard croisa celui de Gilda. La jeune femme y lut une terreur mesurable, quelque chose qu'elle n'avait que rarement vu dans les yeux d'un être humain.

— Je vous passe l'Advil, souffla Alain à la femme du tronçon numéro 3, ça devrait faire baisser la fièvre rapidement.

La bouteille transita sans encombre par le hublot cassé. Alain prit garde de ne pas toucher les doigts de la femme et retira son bras d'un geste sec. Avant qu'elle s'éloigne, il dit :

— Essayez de savoir s'il a été en contact avec un oiseau à l'intérieur du bateau.

Gilda caressait nerveusement la chevelure de Jérémy, lové contre elle. Elle pensait aux militaires, à l'arrêt de la climatisation, elle observait les gants que portait Alain et cette question qu'elle venait d'entendre au sujet de l'oiseau.

Dès lors, elle sentit l'effroi l'étreindre. Elle voyait les gens serrés les uns contre les autres, leurs peaux se toucher, leurs haleines se percuter. Elle sentait la sueur qui dégoulinait et se déposait sur chaque objet : les poignées de porte, les bords des fenêtres, les cuvettes des toilettes. Le scénario devait se répéter dans tous les recoins du paquebot. Que se passait-il dans les autres parties du navire ? Les gens avaient-ils commencé à paniquer ? Avaient-ils réussi à sortir de l'endroit où on les avait probablement enfermés ?

La femme du tronçon 3 revint et, lorsqu'elle annonça que l'enfant avait bien été en contact avec un oiseau – c'était lui qui l'avait recueilli après qu'il se fut cogné sur une vitre –, Gilda eut l'impression que le monde s'écroulait. Elle marcha à reculons, toute tremblante, et poussa un cri quand une main se posa dans son dos.

— Que se passe-t-il ? fit le père du bébé. Ça ne va pas ?

À ce même moment, dans le tronçon numéro 1, Jacques Lefait surgissait de la cabine de transmissions et vomissait au beau milieu du couloir.

Ce fut à cet instant précis qu'une lumière vive venue de l'extérieur embrasa la totalité du couloir.

Certains passagers portèrent les mains devant leurs yeux, tant la lumière était puissante. Apparemment, de gros projecteurs étaient braqués sur le paquebot, de part et d'autre de la coque. Complètement éblouis, aveuglés, les voyageurs étaient incapables de discerner ce qui se tramait de l'autre côté des vitres.

La femme qui avait fait un malaise pleurait, un passager de son tronçon la soutenait, silencieux, les larmes au bord des yeux. Tous les enfants étaient blottis contre leurs parents. Même l'homme au flacon de gel antibactérien était sorti de sa cabine. Des gens hurlaient, d'autres se brûlaient les rétines pour essayer de voir. Chacun avait le sentiment d'être un rat de laboratoire qu'on observait. Que se passait-il, dehors ? Qu'attendait-on d'eux ? Pourquoi les avait-on enfermés ?

Dans le tronçon numéro 3, une femme et son mari se mirent à gémir. Leur fils malade, le petit roux qui avait touché l'oiseau, respirait de plus en plus difficilement, et l'Advil n'y changeait rien. Au contraire, sa température atteignait presque 41 °C. Les gens perdaient de leurs forces, se laissaient choir le long des couloirs, les mains sur le visage. Dans le tronçon numéro 3, là où avait été découvert l'oiseau, quelqu'un se rua en direction des toilettes et vomit juste devant la porte. Il saignait du nez.

Une voix s'éleva alors, forte, autoritaire. C'était Alain. Collé à la porte entre le 2 et le 1, il demanda au PN de répéter ses propos au commandant du navire, par radio interposée :

— Vous devez nous expliquer ce qui se passe ! cria-t-il. Ici, des gens tombent malades, un enfant est sur le point de mourir. Des vaisseaux militaires nous encerclent. Est-ce qu'il y a un virus dans le bateau ? Dites-nous, je vous en prie !

Le PN répéta. Sa question arracha des cris, des « Oh, mon Dieu ! » aux passagers. Gilda serra son fils plus fort encore. Là-bas, Jacques Lefait était allongé au sol, à moitié délirant, et plus personne n'osait l'approcher.

Une voix résonna enfin depuis la cabine de service. Le PN tenait le micro devant la radio.

— Ils sont autour de nous, ils ne nous laisseront jamais nous en aller.

Chacun comprit que c'était le commandant qui parlait. Il y avait de la peur dans sa voix.

— Il y a quelques heures, l'armée m'a contacté par radio pour me poser une curieuse question : avait-on remarqué, parmi les passagers, quelqu'un qui transportait des oiseaux ? Alors, je leur ai fait part de ce que m'avait raconté le PN vous accompagnant : cet oiseau, coincé dans les toilettes dont l'arrivée d'eau avait été sabotée.

Pas d'eau, songea Alain, *et donc pas de possibilité de se laver les mains. Terrifiant...*

— C'est à ce moment-là que tout s'est enchaîné. Ils m'ont demandé de ne plus ouvrir la salle de commandement à qui que ce soit, et d'isoler au plus vite les personnes qui auraient pu être en contact avec cet oiseau.

Il renifla.

— Sur leurs ordres, j'ai stoppé les machines en pleine mer. Les directives étaient claires : je devais charger les membres de mon équipage de parcourir l'ensemble des cabines, à la recherche d'un bagage qui pourrait servir à transporter des oiseaux. Il fallait qu'ils soient particulièrement vigilants dans les cabines à un seul passager, et à l'aspect des voyageurs : certains portaient-ils des masques, des gants ? Au fur et à mesure, ils devaient isoler les tronçons les uns des autres dans la plus grande discrétion, afin d'éviter que celui qui transporte les oiseaux se doute de quelque chose.

— Vous voulez dire que... celui qui a fait ça est sur le bateau ?

— Ils ne savent pas, ils ne connaissent pas son visage. Ce dont ils sont certains, c'est qu'un individu extrêmement dangereux, en possession d'un autre volatile, se trouvait dans ce paquebot quelques minutes avant le départ. S'il y est encore, il l'a probablement dissimulé dans ses bagages. Il doit être dans une cabine isolée, ou alors il fait très attention à ne pas être en contact avec les autres.

— Et ces oiseaux sont porteurs d'un virus mortel, c'est ça ?

— Oui. J'ai fait le rapprochement : je suis certain qu'il s'agit de cette découverte faite par erreur à Nice le mois dernier, et dont la presse a beaucoup parlé.

— Le H5N1 modifié, compléta Alain d'une voix mourante.

— Modifié ? Qu'est-ce que ça veut dire ? hurla une dame.

Alain se tourna vers elle.

— Délai d'incubation d'une dizaine d'heures avant les premiers symptômes. Incroyablement plus puissant que le virus originel. Il résiste à la chaleur et est capable de se transmettre de l'oiseau vers l'homme, et d'homme à homme. Les oiseaux sont les vecteurs, ils ne meurent pas. Mais les humains... balayés en une journée à peine.

Le commandant reprit, alors que les pleurs et les cris se multipliaient, que des gens suppliaient :

— Je devais leur relater tout ce qui se passait sur le navire. Je leur ai dit, il y a une demi-heure à peine, que la panique s'installait, que des passagers s'étaient mis à défoncer des portes, et que d'autres s'apprêtaient à briser les hublots pour sortir d'une façon ou d'une autre. Je viens de leur raconter que j'ai du sang qui me coule du nez. Du sang, vous m'entendez ? Le virus est ici aussi, à la surface. Vous... vous l'avez propagé avant qu'on boucle tout. Et depuis, l'armée a coupé le contact. Ils vont peut-être attendre qu'on crève tous, ils vont...

Il eut des trémolos dans la voix puis se tut, mais chacun avait compris. L'armée ne prendrait jamais le risque qu'un tel virus sorte du bateau. Qu'il touche Barcelone, contamine les aéroports. D'autant plus que le terroriste, le fou furieux, était peut-être parmi eux, et pourrait très bien essayer à la moindre occasion de libérer son autre oiseau. Il réussirait alors à s'envoler et, s'il ne mourait pas d'épuisement avant d'atteindre la terre ferme, à répandre le mal.

Alain sentait le poids des regards qui pesaient sur lui. Il se retourna et scruta les visages perdus. Gilda n'était plus parmi ces derniers. Un vieil homme s'approcha, tout tremblant.

— Comment se propage le virus ?

— Par les sécrétions buccales et fécales. Il suffit de… de toucher le plumage d'un oiseau vecteur et de porter les mains à sa bouche pour l'attraper. Quelqu'un a-t-il envie de vomir ? De la fièvre ?

Les gens s'observèrent, secouèrent la tête.

— Est-ce qu'une personne, dans ce tronçon, a été en contact avec l'oiseau ou a utilisé les toilettes de la section numéro 3 ?

— Non, personne, fit le père du bébé, comme pour se rassurer. Mais le PN… Le PN, il a touché l'oiseau !

De part et d'autre, dans les tronçons 1 et 3, les gens s'agglutinaient, hurlaient. Les questions toutes plus horribles les unes que les autres fusaient. Le regard fou de Mélanie se posa sur le voyageur brun, appuyé contre l'encadrement de la porte de sa cabine.

— Je l'ai vu se nettoyer les mains avec du gel antibactérien à plusieurs reprises ! cria-t-elle en le désignant de l'index. Il n'a quasiment pas quitté son emplacement du voyage ! Il est seul à l'intérieur ! Pourquoi, à votre avis ?

— Parce que c'est lui qui a répandu ce putain de virus ! répliqua quelqu'un, les yeux fous. Je veux pas crever par sa faute !

L'homme secoua la tête.

— Vous êtes cinglés, je n'y suis pour rien.

Devant les visages menaçants, il recula dans sa cabine, voulut refermer mais des pieds s'interposèrent. Une poignée de passagers s'engouffrèrent dans son espace, fracassant tout sur son passage, pendant qu'une femme cognait des deux poings contre l'un des hublots du couloir.

— Qu'est-ce que vous attendez, les militaires ? s'écria-t-elle. Pourquoi vous ne nous sortez pas de là au lieu de nous regarder agoniser ?

Son mari la tira à lui, elle s'effondra dans ses bras. Une voix hurlait dans le micro qu'un virus mortel était à l'intérieur, qu'il fallait sortir mais aussi envahir les cabines de ceux qui étaient restés enfermés. Qu'ils étaient des terroristes et avaient sûrement un antidote avec eux. Dans la cohue, Alain se précipita vers sa propre cabine, puis ouvrit la porte avec sa main gantée. Le rideau était baissé, mais la puissante lumière des projecteurs passait au travers. Gilda et son fils étaient sur le lit du haut. La mère serrait son petit contre elle. Elle essuya un filet de sang qui coulait du nez de Jérémy.

— Ce n'est rien, fit-elle. Ça m'arrive de temps en temps.

Alain restait figé dans l'embrasure. Gilda pleurait, à présent.

— Une plume d'oiseau, fit-elle. Il a juste ramassé une belle plume d'oiseau...

Elle cligna lentement des yeux.

— S'il vous plaît, refermez cette porte. Avec Jérémy, on est fatigués, on va dormir un peu tous les deux, en attendant que le bateau reparte.

Elle embrassa son fils sur le front et frotta délicatement le bord de sa narine, d'où perlait une petite goutte de sang. Tous deux s'allongèrent. Alain referma la porte en silence.

À voir ces gens qui, de plus en plus, montraient des symptômes inquiétants, il sut que c'était fini. Ils allaient mourir. Il n'y avait pas de vaccin, aucun moyen de contrer ce nouveau virus créé accidentellement, et qu'un fou avait réussi à sortir d'un laboratoire ultra-sécurisé en volant deux oiseaux porteurs. Pourquoi un bateau ? Pour montrer la puissance du virus et effrayer la planète avec un « exemple » ? S'agissait-il d'une revendication, d'un sévère avertissement, ou d'une volonté d'anéantir l'humanité ? Alain imagina le désastre si le terroriste avait réussi sa mission, si le bateau n'avait pas été arrêté. Les personnes contaminées se seraient propagées dans la ville, à l'une des périodes les plus touristiques de l'année. Ils auraient déposé leurs germes sur les barres d'acier, les repose-main des Escalator, les poignées que des milliers d'autres mains seraient venues toucher.

Non, l'armée ne prendrait pas le risque de laisser sortir un tel individu. Ils attendaient peut-être que le virus fasse son œuvre, se disant que, si le terroriste était sur le paquebot, il serait sans doute parmi les survivants.

Alain entendit l'individu au gel antibactérien hurler mais ne trouva pas la force d'intervenir. Il sentit un fluide chaud couler sur ses lèvres, et récolta le sang du bout des doigts. Dehors, une voix dans un mégaphone hurlait : « Restez à votre place ! Certains d'entre vous sont infectés par un virus dangereux ! Regagnez vos cabines et ne bougez plus ! Des équipes de décontamination vont arriver d'un instant à l'autre par hélicoptère ! Nous procéderons alors… »

Alain n'entendit pas la suite. À quelques mètres, une mallette en métal fracassait un grand hublot du couloir. Un homme se précipita et se jeta à l'extérieur en criant. Sa chute avant qu'il percute l'eau fut vertigineuse.

Ce voyageur malheureux fut le premier d'une longue série.

Parmi les mille six cent trois passagers du bateau, il n'y eut aucun survivant.

Alors que tous ces gens mouraient, un oiseau aux couleurs particulièrement vives picorait du pain que lui jetaient les passants, au pied de la tour Eiffel. Des dizaines de semelles marchèrent dans ses déjections, d'autres oiseaux entrèrent en contact avec les gros morceaux de pain qu'il avait touchés de son bec.

Un touriste américain, Peter Anderson, venu à Paris pour la beauté de ses monuments, en avait profité pour le photographier au téléobjectif, à une vingtaine de mètres, alors que l'oiseau s'était réfugié quelque part au bord de la structure métallique. Jamais Anderson ne fut en contact avec le virus en étant en France.

Et pourtant, quinze jours plus tard, lui et sa famille, comme 54 % des habitants du Maine à ce moment-là, étaient morts.

Composition et mise en pages
Nord Compo à Villeneuve-d'Ascq

Imprimé en France par

MAURY IMPRIMEUR
à Malesherbes (Loiret)
en décembre 2019

N° d'impression : 241054
S30644/01